「ヘタレ魔王と強気な異世界トリッパー」山田まる イラスト・椋本夏夜

「豆腐屋『紅葉』繁盛記」道草家守 イラスト・植田 亮

「お菓子な世界より」結木さんと　イラスト・三弥カズトモ

「クラちゃんとカルーさん」真弓りの イラスト・フジシマ

Contents

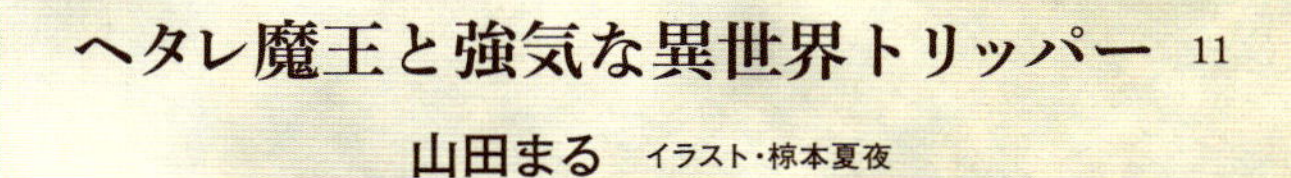
ヘタレ魔王と強気な異世界トリッパー 11

山田まる イラスト・椋本夏夜

豆腐屋『紅葉』繁盛記 73

道草家守 イラスト・植田 亮

お菓子な世界より 121

「いやだってお菓子あげたらついてくるっていうからさぁ!!」 123

「だっておいしいお菓子をくれるからの!!」 167

「しあわせの味がする」 209

結木さんと イラスト・三弥カズトモ

私の幼なじみは、白くて強くて怖い 233

三国 司 イラスト・白味噌

クラちゃんとカルーさん 261

「ねぇクラちゃんさぁ、マジでアタシの嫁にならない?」 263

「クラちゃんとカルーさんの幸せな結婚」 291

「クラちゃんとカルーさんの騒がしくも幸せな日々」 332

真弓りの イラスト・フジシマ

人外恋愛譚

JINGAI
RENAI
T A N

ヘタレ魔王と強気な異世界トリッパー

山田まる

イラスト・椋本夏夜

まるです。今回は人と人外との恋愛を描いたアンソロジーに声をかけていただけてありがとうございまる！

まる自身紙袋という若干人外よりのジャンルにいることもありまして、人外は良いですね。ときめきです。

種族の隔たりを超えて芽生える絆や、相互理解といったシチュエーションが大好きなので、今回の短編も書いていてとても楽しかったです。

ぜひ、手に取って読んでみてもらえれば、そして楽しんでいただければ幸いです！

素敵な靴は、持ち主を素敵な場所へと連れていってくれる

そんな言葉と共にショーウィンドーに飾られていたのは、一足の美しい靴だった。色使いはシンプルな黒一色ながらシルエットが洒落ていて、革の艶(つや)やかさがどこかフェミニンな色っぽさを漂わせている。

ちょうどショーウィンドーの正面に位置するベンチに腰かけて、化野透子(あだしのとおこ)はぼんやりとそれを眺めていた。

周囲には朝の通勤ラッシュの喧騒が満ちている。

人の群れはまるでそれ自体が何か大きな生き物であるかのようにうねり、駅の改札を抜けてそれぞれのホームへと分かれて流れていく。

本来なら、透子もその生き物の一部であるはずだった。

その生き物の一部でなければいけないはずだった。

乗らなければいけない電車は、もうとっくにホームを滑り出た後だ。

ふと、時計に視線を落とす。

確実に、遅刻だ。

今からなら、どれだけ急いでも間に合わない。

脳裏にいくつかの言い訳が浮かぶ。

↓具合が悪くなった

なんとなく会社に行きたくなくて

素敵な二択だ。

そして、そのどちらもが嘘ではない。

透子が今いるのは、普段出社の際に乗り換えに使っている駅だ。

いつもなら、慌ただしく乗り換えてすぐに後にするだけの駅。

大学を卒業して、今の会社に入社してからの数年間、平日、時には休日の朝と夜、必ず通り抜けていながら、一度も降りたことのない駅。

今日、初めて透子はその駅の改札を出た。

いつも通りの朝だった。

いつもの時間に目が覚めて、いつものように出社の支度を整えて、いつものように今日の仕事の段取りを考えながら電車に乗った。

そしていつものように乗り換えようとしたところで、急な立ち眩み(くら)に襲われたのだ。ぐらぐらと足元が揺れて、ふらついて、ムカムカとした気持ち悪さが腹の底からこみあげて、透子はその場から動けなくなってしまった。

ざわざわという人混み、電車の音、透子を包む世界の音が急に遠くなって――…気づいたら透子は、こうして駅の改札を抜けて駅ビルの前のベンチにぼんやりと腰かけていた。

今からでも、立ち上がって会社に向かわなければ、と思うのに身体が言うことを聞かなかった。

身体を動かすための燃料めいた気力が、きっと尽きてしまっていたのだと思う。

大学卒業後入社した会社は真っ黒なブラックで、それでも給料はちゃんと出るのだし、故郷の両親を心配させてはいけないとこれまで踏ん張ってきた。

平気なふりをして、自分でも平気なのだと思い込んで、ただひたすら会社と家との間を往復する日々を過ごしてきた。

それが、急にぷつりと糸が切れるかのように許容量を超えてしまったかのようだった。何もする気になれなくて、しなくてはいけないことがいろいろ頭を過(よぎ)りはするのに、動き出すことが出来ない。

ただぼんやりと目の前のショーウィンドーを眺めていて。

ふと見降ろした自分の足元の靴が随分と古ぼけて、傷だらけなのに気づいて情けなくも悲しくなった。

「……そうだ、靴を買おう」

綺麗な素敵な靴を履いて、しゃんと背を伸ばして。

そうしたら、素敵な場所に行けるかもしれない。

いつの間にか当たり前になった日々に忙殺されて、心をすり減らすだけでなく、新しいことを始める勇気を手に入れることが出来るかもしれない。

もういっそ、今の会社なんて辞めてしまおうか。

そうだ。そうしよう。

そう思い立ったら、あんなにも力の入らなかった身体が嘘のようにしゃっきりと立ち上がることが出来た。


素敵な靴が素敵な場所に連れていってくれる。


そんな素敵なジンクスを信じてみよう。

運を、自らの手で切り開くのだ。開運だ。

意気揚々と新品の、ちょっとお高めな靴を購入し、その場で履き替えた。

かなりお高めなその靴は見た目はもちろん履き心地も良く、まるで誂(あつら)えたように透子の足にフィットした。

ストッキングに包まれた踵(かかと)をく、と持ち上げるヒールはほっそりと高く繊細なシルエット。黒一色で、ほとんど装飾のないデザインながら、シンプル故に黒く艶やかな革の魅力が全面に押し出されていて格好良い。

衝動買いで諭吉数人を送り出してしまったという罪悪感は、新品の靴を履いた自分の姿を鏡で見た高揚感にあっさりと撃退されていった。

スーツの足元を彩る黒の革靴は透子の全体像をしゅっと引き締めてくれていて、着慣れた少々くたびれた出勤用のスーツが妙に格好良く見えた。

今なら、今まで出来なかったことも出来るような気がしてくる。

古い靴は「棄(す)てておいていただけますか」と店の人に引き取ってもらうことにした。颯爽と歩く透子に、先ほどまでの疲れ切った物憂げな面影はない。

まずはとりあえず転職活動を始めよう。

そう心の中で決意を固めつつ、透子は店の外へと最初の一歩を意気揚々と踏み出して——…踏みしめようと思った先の地面が、唐突に消失した。

「！！？？」


そうして。

現世と異世界の境界を踏み抜いて、透子は異世界トリッパーへと転職することになったのだった。

素敵な靴は、持ち主を素敵な場所へと連れていってくれる——

どこまで続くのかもわからない異空間を落下しながら、透子の頭の中では、そんな広告がぐるぐると回り続けていた。

いつの間にか意識を失っていた透子が次に気づいたとき、透子は見知らぬ森の中にいた。

その段階では「詰んだ」と思っていた。

何かよくわからないけれども、わからないながら何か異常な事態に巻き込まれて死ぬのだと思った。

*　*

呆然としてしまって、動き出せずにいるところを今度は映画の中でしか見たことのないような二足歩行する犬のような兵士に拾われた。兵士、と感じたのは、その二足歩行する犬のような生き物が、簡易的な鎧のようなものを身に着けていたからかもしれない。

それほどファンタジーに造詣の深くない透子には、騎士と兵士の違いなんてものは具体的にはわからない。ただ、そういった雰囲気を感じたのだ。

その兵士は怪訝そうに首を傾げたのち、何か透子にはよくわからない言葉でもって透子へと話しかけてきた。声音に滲んでいたのは敵意、というよりも訝しげな——……あえて一番近い経験をあげるとしたならば、警官による職務質問のような響きに聞こえた。ただし、何を言っているのかはわからない。

ああ、やっぱり意思の疎通は駄目か。

彼が何を言っているかわからない、ということは、透子の言葉も彼には伝わらないだろう。

しばらくお互いに見つめあった後、彼は痺れを切らしたようにひょいと透子を肩の上に担ぎ上げた。

まるで子供でも持ち上げるように、そう小柄でもない部類の透子を軽々と持ち上げてしまったのだ。これは抵抗しても勝てる相手ではないと、透子はされるがままに運ばれることにした。逃げるにしても、正面をきって争っては勝ち目はない。彼にすぐに透子をどうこうしよう、というような荒んだ気配を感じなかったからこそ、おとなしくする、なんて選択肢を選んだのだろう。

どれくらい森の中を進んだのか。

森を抜けたところで目の前に広がっていたのは、黒い古城だった。

黒みを帯びた石材で作られた城の尖塔の背後ではちかちかと暗雲が紫電に照らされ、どことなく不吉な雰囲気を漂わせている。

けれど、目の前の兵士と同じく、雰囲気こそ物々しいものの、決して荒んだ匂いはしなかった。

跳ね橋を渡り、立派な城門をくぐりぬけるとその雰囲気はますます強くなる。

玄関ホールに続く道のり、小道の両サイドに広がる庭はよく手入れされているのか、透子の見知らぬ花が美しく咲き誇っていた。

城内も同様で、きちんと掃除が行き届き、綺麗に整えられた室内の様子はこの城に住む人間が生活空間を大事にしているのだということが窺い知れる。

それに比べたら透子の会社の方がよほど禍々しい空気に満ちている。

次々と迫りくる納期へのプレッシャーのせいか社員同士の会話は乏しく、お互いのミスを許さないギスギスとした空気が常に立ち込めていたし、周囲のことに気を配るだけの余裕もないからか、最低限自分の周囲の空間だけが自分にとって居心地の良いように保たれた場所だった。

そんなことを考えている間にも、透子を担いだ兵士はずんずんと城の中を突き進み、最終的にたどり着いたのはいかにもというような謁見の間だった。

やたらごつごつとした骨のようなもので作られた玉座には、これまで透子が見たこともないような美丈夫がゆったりと足を組むようにして腰かけていた。

彫りの深い整った顔立ちは座ってはいても随分と迫力があるように見えた。

滑らかな褐色の肌に、血のように赤い双眸。

背まで流れる艶やかな髪は、燃え盛る炎のように鮮やかな緋色だ。

そして何よりも、その男のこめかみからは捻(ね)じくれた山羊のような、牡牛のような角が張り出していた。


ああ、魔王だ。


この世界のことを何も知らないのに、透子は当たり前のようにそう理解した。

今目の前にいる男は魔王で、透子の今後のことを支配するだけの力を持っている。兵士に下ろされた透子は、極々自然に魔王に向かって頭を垂れ、跪(ひざまず)いていた。

魔王は、透子をここまで運んできた兵士と何事か会話をしているようだった。そして、ゆっくりと魔王が立ち上がる。

ずるずると仰々しい装束を引きずって、透子の近くまで歩み寄った魔王は随分と大柄な男だった。

背丈は2メートルを超える、だろうか。

角を含めての全長であったなら、優に超えている。

威圧感のある眼差しで射竦められて、透子はただ顔を伏せることしか出来ない。

魔王が覆い被さるように透子へと腕を伸ばして――……その指先が、ちょん、と軽く透子の額に触れていった。

「どうだ。これで我の言葉がわかるか」

低く、重々しい声音が極々自然に意味を伴った言葉として透子の耳を打った。

「――、」

思わず瞬いて見上げた先、魔王はもうすでに玉座へと戻るところだった。

ゆったりと玉座に腰かけ、片足を腿に乗せるように組む。

そして、その乗せた足の膝のあたりに肘を乗せ、その手で顎を支えてため息混じりに透子へと視線を流す。

酷く無作法でありながら、それがとてもよく似合う男だった。

魔王はまるで、何か透子に言いにくいことを切り出そうとしているかのように憂鬱そうに双眸を眇めて、口を開いた。

「ここは、御前にとっては異世界だ」

異世、界。

薄々わかっていた。

見知らぬ森、見知らぬ異形、聞きなれぬ異国の言葉。

それを、こうもはっきりと突きつけられるとショック半分、妙にストンとやっぱりそうだったのかと納得することが出来た。

「我の力をもってしても、御前を元の世界に帰すことは敵わん」

「…………」

出来たのなら、そうしてくれたのだろうか。

ふと、そんなことを透子は思った。

けれど、帰せない。

帰れない。

「私は……帰れないんですね」

小さく、言葉に出すとますます身に染みて自分の置かれた状況を理解してしまって、どうしようもない心細さに襲われた。

あの時透子は、素敵な場所に行けるならと思って新品の靴を買った。

新しい一歩を踏み出そうと思って、奮発した。

けれど心のどこかで、「ここではないどこかに行ってしまいたい」なんて投げやりな気持ちがありはしなかっただろうか。

今透子が置かれている状況は、その報いなのかもしれない。

そう思うと、なんだかとてつもなくやりきれなくて、顔があげられなくなった。

そんな透子に向かって、魔王が口を開く。

「見たところ、御前はヒトだろう」

「……はい」

頷く。

透子は、ヒトだ。

そして、今透子の目の前にいるのは明らかにヒトとは異なる存在だ。

「ここはいわゆる魔界だ。魔物が住まい、魔物の王が統治する領域。御前が人の世に行きたいというのなら送り届けさせよう。もしこのままここにいたいというのなら――……御前は我の奴隷ということになる」

頭がくらりとした。

奴隷。

透子がこれまで暮らしてきた現代日本では縁遠い言葉だ。

どうしたら、良いのだろうか。

このままここに留まり、奴隷として過ごすべきなのか。

それとも、この世界における人の世、とやらに送り届けてもらうべきなのか。

呆然と床を見つめるしかない透子の頭上に、魔王の声が降る。

「すぐに答えろとは言わない。しばらく、考えると良い」

「……はい」

考える時間を与えられたのは、ありがたかった。

少しでも、生きるために判断材料がほしい。

不安と恐怖に、血の気の失せた手足がやたら冷たく感じられて、透子は動くことも出来ずにそのまま呆然と身体を竦ませ続ける。

そんな透子へと魔王の影が覆い被さって——

＊　＊

それからしばらくの間、透子は戦々恐々と過ごした。

あの後、魔王によって自ら案内された部屋はどう見ても客室だったが、この城にいる間は自分は「奴隷」として扱われるのだと思っていたからだ。

が、部屋にいる透子に対して何かが命じられるというようなことはなかった。

それどころか衣服や、食事、この世界のことを何も知らない透子に対して、魔王の部下たちは至極親切だった。食事は、その度に事前に食べられるもの、食べられないものの確認をされた上で透子のもとへと運ばれてくるし、衣服についても透子のサイズに合わせていろいろと用意をしてくれた。

そんなわけで最初の数日こそ、緊張し、宛がわれた部屋でおとなしくしていた透子だったが……

次第に暇を持て余すようになってしまった。

見張られている、というような感覚があればまだ少しは緊張感も続いたのかもしれないが、基本的に城にいる人々は透子のことには無頓着だった。透子が困っていないかどうか、透子の身に危険が及ばないかどうか、については最低限気にかけてくれているようだったが、透子の行動を束縛するようなことはほとんどなかった。

透子は、元の世界に戻ることが出来ないという事実の前に項垂(うなだ)れてしまいそうになる気持ちを、異世界の観光でもって盛り上げて、毎日のように城内を見て回った。

何せ、異世界における魔王の城、である。

これまでの人生で、透子が見たことのないようなもの、見たことのないような魔物を多く見かけた。

人体標本のような骸骨が庭仕事をしているのも見かけたし、薄く背後の景色を透かしたメイドがすぅ、と薄闇に溶けるように消えていくのだって見た。

その中でも、一番透子の目を惹いたのは一人の青年だった。

淡い金髪に白い肌、湖面のように澄んだエメラルドグリーンの双眸。

まさに絵本に出てくる王子様のようなその青年の耳は、ツンと尖って長かった。

いわゆるエルフ耳、というやつだ。

彼が透子の目を惹いたのは何も彼の美しい外見のせいだけでなく、見かける度に彼が忙しそうにしていたからだ。何やら書類の束を抱えて、忙しそうに駆けずりまわっているのと何度もすれ違った。

その彼が、あんまりにも大変そうなもので。

つい、透子は口にしてしまったのだ。

「手伝いましょうか」

エルフ耳の青年は透子の申し出に面食らったように瞬いた後、困惑の表情を浮かべた。良いのだろうか、と迷うような顔だ。それから、ふと何か良い考えが閃いたとでもいうように、くぅ、とその口角が持ち上がった。悪い顔だ。何かろくでもないことを企んでいる顔だ。

けれど、そんなのは一瞬。

彼はすぐに申し訳なさそうな顔を作ると、おずおずと——


「ちょっと魔王捕まえてきてくれません？」


予想外な仕事の内容に、今度は透子が面食らう番だった。

魔王を？

透子が？

捕まえる？

クエスチョンマークを頭上に浮かべる透子に、エルフ耳の男性はため息混じりに語る。

「あの野郎ときたら仕事したくないからって逃げ回ってるんですよ。私が追いかけると実力行使で逃げやがりますけど、貴女(あなた)が相手なら乱暴なことは出来ないでしょう。捕まえたら執務室まで連行してくれます？」

「………はあ」

微妙に発言のあちこちが魔王相手にしてはやさぐれているような気がするのは気のせいだろうか。見かけたらで良いので、との付け足しもいただいたもので、それなら良いかと透子は散策ついでに魔王を探してみることにした。

そして。

魔王は意外とあっさり見つかった。

城の裏庭で、しゃがみこむ大きな背中。

謁見の間ではあんなにも威風堂々と迫力を背負っていたはずのその背中が、妙に煤(すす)けて見えるのはどうしてだろう。

「魔王様」

「!?」

そっと呼びかけた名前に、振り返った魔王が透子の姿を認めてぎょっとしたように表情を強張らせる。

それは異国の、否、異世界の魔物を統(す)べる王というよりも、宿題をサボって逃げ出したところを教師に見つかった悪ガキのようで。

「な、なんだ、どうした、何かあったのか」

「いえ、魔王様を執務室まで連れてきてほしい、と頼まれまして」

「…………誰の差し金だ」

「……誰でしょう」

そういえば今更ながら、名前を聞いていないことを思い出す透子である。

「金髪の、耳のとがった――」

「宰相か」

チッとガラ悪く魔王が舌打ちした。

どうやら、あのエルフ耳の美男子は魔物の国の宰相であったらしい。

その宰相に何故この魔王は追われているのか。

「…………」

「…………」

透子は魔王の言葉を待ち、魔王はどう透子を誤魔化そうかと考えているかのような沈黙が二人の間に落ちる。

ふと、そもそも一体魔王はこんなところで何をしていたのかとしゃがみこんだ魔王の手元を覗いてみれば、そこには全長30センチほどのゲル状の何かがいた。

透子の知っている生き物の中では、ウミウシが一番近い。

うっすらと内側から薄青く光り、半透明の身体をうにうにと風に揺らしている。

そんな陸上巨大ウミウシ、ともいうべきゲル状の何かを魔王の指先がじゃらすように撫でていた。

その仕草は、なんだか手持ち無沙汰を埋めるためだけの現実逃避にも見える。

「あの」

「なんだ」

「それは、いったい」

「野良グルゥだ」

「野良」

思わずの復唱。

野良、ということは一般的にはペットとして飼われているのだろうか。

透子の疑問は、口にするより先に伝わったらしい。

「グルゥは飼い主の生気や魔力で飼えるからな。魔界ではペットとしてはわりと一般的だ」

「へえ。触ってもいいですか？」

「ほどほどにな」

魔王の隣にしゃがみこんで、透子もぷにりとその野良グルゥとやらに触れてみる。ぷにり、と水切りした後の豆腐のような、作り立てのゼリーのような弾力があった。ぷにぷに。ぷにぷに。

思わず無心でつつく。

「こら」

魔王に、野良グルゥを取り上げられてしまった。

「グルゥをいじめるな。よしよし。我がおなかいっぱい食わせてやろうな」

よしよし、と魔王が野良グルゥを撫でる。

やがて腹（？）が満ちたのか、野良グルゥはするすると地面の上を器用に滑るように這って裏庭からつながる森の中へと消えていった。

どうやら魔王がここでひそやかに餌付けしているらしい。

「飼わないんですか？」

「宰相に怒られる」

「…………」

魔王は、宰相の尻に敷かれているらしい。

そして、宰相の名前が出たところで透子は本来の目的を思い出した。

魔王を、執務室に連れて行かなければいけないのだ。

「行きましょう、魔王様」

「――急に腹具合が悪くなったような気がする」

「それはいけません、早く執務室に行きましょう」

「その結論はおかしくないか⁉」

「さて」

そっと手を伸ばして、魔王の手を引く。

魔王はぎょっとしたように血色の双眸を瞠ったものの、透子の手をふりほどこうとはしなかった。

大きな、黒く鋭い爪の備わった手だ。

けれど、不思議と怖い、とは思わなかった。

相手は魔王なのに。

透子は奴隷なのに。

魔王を連れて戻った執務室で、宰相はものすごい勢いで透子に感謝した。

なんでも、逃げ出した魔王をこんなにも速やかに連れ戻すことが出来たのは魔界史上透子が初めてなのだそうだ。

大丈夫か魔界。

それが、きっかけ。

透子が、魔王城において自分自身の居場所を切り開くようになる、最初の一歩。


ちなみにその夜。

透子が自室で眠りに落ちる間際、庭の当たりでわあわあと騒がしい声を聴いたような気がした。

「おい誰だ野良グルゥ餌付けしやがったのは！」

「でけえ！　おいでけえ！　く、喰われるぅ！！！」

犯人は魔王である。

＊　＊

その数日後。

透子は、奴隷として魔王城にとどまることに決めた。

それが、すべての始まり。

＊　＊

「冷え性なんです」

いきなりの告白にポカン、と魔王の目が丸くなった。

ここは魔王の自室である。

寝室である。

そして夜である。

「…………………………それが我にいったいなんの関係が」

ようやく吐き出したのはそんな言葉。

目の前にいるのは職場の鬼、宰相二号機と最近ではすっかり名高い異世界よりの迷い子、化野透子(あだしのとおこ)だ。

敏腕美人上司として名高い。

肩の辺りで綺麗に切りそろえられた黒髪、かっちりとしたスーツを着こなす姿は部下たちからも
……おかしい。

確か次元の狭間を踏み抜いて、先日魔界の森に迷いこんだこの娘を部下が拾ってきた時には、奴隷として城に置くことが決まったはずではなかったのか。何故いつの間にかしれっと成り上がっているのだ。解せぬ。

思わず半眼で目の前にいる透子を見据えると、透子は理解のよろしくない子供にかんで含めるような口調で口を開いた。

「だから一緒に寝ましょう」

「すいませんお帰りください」

ちょっとうっかり本音が出そうになってしまった。

が、しかし残念なことに魔王の有り余った魔力をもってしても、透子を元の世界に還してやることは敵わなかった。異なる世界同士の接点はそれほど多くはない。幾つもの世界が揺蕩(たゆた)い、交わる中、透子は針の孔(あな)を穿(うが)つように、小さな接点を踏み抜いてこちらの世界に堕ちてきてしまったのだ。魔王が透子を保護した時には、もうすでにその重なりは解(と)けていて、こちらとあちらを繋ぐ接点はすっかり見えなくなってしまっていた。

『私は……帰れないんですね』

そう言って悄然(しょうぜん)と項垂れた彼女を放っておくことが出来なくて、奴隷として城に置くことを提案したのは魔王だ。魔王城には多くの魔族が生活しているが、人を喰らうほど血肉に飢えたものは多くはない。そしていたとしても、『魔王のもの』に手を出すことが許されるほど魔王城は甘くない。奴隷。それはすなわち魔王である彼の所持品であるのと同じことなのだ。

が、奴隷は奴隷である。

異世界でいきなり奴隷の身分に落とされた彼女からは、さぞかし手酷い反発を受けるだろうと思っていた。だから、なるべく顔を合わせたくはないなーなどと思っていた。魔王は繊細なのだ。面と向かって血も涙もない下衆（げす）魔王と罵られでもしたら、ＭＰ（マジックポイント）が尽きて三日は寝込む。

が、まさかその顔を合わせていない間に、気づいたら魔王城の中で中間管理職にまで上り詰めているとは思わなんだ。

やたら宰相の魔王の仕事ぶりに対するチェックが厳しくなったと思っていたら、まさかの透子の暗躍である。それ以来、魔王は透子に仕事でがみがみ言われ、〆切（しめきり）に合わせて書類を取り立てられて……としごかれまくっていた。透子曰く、「ブラック企業の社畜なめんな」らしい。何それ怖い。人間界怖い。

そして、現状だ。

あんまりといえばあんまりな展開に血を吐きそうになりつつ、魔王は退かない。ここで退いたら押し切られる。

なんだってコワい部下にいきなり添い寝を強請（ねだ）られなければいけないのだろう。

「魔王様と一緒に寝ると悪夢を見ないという噂を聞きまして」

「……どこ情報だ」

「宰相です」

「あの野郎」

あの綺麗な顔をメリッと凹(へこ)ませたい。

「悪夢を散らすだけなら夢魔でも可能だ。部下を使え、部下を」

しっし、と魔王は追い払うように手を振る。

が、彼女はめげなかった。

「仕事で疲れた部下を、プライベートでまで上司に付き合わせるのは可哀想(かわいそう)でしょう？」

「………………………」

我はいいのか。我は。

上司ならプライベートに付き合わせていいのか。

というかいつから御前に部下が出来た。

思わず黙りこみつつも、ツッコミを口に出すことは出来なかった魔王である。

嗚呼、無念。

「………」

ため息混じりに、己よりも頭二つ分ほど小柄な彼女を見下ろす。

テキパキと仕事をさばき、場合によっては魔王を小突きまわしてでも書類を取り立てるような彼女にも、悪夢に怯えるようなことがあるのかと思うとなんだか不思議な気がした。

彼女にも、何かあるのだろうか。

この存在こそが魔王にとっての悪夢めいた社畜にも、怖いと怯える夢が。

「御前は……て、ちょッ、押し切るな、男の部屋に侵入するな！」

そんなことを考えていたら、気がついたら押し切られていた。

はッと振り返った時には、ちょいと魔王の脇をくぐりぬけた彼女が魔王のベッドへと嬉しそうに潜り込んでいくところだった。さすが良いベッドを使ってますね、なんて言われても嬉しくない。包み込むような、背中から沈み込むような柔らかさが癖になる一級品だ。魔王様はベッドにだって拘るのである。

「さ、魔王様」

ぽんぽん、と枕を叩かれた。

枕を叩かれた。

枕　を　叩　か　れ　た　。

「……立場が逆じゃないか」

「いいんですよ、魔王様甲斐性ないですし」

「御前には魔王を敬おうという気がないのか」

「敬ってますとも。敬愛しておりますから添い寝してください」

…………。

はふり、と深くて重いため息をつく。

コワい部下ではあるし、何を考えているのかも全くわからないが、悪い人間ではないのだ。仕事の外では叱られることもないだろう、と思い直して魔王は自分のベッドへともぐりこむ。何だって自分は自分のベッドにもぐりこむのにこんなに緊張を強いられなければいけないのだろうか。

「……解せぬ」

「あんまり悩みすぎると禿げますよ」

しれりと言葉を返されるものの、彼女の体温でほんのり暖かくなったシーツは優しく魔王を迎える。一人じゃないベッド、というのはぬくもりが心地よい一方、触れてしまったらどうしようかとドキドキする。

「………なんで端っこで丸くなってるんですか魔王様」

「御前は我がうっかりでも触れてしまったら速攻裁判に持ち込んでがっぽり慰謝料を持っていきそうだ」

「……貴方(あなた)私のことをどんな目で見てるんですか」

「こんな目だ」

じろりと視線を流して半眼で見てやる。

背を向けて寝返りをうってやりたいが、それには角が邪魔だ。

失礼な、と頬を膨らませてみせる透子の顔が少し普段職場で見る顔よりも幼げで思わずぱちくりと目を瞬いた。

「どうしました?」

「御前は――……プライベートだとそれなりに可愛(かわい)げがあるな」

「――……それなりとはどういう意味ですか」

ぎゅむ、と鼻をつままれた。

痛い、と呻くと楽しげに笑う振動がシーツごしにも伝わってくる。

「……まったく。我は寝るぞ。で、御前はどんな夢が見たいんだ。なんでも好きな夢を見せてやる」

悪夢が怖いというのなら、どんな悪夢も蹴散らしてやれる。

望むならば、どんな甘美な夢だって見せてやれる。

断れないならばせめて恩を着せてやろうと思ったのに。

「あ、間に合ってます」

「は？」

透子はいともあっさりと魔王の誘惑を撥ね除けた。

「魔王様、私の話聞いてなかったんですか？」

「え」

「私、冷え性なんです」

「冷え性なのは我と寝る理由にはならないだろう」

「寒いから魔王様に温めていただきたいんです」

「……げふッ」

思わず咽せた。

——…魔王のベッドは暖かく柔らかで極上で、たまに部下が紛れ込む。

＊　＊

「ピロートークというものをしてみたいと思います」

「げふッ」

今日も今日とて透子は魔王のベッドにもぐりこんできている。

寝巻きに身を包んだ女性として完成された体躯(たいく)はそれなりに甘やかで、魔王の視覚を楽しませてはくれるのだけれども。それ以上に手で触れたらトンでもなく痛い目を見そうな気がしてしまうのはなんの刷り込みだろう。

というか、ピロートークってなんだ。

そんなものを交わす関係になった記憶はこれっぽっちもない。

相変わらずいつの間にか押し切られてベッドに侵入されてしまっているだけである。というか、それが日課になりつつあるのは如何(いかが)なものなのか。

魔王の主寝室だけあって、それなりに警備はされているはずなのにどうしてこうも透子の存在がスルーされるのか。さりげなく宰相相手にぼやいてみたところ、

「魔界最強のイキモノが何言ってるんですか。あんたに警護なんて必要ありませんよ」

と鼻で笑われた。

どうしてだろう。涙が出そうだ。

この城にいる魔物どもは全体的に魔王に対する敬意に欠けている。

　まあ、そうは言っても魔王が魔物の中でもダントツに強く、頑丈で、生き汚いのも事実だ。脳と心臓のどちらかが無事なら全体を再生することだって出来るし、時間さえかければ細胞の一欠片(ひとかけら)からでも復活することが出来るだろう。

　それに比べて透子ときたら、肉体的には恐ろしいほどにか弱い。病気をしても死ぬし、怪我をしても死ぬ。魔王からしてみれば首がとれたぐらいで死ぬとは何事だと言いたい。

　そんなわけで、宰相が透子についてスルーするのも当然だと言えた。

　透子に魔王は傷つけられない。

　……精神的ダメージならいくらでも与えられるかもしれないが。

「熱、あるんでしょう」

　つらつらと考え事をしている間に、横から伸びてきたしなやかな白い手が優しく魔王の額に触れた。

　ひんやりと柔らかくて心地よい。

　普段あんなに怖くても、やはり女性なのだな、と思い知らされる。

　優しい、ヒトの手だ。

「――……魔王らしいことをしていないからな」

　魔力が余って余って仕方ないのだ。

　魔王の中で生成された余剰な魔力は、ときたまこうして熱を生んで魔王の身体に負荷をかける。

　魔王の本能に、壊せ、奪え、滅ぼせ、と甘く囁きかける。魔力を持った者であれば、この状態の魔王の傍にいれば簡単に狂う。魔力のまの字も持たない透子だからこそ、平気で隣にいられるのだ。

いっそ人間界（透子の世界とは別だ）にでも攻め込んで、魔王らしく世界征服にでも乗り出せば良い感じに発散出来るとは思うのだが、今更そんな気にもなれなかった。

「どうして、魔王様は人間界に攻め込んだりしないんです？」

「馬鹿を言え、あそこまで人間界を発展させたのは誰だと思っている。我だぞ」

ベッドの中で魔王は胸を張る。

人類の進化にちょいちょい手を出し、ベストなタイミングで強力なマジックアイテムの封印されたダンジョンを出してみたり、人類が互いに争い、殺し合いが最悪のところまで行きつきそうなところで人類が力をあわせてやっと倒せるぐらいの魔物を送りこんでみたりと、バランス良く発展を促してきたのだ。

そんな魔王の野望は、いつか自分の手を離れた人間界が、魔界とやりあうだけの力を手に入れて乗り込んできた際に、滅茶苦茶格好良いラスボスとして降臨することである。今はまだその時ではない。魔王が本気で戦えるだけの戦力を持つまで育って貰わねば困るのだ。それを自らリセットするなど、魔王に出来るわけがなかった。

「……まるで箱庭アプリにでもハマっているような言い分ですね」

「はこにわあぷり？」

「私の世界にあったゲームで、自分だけの世界を、自分好みに育てていく、というものです」

「それに近いな」

透子の世界の人間とは気が合いそうだ、と思う。

「辛そうですね」

「明日には治まる。というか心配するぐらいなら、今日ぐらいは手加減してくれても良かったんじゃないのか」

うう、と呻く。

本日も通常運転の透子に書類を仕上げろ印鑑を押せと迫られ倒した記憶はまだ新しい。透子が来てから、魔王城の業務効率が30パーセント以上も向上したと宰相は喜んでいたが、その陰には魔王の犠牲がある。

「だから、責任とって私が寝かしつけてあげようというんです」

「放っておいてくれ、お願いだから」

「まあまあまあ」

何がどうまあまあまあ、なのかがわからない。

というかさりげなく当然のように彼女がベッドの中にいる意味がわからない。

「魔王様はどんなピロートークがお好きですか?」

「………御前は本当に人の話を聞かないな」

「魔王様ほどじゃありません」

「何を言う。我は部下の意見もよく聞く素敵上司であり、素敵魔王だぞ」

「それならば明日にでも人間界に進撃してください」

「だが断る」

きっぱりと言い切ると、どこか呆れたように透子はため息をついた。

そもそも異世界人とはいえ、れっきとした人類である透子が魔王に人間界侵略を進言するというのは如何なものなのか。

「じゃあ、私に魔力を分けてみるというのはどうでしょう」

「は？」

「魔王様は魔力が有り余っていて、私は魔力が皆無です。足して2で割れば素敵な感じになるんじゃないでしょうか」

「すまん、このベッド気に入っているんで御前を破裂させるのはちょっと」

「おおう」

すでにピロートークとしてはかなり方向性を間違った会話がつらつらと流れていく。そして、流石（さすが）に魔力を分け与えることは出来なくとも、魔王の額から熱がじわじわと彼女の手へと移っていく。ある程度火照（ほて）りが移ると、くるりと彼女が手を返した。こつん、と冷えた手の甲が額に触れる。

「……御前の手は冷たくて気持ちが良いな」

「冷え性なんです」

「そういえば手が冷たい人間は心が温かいというな」

「そうそうそうでしょうとも」

「我はそれに異論を唱えたい。全力で」

べちん。

額に乗せられていた手が軽く持ちあがって攻撃をしかけてきた。

ほら、やっぱり意地悪じゃないか、と言い返そうとしたものの。

自分のものではないはずの不穏で危険な感情に苛まれる中、隣にいてくれる柔らかな体温には確かに癒(いや)されていることに気づいて、もごりと魔王は黙り込んだ。

そうして――……、今日も魔王城の夜は平和に過ぎていく。

＊　＊

「えい」

「……ッ!?」

ぴとり。

冷たい素足が唐突に絡みついてきたもので、思わず魔王は悲鳴をあげそうになった。

今日も今日とて透子は魔王の布団にもぐりこんでいる。

もうそろそろ恒例である。こんな恒例は嫌だと泣きたい魔王であるのだが、果たして誰に訴えれば良いのかがわからない。これで立場が逆ならば完全に魔王がいたいけな乙女を嬲(なぶ)っている図として勇者あたりが助けに来そうなものなのだが、残念ながら加害者奴隷、被害者魔王である。

「どうして我は奴隷にセクハラされているのだろう……」

「何言ってるんですか、サービスですよ」

ぺとり。

「ひぃいいい冷たい脚をくっつけるなッ、寒いだろう！」

「こんなに冷えて可哀想に私が暖めてやろう、ぐらい言えないんですか」

「そういう台詞は宰相の専門分野だ！」

「宰相に言われたことがあるんですか！」

「どうしてそうなった!!　あったらコワいだろう!!」

宰相と同衾。

コワすぎる想像である。

というか、宰相と魔王が同じベッドに入らざるをえないというシチュエーションがわからない。

というか毎度ながら彼女が同じベッドの中にいる意味もわからない。

「御前の世界に、勇者はいないのか」

「さあ、存じ上げませんが」

「そうか……」

どうやら異世界より魔王城に捕らわれた彼女を救いに来る――というか引き取りに来てくれる――勇者には期待出来なさそうだ。魔王はがっくりと肩を落とす。

明日から「求む勇者」の張り紙でも作ってとりあえず人間界にばらまこうと決意する。書き損ねた書類の裏紙でも使えば、宰相や透子に文句を言われることはないだろう。

そんな魔王に対して、ふと気づいたとでも言うように、透子が口を開いた。

「でも、今日の魔王様は勇者のようでしたよ」

「……そうか」

「おかげで魔王城は極寒の氷城と化してますけど」

「………」

ふい、と視線をそらして誤魔化そうと試みる。

本日、魔王城ではちょっとしたトラブルがあったのだ。

魔界の南方を護る焔(ほのお)の魔人が城を訪れた際の話だ。

女好きで、ナンパ好きな魔人が宰相のもとでてきぱきと仕事をこなす透子へと目をつけたのは当然の流れであったのかもしれない。

透子は、魔界では珍しい人間だ。

人間だけあって、透子には羽も爪も牙も魔力もない。

その毛色の変わった様子に興味を惹かれたのだろう。

そして、魔人は人の肌がどれほど傷つきやすく、弱いものなのかを知らぬまま透子に触れようとした。常に身体の表面にうっすらと焔をまとった魔人が、ただの人である透子に触れればおそらくただではすまなかっただろう。

宰相が慌ててフォローに入るよりも、周囲にいた部下が身を挺(てい)して魔人を止めようとするよりも手をかざした。

先に――――…、いつの間に現れたのか唐突に魔王が透子の身体をその腕の中へと抱えこみ、魔人へと手をかざした。

その瞬間、すべてのものが凍てついた。あっという間に魔人は氷漬けである。それどころか城ごと凍った。岩壁で出来ていたはずの魔王城は、あっという間に氷の城と化した。魔王いわく、咄嗟のことだと力の加減が難しい、らしい。

『あああぁ…、城の材質から全部変えてしまって…ッ！　これ元に戻すのにどれだけかかると思ってるんですかッ！　っていうか魔人様凍ってますけどどうするんですかこれ！』

宰相の悲痛な絶叫を、透子は魔王の腕の中から聞いた。

普段はひやりと感じる魔王の体温ですら温かく感じるほどに急激に低下した気温。は、とこぼす息すら白く曇る。透子を背後から守るように抱き寄せた魔王は、フンと小さく鼻を鳴らすと透子を一瞥した。そして、怪我はないな、と一言呟いてから、いつものマイペースで宰相へと応じた。

『大丈夫だ。魔人は頑丈だから溶かせばなんとかなる』

『……溶けるんですか？　本当に溶けるんでしょうねっ、魔王様が人間界には季節感が足りないと言ってこしらえた雪山の氷はウン万年溶けてませんが！』

『……たぶんなんとか』

そう言って氷の彫像と化した魔人を担いで魔王が向かった先が厨房だったあたり、詳しくは追及しない方が良いような気がしつつ、透子はだいたい察している。

おそらくは湯煎だ。

「……魔界は御前のような人間が暮らすには向いていない」

昼の出来事を思い返してぼんやりしていた透子の隣で、ぽつりと魔王が呟いた。

今からでも人の世に、という言葉に被せるようにして、透子は口を開く。

「まあなんとかやりますよ。魔王様で暖をとりつつ」

ぴとりと脚を絡めると、魔王は一瞬ぴくりと硬直したものの、抵抗を諦めたように透子の好きなようにさせた。

「魔王様、ついでなのでちょっと腕も貸してください」

「ああ？」

言われるままに片腕を差し出す。

よっこらせ、と腕枕されてしまった。

魔王の頭のすぐ脇に透子の頭。

吐息が触れるほどの距離。

「私、この肩のくぼみに頭はめるの好きなんです」

「……それは良かったな」

「はい」

嬉しそうな声とともに、すりと頭が寄せられる。

もともと体温設定が低めな魔王であるので、傍らに感じる透子のぬくもりは酷く温かに感じられた。

そのくせ胸に乗せられる手のひらや、己の脚に絡みつく脚はひんやりと冷たい。

「……御前は本当、冷たいな」

「心はあったかいです」

「……………」

「なんですかその沈黙」

「いや、……我は正直ものなんだ」

「――……」

「御前の沈黙は怖い」

「……………」

「悪かった」

「許しましょう」

くふ、と耳元で柔らかに笑うような声。

「ともに朝日を眺めつつ夜明けの珈琲(コーヒー)を飲みましょう」

「………日が昇ればな」

概念的に朝・昼・夜と時間を区分けしているものの、残念ながら常闇の魔界に朝日は昇らない。

*　*

「魔王様、月がとっても綺麗ですよ」

「月より君の方が綺麗だよ」

「何か悪いものでも食べました？」

「……御前は本当に冷たい女だな、そこは頬を染めるところだろう」

もう、どうにでもなれ。

魔王はすっかり現状を達観していた。

透子が夜になると魔王のベッドの中にもぐりこむのはすでにもう当たり前となってしまっている。習慣化してしまっているのだ。今だってごくごくナチュラルに二人で窓から見える月を見上げていたりするのだから。

背中の後ろにクッションを置いて起こした身体、なんとなし二人寄添いながらぐだぐだとどうでもいい話をするのも、今ではすっかり日常の一部である。

「……葉巻が吸いたい」

「却下です」

細く巻いたシガレットは魔王にとっては大事な嗜好品なのだが、透子のお気には召さないらしい。いともあっさりと却下を食らってしまった。

「………御前はもうちょっと我を敬っても良いと思うぞ」

「十分すぎるほど敬愛していますよ」

どこがだ、と言い返したいものの、言い返すと軽く倍は言われるのがわかっている。舌戦を諦めた魔王は、背中のクッションをずるりと引き抜いてごろんと横になった。自然と透子の背もたれを奪うことにもなったのか、ゴツンと隣でちょっと痛そうな音がする。

どうやら透子は見事にベッドヘッドに頭をブツけることになったらしい。ちょっといい気味だと背中を震わせて笑えば、その丸めた背中にげし、と蹴りを喰らった。まったくもってどの辺に敬意やら敬愛やらがあるのだろうか。

我、魔王ぞ。魔王ぞ。

そんなことを口走りたくもなる。

「……吸いたい」

「ヤですよ」

「御前に吸えとは言ってない」

「移り香がつくでしょう」

「――――……今、地味に傷ついたわけなんだが」

我の移り香が嫌なら我のベッドから出ていけここは我の王国なんだ、とみみっちい領地を主張する魔王。本来なら魔界全体が魔王の領地であるはずなのだが、その中でもベッドの中は魔王的にスペシャルな王国である。

そんなことを主張しつつ、透子に向き直り押しやろうと腕を伸ばせば、その腕をとられて逆に引き寄せられた。やはりこれは立場が逆なんじゃないだろうか、としみじみ思う。

「だって」

ぷい、と眼前で透子が唇を尖らせる。

「あんな強烈かつ可愛らしいヴァニラの香り、私には似合わないでしょう」

「…………………………そんなことはないと思うが」

「その間はなんですかその間は」

想像して、魔王は眉間に皺を寄せる。

タイトなスーツ姿で仕事をこなしていく透子から、ふわりと漂う濃く甘いヴァニラの香り。想像するだけで、妙な気持ちになる。退廃的だ。あの魔人のように、その香りに惹かれて手出しするような輩が増えたら困る。何かある度に魔王城が凍てついたり、大炎上したりしてしまっていたら、宰相の胃が溶解しかねない。

「……宰相が哀れなので、我も御前の前では煙草はやめておこう」

「そうしてください。でも今なんで宰相の名前が出てきたんです?」

「気にするな、こっちの話だ」

適当に手をひらりと振って誤魔化せば、透子もそれ以上追及することはなく、はあ、と頷いた。

そして、腕をそのまま引かれて腕枕にされる。

それももう慣れた。

「……腕、痺れるんだぞ」

「鍛えてください」

「どうして我が御前のために鍛えないといけないいんだ」

「今地味に傷つきました」

「…………」

「損害賠償として、腕枕を一本いただきます」

「一本言うな、切り取るみたいでコワいだろう」

「…………」

「切り取る気なのか！」

「────…冗談ですよ」

「今の間はなんだ」

「腕枕単品より魔王様付きのが良いです」

「それどっちが付属品なんだ」

「どっちでしょうね」

「腕枕だと言い切ってくれ」

月明かりの下。

寄せては返す波のよう、他愛もない会話は繰り返されていく。

＊　＊

その日。

いつもの時間になっても透子が来なかった。

それだけのことだというのに、背中が寂しいと思うのは何故だろう。

腕の根元、肩の付け根のくぼみにのっしりとした重みがないと物足りないと思ってしまうのは何故だろう。

ぽつりと呟く何げない独り言に、返る言葉がないとどんよりしてしまうのは何故だろう。

取り返しがつかないほど深みにハマってしまったな、と魔王はしみじみ思いつつ独りのベッドに突っ伏した。静かだ。厭（いや）というほどに静かで、シーツは哀しいほどに冷たい。いつの間にこんなにも彼女の存在が当たり前になってしまったのだろうか。たまたま次元の狭間をヒールで踏みぬき、落ちてきてしまった彼女。いつかは元の世界に返してやらなければと思っていたはずなのに、いつの間にか共にいるのが当たり前になってしまった。

「……我が悪い魔王だったなら、鴛籠（かご）にでも閉じ込めてしまうところだが」

呟いて、いや無理だな、と思い直した。

己が邪悪な魔王であろうと善良な魔王であろうと、あの透子がおとなしく鴛籠の中に収まるとは思えない。何せ、相手は奴隷として保護したはずがいつの間にか成りあがって魔王城の幹部にまでのしあがっていた女である。気づいたら宰相辺りを手懐けて、下剋上を起こされそうだ。

「…………………」

むくっと身体を起こして、魔王はすっと虚空に指を滑らせた。

指で描いた軌跡に合わせて浮かび上がるのは、魔界全体の情報を統括した《アカシックレコード》だ。生命の根源たる魂に刻まれた情報すら網羅すると言われる《アカシックレコード》から逃れうる情報はない。

それこそ夕飯の献立からアンダーグラウンドなもろもろまでリーチ可能だ。

魔王は、そっと検索欄へと指を滑らせ……

「いやいや、人の心をこんな形で知るのは良くない」

モラルに縛られし魔王であった。

「いやでも知りたい」

指先が、『化野透子が魔王をどう思っているか』なんていう抽象的なワードを検索欄に打ちこみたがるのを懸命に耐えて、魔王はどりゃあっと《アカシックレコード》のトップ画面をベッドの向こうへとぶん投げた。仮想画面は、青白い光となって霧散する。

「……思えば、我は自分からは何もしていなかった」

反省するように、魔王は呟く。

いつでも行動に移すのは透子の方からだった。

毎晩魔王の部屋に押し掛けて、魔王のベッドへと潜り込んだ。魔王がしたのは、流されるままにそれを受け入れることだけだった。だから、今こうして透子からのアクションがなくなると、どうしていいのかわからなくなる。透子が側にいることを居心地良く感じていながら、魔王は透子を側に置き続けるための努力を何一つしてこなかった。

「こんなことなら……透子が提案した時に人間界を攻めておけば良かった……っ」

はた迷惑な後悔である。

そんな理由で攻めてこられても、人間界側としても困惑するばかりだ。やめていただきたい。

はあ、と魔王は深いため息をつき――……がちゃり、とドアが鳴ったのはそんなタイミングだった。

「遅くなりました」

「――、」

いつもと変わらぬ様子で、しれっと顔を出した透子に、魔王は静かに安堵の息を吐く。

「先に寝ていても良かったのに、待っていてくださったんですか？」

なんて言いながらもそもそとベッドにもぐりこんでくる奴隷を迎えるために、少し身体を寄せて居場所を作ってやった。するりともぐりこんだ冷えた身体は、ぬくもりを求めるように魔王へと寄り添う。

柔らかな女性らしい丸みを帯びた肢体。

普段はかっきりとスーツを着こなしているから、その下がこんなにも柔らかいことに謎の感慨を抱いてしまう。前に太った猫の腹のようだ、と言ってみたところ、全力でどつかれた。

「仕事が長引いたのか？」

「宰相との打ち合わせが長引きまして」

「宰相と仲が良いのか」

「仲良しです」

はっきりきっぱりと言われた。

面白くない。

「一緒に寝るくらいにか?」

「一緒には寝たことないですね」

なら我の方が仲良しだな、と内心魔王はちょっぴり元気になった。

「……なぁ」

「なんです?」

「御前はどうして我を選んだ?」

冷え性で共寝の相手が欲しいなら他にもいくらでもいるだろう、と言外に聞いてみる。宰相だっているし、部下たちだって大勢いる。何故わざわざ魔王である己を懐炉がわりに使おうと思ったのか。

はッ、とした。

「我の地位が目的」


ぐし。


「ぐふッ」

最後まで言う前に、わき腹に肘がめり込んだ。

思わず呻いた。

何千年か前に魔王討伐に訪れた勇者にも劣らぬ鋭い肘撃ちだった。

「い…、いい肘だった……ぐふ」

「褒めていただき光栄です」

しれりと言いながらも、背中を撫でてくれるあたりが優しさだと思いたい。

「………」

「なんだ」

「知らないんですか、ひょっとして」

「何がだ」

「私が魔王様を好きだってこと」

「――…は？」

心底間抜けな声が出た。

口がぱかーん、と開いた。

魔王の反応に、透子がおかしいですね、と不思議そうに首を傾げる。

「むしろ――……なんで知らないんですか」

「御前、そんなこと一言も」

「《アカシックレコード》を読めばわかるでしょう」

「それはさすがに卑怯だろうと我が自重していたことを御前はあっさり勧めたなこのヤロウ」

ある意味魔王より発想が邪悪である。

思わず半眼になっていた魔王に対して、何故か透子の方も機嫌を損ねたように軽く眉を寄せて魔王を睨みつけた。仕事で普段尻に敷かれている分、透子のそんな顔を見ると魔王は条件反射のように怯(ひる)んでしまう。

「な、なんだ」

「ということは、私は好きでもない男の寝床にもぐりこむような女だと思われていたわけですか」

「言わない御前が悪いんだろうっ」

「敬愛してます、って言ってたじゃないですか」

「それでわかるかッ」

思わず吠えて、そのまま魔王はぐったりと力尽きた。

透子が飽きて部屋に来なくなってしまったと思って悩んだ数十分間の苦悩を返してほしい。

「まあいいです」

なでなでなで。

ベッドに突っ伏す魔王の背中を撫でる手が優しい。

ふと、気づいた。

「……もしかして御前、今照れているのか」

「…………何を根拠に」

「手が――……熱い」

背中を、撫でる手がそれはもう、ぽかぽかと。

普段しれっと鉄面皮を貫くような彼女が。

そのときだけはやけに可愛らしく――……

「いやん」

――……なかった。

ゆっくりと身体を起こして、魔王は隣に寄り添う透子へと覆いかぶさる。

魔王を見上げる透子の双眸に怯えの色はない。

「我は、魔王だぞ」

「存じ上げてますが」

「御前は、人だ」

「それも、知ってます」

人の命は脆い。

なんでもないことですぐに弱り、命を落としてしまう。

大事に守って、手の中に囲いこんだとしても、あっという間にその寿命は尽きてしまう。

魔王が望むような永遠を、ともに歩むことは出来ない。

「魔王様」

「なんだ」

「私は、魔王様の子を産めるでしょうか」

「――、」

破廉恥な、と喉元まで出かけた。

けれど、それが透子にとっては大事な問いなのだとわかっていたから、魔王も真摯に答えることにした。

「……難しい、だろうな」

透子は魔力を持たない。

魔力を持たない透子が、魔力の塊めいた魔王の子をその胎内に宿すのは非常に危険な賭けだといえる。母体が耐えられない可能性の方が高い。

「魔王様」

「なんだ」

すがるような眼差しが、それでいてどこか強い意志を含んだ透子の双眸が魔王を見上げる。

「魔王様は長生きなんですから――……100年ぐらい、ちょっと私にくれませんか」

余ってるお菓子をくださいな、とねだる調子で、己の寿命と同じだけの時間を透子は魔王にねだる。

「なんのための100年だ」

「私が、死ぬまでの、100年です。その間は世継ぎだとか、正妻だとか、忘れてもらおうかと」

世継ぎを望むこともなく、世継ぎのために他の女を傍に置くこともなく。

透子だけを傍において過ごす100年。

それは随分と甘い誘惑だった。

魔王の生において、100年なんていうのはあっという間のひと時だ。

数千年前に一度訪れた勇者とやりあったことだって、魔王からしてみれば数日前のように思い起こすことが出来る。

だから。

「――…厭だ」

きっぱりと、首を横に振った。

「……、」

断られるとは思っていなかったのか、透子の瞳が微かに揺れる。

それでも傷ついた色も、悲しみも、魔王には悟られないよう隠そうとする黒が健気だった。

「……ケチ」

柔らかな暴言に、フン、と魔王は息を吐く。

「我を誰だと思っている。魔王だぞ」

「知ってます。いいじゃないですが、奴隷が魔王に手を伸ばしたって」

ふすん、と拗ねたような呼気とともに尖る唇に、魔王はそっと屈みこむ。

魔王が何をするつもりなのかわかりかねる、というような双眸に口角を持ち上げて笑ってみせて
――そのまま口づけた。

柔らかな唇だ。

堪能するように舌を伸ばしかけて――…

「ァだ!?」

「何するんですか！」

思い切り噛まれた魔王だった。

「キスぐらい良いだろう！」

「良くないですよ!!」

「今のは絶対良い流れだった!!」

「何言ってるんですか、私フられたじゃないですか！」

「フってない！」

がぶ、と思い切り噛まれた唇を指で擦りつつ、無理強いするつもりのない魔王は力尽きたように再び透子の隣に転がった。

そして、ふと呟いた。

「１００年は、短すぎる」

「………はい？」

今度は、むくりと透子が身体を起こした。

「それってどういう」

「御前は、たかだか１００年で我を独りにする気か。男やもめに蛆が湧くぞ」

「………でも、私はヒトです」

「我は魔王だ」

「…………つまり？」

「御前がヒトをやめれば良いのでは」

「ああ、そういう」

「うむ」

「…………」

「…………」

しばし、二人の間に考えるような間。

それはいつかの、人の世に渡るか、魔王城にて奴隷として残るかを選べとつきつけた時とよく似ていた。

「すぐに答えろとは言わない。しばらく、考えると良い」

「……はい」

いつかと、同じ会話。

そうして、透子は。

よっこらせ、と魔王の上に馬乗りになった。

「…………」

「…………」

「……おい、透子」

「はい、なんでしょう」

「考えるんじゃないのか」

「物事にはお試し期間というものがありまして」

屈んだ透子が、魔王の唇に啄むような口づけをくれる。

「……どれくらい試す気だ」

「最長100年ぐらいじゃないでしょうか」

「いまわの際まで試す気か御前」

ぼやく魔王の唇を、甘い口づけが口封じめいて襲う。

ちゅ、ちゅ、と可愛らしいキスをくれる自称奴隷の腰に腕を回して、魔王はまあいいか、と事態に流されることにした。

実に流されやすい魔王である。

＊　＊

隣の魔王に向かって、女は語る。

静かに語る。

「私ね、ずっと一人で頑張ってきたんです。

極悪なブラック会社で身を粉にして働いて、身体壊しそうになって、それでも親には心配かけられないと意地になって頑張ってきたんです。

いつしか心も身体も冷え切って、ただ職場と家（寝るためだけの場所）を往復するような日々を送ってきて、頑張ってましたけど誰からも褒めて貰えなかったんです。

そんな時、魔界におっこちて、よくわからない森でひとりぼっちになりました。死んでもいいや、って思ってました。

そこにね、魔王様の部下に拾っていただいたんです。城に連れてこられて、今度はここで奴隷として生きるか、見知らぬ土地で生きるかを選べと言われました。私の人生、馬鹿みたいに働いてそれだけで終わるんだな、って思って手足が冷えました。

謁見の間で、手足を縮こめてうずくまって震えてた私の前に、魔王様はひょいひょいと何も考えてないような気軽な足取りでやってきて、私のことを抱き上げてくれましたよね。そして言ったんですよ。

『よく頑張ったな』って。

すごくあったかかった。嬉しかった。だから、好きになったんです。

元の世界には家族がいるのでその点に関してはやっぱり未練はありますが……もう良いかな、って思ったんです。魔王様のそばに、おいていただきたいって思ったんです。ねえ、魔王様。ねえ。

……聞いてます？」

「ぐぅ」

聞いてなかった。

「………」

じんわりと、透子の頬に朱色が昇る。

「いいですよ、もう言ってあげませんから。寝やがった魔王様が悪いんです。おやすみなさい、魔王様」

「………」

フン、と息を吐いて透子は再び魔王の懐に潜り込んで目を閉じる。

ぬくぬくと暖かい極上の寝台。

やがて響く小さな寝息に、眠っていたはずの魔王がそろりと目を開ける。

「――…おやすみ、透子」

こっぱずかしくて思わず寝たふりをぶちかました魔王が、隣で眠る透子へと優しく囁く。

そんなわけで、魔王とその奴隷――もとい魔王とお試し中の正妻は、きっと今夜も良い夢を見る。

＊　＊

それから、どれだけの月日がたっただろう。

今日も、魔王と透子は共にいる。

「魔王様、ほら、仕事に行きますよ」

「具合が悪い」

「嘘をつくと舌を引っこ抜きますよ」

「こわい」

うだうだと布団の中から眺める先、透子はテキパキと身だしなみを整えていく。

こちらの世界に落っこちてきた時と変わらない黒のスーツ。

新しい服をいくらでも作ってやる、と言ったものの、仕事に向かう時はこれが一番気合いが入るのだと言って、普段の透子は同じデザインで作らせた黒のスーツを着続けている。

逆を言うと、透子がスーツ以外の服を着ている時は、お休みのサインだ。そういう時の透子は魔王が多少駄々をこねても、甘やかしてくれることが多い。そんなわけで、こっそりと透子のクローゼットの中にスーツ以外の服を増やし続けている魔王である。

と、そんなことを考えていたところで。

ふと、透子が同じ靴を履き続けていることに気がついた。

スーツは同じデザインのものを他にも作らせているが、靴だけは同じものを、傷んだところを丁寧に修理して履き続けている。

「透子」

「なんですか？」

「その靴は、何か特別なのか」

「――ああ」

ふと、懐かしそうに透子の口元が柔らかな笑みに彩られる。

そして、透子は語る。

透子がこの世界に迷い込んだ日の経緯を。

ショーウィンドーに飾られていたぴかぴかの靴に添えられていた、透子の世界の古いジンクスを。

「…………」

「どうしたんですか、そんな眉間に皺を寄せて」

「…………」

「ちょっ、魔王様!? わ!?」

ベッドサイドに腰かけて、語っていた透子の腰に腕を回してぐいと引き寄せる。そしてそのつま先を包む黒革の、どこか妖しげな魅力を放っているような気がする靴をそっとその足元から引っぺがした。

靴に、魔力は感じられない。

何らかの呪いがかかっている様子はない。

もしもそうなら、魔王はすぐにでも気づいただろう。

だから、透子の履いているその靴は、ただの靴だ。

それでも。

「…………御前がまた、その靴のせいで『素敵な場所』とやらにでも攫(さら)われたら敵わん」

「…………」

ぶす、と不機嫌そうな魔王の言葉に、今度は透子が黙り込む。

素敵な靴だった。

デザインが気に入っていたし、何より透子によく似合っていた。

惜しむ気持ちは当然ある。

けれど。

「まあ、良いです。私はもう、『素敵な場所』にいますから」

これ以上、『素敵な場所』なんてきっとないだろう。

素敵な靴は、透子を素敵な場所へと連れてきてくれた。

だから、きっともう良いのだ。

「素敵な場所にならら、今度は我が連れて行ってやる」

拗ねた口調でそんな風に言ってくれる、素敵な魔王がいてくれるのだから。

END

豆腐屋『紅葉』繁盛記

道草家守

イラスト・植田 亮

ユニコーンやドラゴンといった西洋系の人外ももちろん好きですが、東洋系の人外も大好きです。

特に妖怪は見るからに恐ろしげな物もいる一方で、なんだか訳の分からない感じまで個性豊かでどこか愛嬌があります。

そんな彼らが、現代社会にいたらどうなるのか。

人と同じように、泣いたり笑ったり怒ったり恋をしたり。そりゃあ苦労はするだろうけども、案外飄々と世を渡っていくのかもなあと、考えただけでわくわくするのです。

YAMORI
MICHIKUSA

大きなビルが建ち並ぶようになった寿市（ことぶきし）の松竹駅前（しょうちくえきまえ）にある商店街。

その一角に、俺の店「紅葉（もみじ）」はある。

近頃の不況やら隣町の都市開発やらのせいで寂れちまった商店街で、今でも何とかやってる豆腐屋だ。

そりゃあスーパーに比べればちいと高いが、何てったって味がいい。

全国から選（よ）りすぐった大豆を一昼夜戻し、すり潰したもんをじっくり煮て、絶妙に絞った豆乳でその日に売り切れる分だけを丁寧に作るんだ。

天然のにがりで今流行りのとろけるようななめらかな食感にするには、そりゃあ技術がいるんだぜ？

豆の香りたつ豆腐は、冷や奴はもちろん、今の寒い季節なら湯豆腐だって最高だ。

そんなもんパックに詰められた豆腐に負けるわけねえだろ？

歴史をさかのぼれば江戸にまでたどり着くのが自慢の豆腐屋「紅葉」だが、数年前にぽっくり先代が逝（い）っちまった。

それで十数年前に家出したきりだったどら息子、つまり俺が戻って継いだのだが、先祖代々受け継がれた豆腐作りも知らずに始めたのだ。

そのせいで、商店街の連中にあいさつに行った時には「廃り知らずで頼みの綱だった紅葉屋さんもおしまいだねえ」と、会長どもにこれ見よがしにため息をつかれたもんだ。

確かにはじめこそ客足が衰えたもんだが、先代の味そのままの豆腐が受け継がれてるってわかれば、俺んとこの豆腐に慣れた奥さんたちはちゃあんと戻ってきてくれたさ。

ついでに、若い兄ちゃんがやってるってことで、おばあちゃんには可愛がってもらえるし、うちの製品を使ったスイーツを売り始めたら、若い高校生も立ち寄ってくれるようになってな。

特に女子高生が、豆腐どうなっつやら、おからくっきーやらをきゃいきゃい言いながら食べていってくれんのは眼福だぜ？

商店街のおっさんたちも、「若者の発想力は良いもんだながっはっは」と手のひら返した歓迎ぶりだ。

その裏で俺に続けとばかりに女子メニューを開発しようとしていたが、のきなみ見向きもされなかったのには笑ったぜ。

俺が女子高生を呼び寄せるために、どれだけ苦労したと思ってんだ。

豆腐の仕込みの合間を縫って女子高生の好みを調査し、女子受けする可愛くかつおしゃれなパッケージまで自分で作り上げたんだぜ？

ほんと、パソコンってのは良いもんだ。

絵師に頼まなくてもそれっぽい画像やイラストをいくらでもネットから引き出せるし、パッケージデザインもエクセルだのでちょちょいと作れる。便利な世の中だよ。

おっさんじゃあ近寄らねえからって代替わりまでして実行に移したこの計画を、早々に真似できてたまるかっての。

「んー！　やっぱ紅葉屋のおからくっきーはおいしい！」

「だよね、豆腐どうなっつもいくらでも食べちゃうっ」

「お兄さん、いつもありがとー！」

「またおいでなー」

と、いうわけで、本日夕暮れ時の紅葉屋も、学校帰りのお嬢さんたちでにぎわっていた。

用意していた豆腐どうなっつもおからくっきーも完売。ついでに俺の心もぽっかぽかってもんだ。

夕飯の買い出しの奥さんがたの混雑も終わり、後は仕事帰りのサラリーマンや買い忘れに走ってくる奥さんがたを待つばかりだ。

その空隙を利用して、俺は店の作業場で水切りしてあった豆腐を切り始めた。

豆腐屋は夜明け前からの重労働だ。朝昼と食ってもこの時間には腹が空く。

夕飯まで持たせられりゃそっちの方がいいが、もう少しばかり店を開けなきゃなんねえんなら多少の腹ごしらえは必要だ。

っと言いつつ単に俺が食いたいだけなんだが。

今日は俺の大好物の味噌田楽（みそでんがく）だ。

厚みは一寸、今だと三センチに切った豆腐に串を打ち、煉瓦を二つ並べ、そこに網を渡して作った即席の焼き場でじっくりあぶる。

本当は炭火が一等うまいんだが、裏手に回んなきゃなんねえから、店番途中にやるのはよろしくねえ。

竹串を打った豆腐はしっかり水切りしたおかげで崩れる気配もなく、いい感じに端っこが焦げてくる。程良いところで手製の味噌を塗ってさらにあぶれば、味噌の焦げる香ばしいにおいが立ち上ってきた。

いいねぇ、昔っからこの香りがたまんねえ。

俺が、ごくりとつばを飲み込んでいると、しゃり、と店の外から地面を擦るような足音がした。

珍しい、このご時世に草履で歩く音なんか。

「もうし」

「へえただいま」

出来上がるまであともう少しだったが、客ならば仕方がない。

俺はこれ以上焦げないようにコンロの火を消し、頭にいつも巻いてる手ぬぐいだけは確認して、急いで店に顔を出したのだが、目を丸くすることになる。

そこにいたのは、ちんまい珍妙なお客だった。

まず、服装があれだ。

黄八丈(きはちじょう)、って言っても今の人にはわからねえか。

よく時代劇で町娘と言えばこれって感じに着られている、黄色地に赤の格子模様(こうしもよう)が入った着物を短めに着て、その上から浴衣(ゆかた)を羽織って汚れ除けにし、ついでに手ぬぐいを姉(あね)さんかむりにして埃除けにしている。

さらに脚絆を巻いた足にはわら草履をはき、手には杖と風呂敷荷物。

要するにあれだ、今じゃ時代劇でもお目にかかりづらい、お江戸時代の本格的な旅支度だった。

そんな形を十をいくつかすぎたくらいの娘っこがしているのだ。

俺だって仕事着にしてるのは藍色の作務衣だが、この娘にはかなわねえ。

しかも全体的に埃まみれでよれていることからコスプレのたぐいと疑う余地もない、ごく自然な着姿である。

だがここは江戸時代じゃない。平成も二十年以上過ぎた鉄筋コンクリートの建物ばかりが立ち並ぶ近代的な（というには微妙だが）商店街だ。

うちとしても火事を出しちゃいけねえと、作業場は先代の時に鉄筋に変えちまったくらいだ。

案の定、商店街の寂れた町並みに、娘さんの時代劇めいた旅姿は浮きに浮きまくっていた。

人通りがぽっかりととぎれているのが幸いだろうか。

そのすさまじい違和感にさすがの俺も声をなくしていると、じっとガラス張りのショーウィンドウに並ぶ豆腐や豆腐製品を見ていたその娘が、ぽつりと言った。

「油揚げを、一枚くださらぬか」

妙にか細い声だったが、はっと我に返る。

そうだ、客がどんな格好をしていようと、俺は豆腐屋だ。

求められれば売るまでだ。

「へい、ただいま」

と商売人らしく考えてみても、油揚げ一枚とは妙な注文だと思いつつ、手際よく平たい紙袋を出し、そこに自家製の油揚げを入れる。

うちの油揚げはちょいと違う。スーパーで売ってる油揚げより一回り大きい。

そんなんじゃいなり寿司はできない？　ちゃあんといなり用の小さい油揚げも用意してるぜ？

品ぞろえの良さも自慢だからな。

「手提げ袋はいりますかい？」

「いや、そのままでけっこうだ」

ならばと袋の口を折り返し、片端だけちょいと折って渡してやる。

「ほい、六十円だ」

「……これで足りるか」

差し出されたずいぶん古びた十円玉六枚と引き替えに、油のしみかけた袋を渡すと、娘はごくりとつばを飲み込んでいた。

袋に伸ばす手も震えている。

「恩に着る。主人」

「お、おう」

異様に真剣な娘に、ちょいと気圧（けお）されていた俺だが、娘が油揚げの袋をつかむ寸前。

ぐう～～～っと、すばらしく良い腹の音が聞こえた。

「……」

「……」

俺も小腹は空いてるが、俺のじゃねえ。

見れば、娘の顔は真っ赤だ。うんだろうな、盛大だったもんな。

思わず、声をかけちまった。

「お狐様ってのも大変なんだな。油揚げ、一枚で足りるかい？」

あんまりにも盛大な音だったもんで、一枚サービスでもしてやろうかと思っての言葉だったが。

とたん娘の瞳がすうっとすがめられた。

周辺の空気までひんやりとするような、警戒心ばりばりの表情である。

「なぜ、わしを狐と評すか」

「いや、だって……」

耳、出てるし。

姉さんかむりにしてる手ぬぐいが落ち、そこからにょっきりと飛び出た三角形の狐耳は、俺が指摘したとたん、ぶわりと金色の毛なみが逆立った。

「……おのれ、」

驚きから羞恥に、そして般若の形相に変わった娘の周囲に、ぽわりと炎の玉が出現した。

青々とした妖しげな狐火の乱舞は幽艶だが、どう考えても剣呑だ。

一転して完全なる臨戦態勢に俺はたらりと冷や汗が滴るのを感じる。

「えちょ、お客さん？」

「徒人（ただびと）に神使（しんし）たるわしの姿を見破られたとあれば、末代までの恥となる。口を封じるしか、ない……！」

「いやちょっと落ち着いてマジで落ち着いて!!」

もはや殺す気満々の娘に、俺は大焦りで意味もなく手を振った。

ここは、原野でもなく山中でもなくふつうの商店街！

しかも俺の店の前！

このままぶっ放されでもしたら恐ろしくヤバいっ!!

「いやいや待て落ち着けほれよく見ろ!!」

高まる妖力に冷や汗をかく俺は、娘が狐火を投げようと手を振りかぶる前に、慌てて目深にかぶっていた手ぬぐいをむしり取り、額を指し示した。

そこでやっと娘の視線が上がる。

辺りが黄昏に染まる中、俺は青い炎に照らされて、青ざめた娘の顔を初めてまともに見た。

綺麗な娘だった。

つんとした鼻に、達人の絵師によって精緻にはかれたような切れ長の瞳は清楚とさえいえる。

なのにぽってりとした唇からは滴るような色香を感じて、十もいくつか超えたばかりの娘なのに、俺は思わず見惚れた。

だが、俺のそんな視線すら気づかないように、娘の黒々とした瞳は俺の額にあるもう一つの目に注目していた。

「みつ、め？」

急に空気に触れた刺激で思わず額の目をぱちぱちと瞬(まばた)きすれば、娘は驚いたようにびくりとする。

とりあえず狐火が止まったことにほっと息をついて、言った。

「俺も妖(あやかし)なんだよ。お前さんみてえに神の使いなんてお役目はねえ、平妖怪だけどな」

「同じあや、かし……」

娘が気の抜けた顔で脱力したとたん、狐火が霧散(むさん)する。

ほう、と息をついた娘の後ろで着物の裾が落ちた。

着物の裾を持ち上げていたのは狐の尻尾だったのか。

だが娘がふらりと体を揺らめかせたのを見て、慌ててショーウィンドウの傍らにもうけている通用口から飛び出した。

とたん、商店街の喧噪が響いてきて、娘が何かの術をかけていたことがわかったが、んなのどうでもいい！

倒れるすんでのところで娘を抱えた俺は、その軽さに驚き、狐火で青いと思っていた顔が本当に青ざめていることに気づいた。

「お、おいどうしたよ、お前さん……」

娘はそれだけは手放さなかった油揚げの入った紙袋を握りしめ、か細い声で答えた。

「おなか、すいた……」

ぐうっと、返事をするように腹の虫が主張した。

＊＊＊＊＊＊＊＊

豆腐屋の店舗兼作業場と俺が寝泊まりする住居スペースは、ガラスの引き戸で通じている。

家の方はほとんど改築してねえから、大空襲の時も生き残った日本家屋のまんまだ。

店舗を改築する時にこっちもやらねえかと業者からは言われたもんだが、この畳と木と漆喰の家は気に入っていて、耐震補強以外はそのままにしていた。

「ほれ、食え」

狐娘の術が解けたせいで人通りの戻った商店街に、耳と尻尾を丸出しの娘をおいておくわけにも行かず、俺は作業場から引き戸一枚で続く茶の間にぐったりとした狐娘を運び込んだ。

そうして、ちゃぶ台に俺のおやつ用にと作っていた味噌田楽の皿をおいてやる。

先ほどの狐火で体力を全部使い果たしたらしい娘は、さめかけでも香ばしい味噌の香りに惹かれたか、ひくりと狐耳を動かして顔を上げた。

「なんじゃ、これは……」

「味噌田楽だよ。豆腐に甘辛い味噌塗って焼いた。江戸じゃ屋台が並ぶくらいふつうの食いもんだったが、今じゃ全く見ねえよな」

「じゃが、金銭と交換しておらぬ物を無償でもらうわけにはいかぬ。そ、そうだ、わしのあがなった油揚げが……」

ぐうぐう腹を鳴らして食い入るように見つめていても、手を出さねえその気概は敬服を通り越してあきれるけどな。

「絶食の最中にあぶらもんなんざ体に悪いって。とりあえずこいつを食ってから考えな」

「じゃ、じゃが……」

「なら俺からお前さんにお供えだ。おいなりさんっていったら商売の神様だろ？　うちだって豆腐屋の商売だから、お供えだったら筋は通るだろ」

「そ、供え物か。このわしに……」

めちゃくちゃ驚いた様子で俺の顔を見ていた娘は、味噌田楽に向けてひどく真剣に手を合わせた。

「では、いただきます」

震える手で竹の串を持ち、若干冷めた田楽をそっとかじる。

ぷちり、と炙られて乾いた表面を白くて小さい八重歯が破るのが見えた。

今、娘の口の中では、温もりの残る豆腐の香ばしい香りと味噌の甘みが絶妙に絡み合っていることだろう。

「おい、しい……」

当然だ。手前味噌を独自に調合し、自家製の木綿豆腐を俺が長年研究した絶妙な加減で水切りをしている。見た目よりも手間暇をかけてる一品だ。

だが娘のしみじみとした声が、おいしさの感動だけではなく、少し湿り気を帯びている気がした。

一体どれだけ食っていなかったんだと思いつつ、無心に田楽をかじりだした娘を茶の間に残して、俺は頭を掻きつつ台所に立つ。

この腹へらしの狐に、何を食わせてやるか。


その後、絶食の後だからと、土鍋に一丁分の湯豆腐を出してやり、水物だけではあれだと、よく泡立てた卵と、くずした豆腐を混ぜたものを澄まし汁に入れて煮立て、白飯に載っけた「ふわふわ豆腐丼」もつければあっという間にぺろりと平らげた。

せっかくだからと娘の買った油揚げをさっとあぶり、生醤油とおろし大根を添えて出してやれば、それはもう幸せそうな顔でかみしめていた。

「幸せなひとときであった。主人には感謝の言葉もない」

油揚げの最後のひとかけまで食べ切った狐娘はかちりと箸をおくと、若干生気の戻った顔で、畳の上で膝をそろえて頭を下げた。

ついでに夕飯をすませた俺は食後の茶を二人分置いて胡坐をかく。

「まあいいんだよ。このご時世、妖怪が生きていくのも大変だからな」

腕っぷしさえ強ければ良かったのは江戸あたりまで、映画やらテレビやらゲームやらの娯楽の進歩で早々驚いてはくれなくなったからなあと思いつつ言えば、狐娘はしみじみとうなずいた。

「うむ。まさか、百年ほどでこれほど世相が変わっていようとは思わなんだ」

え、そっちか？

「つい最近、総本山より社守りに任じられたのだが、任地が遠くてな。その前は小さな分社で御使いをしておったのだが、支度金としていただいた賽銭では汽車にも乗れず、京からここまで東海道をたどって歩き詰めだったのじゃ」

「じゃあ、さっきの油揚げの代金は」

「……わしの、全財産だった」

金色の耳をへたらせて切なく微笑する狐娘に対し、俺はひきつり笑いを浮かべるしかない。

今じゃどこにもコンクリで道が舗装されているとはいえ、狐の本山がある京都からここまで半月はかかるはず。

そんな遠くに大した支度金もなしにほっぽりだすって、ずいぶん世知辛いな、神の使いって。

「じゃが、良いこともあったのだぞ！　公園とやらに行けばたいていたいてい安全な飲み水が手に入るし、新聞とはまことに温かいのう……あれにくるまればたいていの寒さはしのげた。ときどき紺色の軍服のような物を着た者共に連れ去られかけたが、飯が手に入らぬ以外はなんとかなっていたのだ」

……いっぺん、警察のお世話になった方が身の振り方とかいろいろ教えてもらえたんじゃなかろうかと、そこはかとなく思った。

「汽車を知っているってことは、お前さん明治生まれかい」

「うむ。これでもおばあちゃんなのじゃ。まあ、素質ありと認められ、すぐに御山(おやま)に入ったから、人界のことはとんとわからぬがな。この服装で歩いていると、ずいぶん人の子に見られたものよ。じゃが、それに気づいた時にはすでに腹が減りすぎて変化の術も使えなかったのじゃ」

一応服装が変だと自覚はあったらしい。

ちょっぴり苦笑する娘は狐とはいえ、どう見ても百年も年を重ねているようには見えない。世間ズレしてないというか、浮き世離れしているというか。

そんな奴に分社を任せようって、どれだけ稲荷んところは人手不足なんだか。

呆れた気分で頬杖をついていると、狐娘は身を乗り出してきた。

「で、主人はどんな妖なのだ」

「そんなわくわくされても、たいしたもんじゃねえぞ。〝豆腐小僧〟ってわかるか？　ただ豆腐を持って歩くだけの毒にもならなきゃ薬にもならねえ弱小の妖怪だよ。そういえば、自己紹介がまだだったな。俺は紅吉（こうきち）っていうんだ」

「小僧……？」

案の定というか、狐娘は俺を上から下まで眺めて妙な顔になった。

まあそうだよな。今の俺は人の歳（とし）で言えば二十代後半の男だ。

ガキを意味する〝小僧〟というのにはちょっと薹が立っちまってる。

「小僧っていうのは曖昧な定義だからな。未熟な若造という意味で使われたりするだろ？　俺はそこを拡大解釈してこの姿を保ってんだよ。まあそれができるのも、豆腐屋を続けることで妖としての存在を維持しているからなんだが」

妖は、人を化かすことで得られる畏れや驚きといった感情を自分の力とする。

多くの人を化かせばそれだけ自分の力になるわけだが、それぞれの妖怪に合った化かし方ってもんがあるのだ。

俺なら道ばたに立ち、道行く人に盆の上の豆腐を勧める、といったところだ。

はっきり言ってしょぼい。これでどうやって人を怖がらせろって感じの権能だ。

しょうがねえ。〝豆腐小僧〟ってのは人に描かれたことで生まれた新興の妖怪だからな。

妖怪には厳しいこのご時世、強い感情を引き出しにくい権能では、生まれたとしてもまず消えるのが落ちだ。

だが自分の存在が、豆腐を売ることでも維持される、と気づいたのはいつだったたか。

前々から豆腐屋に奉公したりはしていたが、幕末のどさくさに紛れて、自分で豆腐屋を始めて百年とちょっと。

人の寿命がくるたびに、新しく倅に成り代わって豆腐屋家業を続ければ、それなりに権能も強化されたようで、外見をいじることぐらいはなんてことはない。

結構自虐的に説明すると、娘は黒々とした瞳をぱちくりとさせた。

「紅吉どのはすごいな。人の中にとけ込んで百年とは。わしは百年たってやっと人型をとることができるようになっただけじゃ。狐火も出すだけで手一杯だぞ」

気恥ずかしげな言葉に、ん？と思ったが、その前に娘は言葉を続けた。

「名乗りが遅れて申し訳ない。わしは尾花と申す。一応地狐の身分。そうか、豆腐小僧であったか。だからこのように出す豆腐もお揚げも美味なのじゃな」

狐娘、尾花はこちらを侮るでもなくさげすむでもなく、ただひたすら素直に感心していた。

常にない反応で、微妙に決まりが悪い。

もしかしたら、あんまりにも世間知らずすぎて、上魔と下魔の区別も薄いのかもしれねえ。

だが油揚げにはうるさい狐の眷属(けんぞく)に幸せそうに頬を染められれば、嬉しくないわけがない。

「ありがとよ。ま、逆に妖としちゃ毒にも薬にもならねえ豆腐って権能があったおかげで、こうして何とか人に紛れて過ごせてるけどよ。お前さん、これからどうするんだい？」

「むろん、任地の社へ向かう。地図ではこのあたりであるから、行き倒れることもあるまい」

いや、行き倒れを前提に考えられても困るんだが。

どうしてそこはたくましい。

で、尾花が懐(ふところ)から取り出しちゃぶ台に広げた地図を脇からのぞく。

荒い和紙に、墨で適当に書かれていたが、確かにこのあたりの地図だった。

と、いうか、このあたりで宇迦之御魂神(うかのみたまかみ)がまつられている場所は一つしかねえと知っている俺は、珍妙な顔をせざるを得ない。

「雨風をしのげる社さえあれば、何とかなるじゃろう」

「おい、尾花。そこは確か御神体だけ納めた小さな社だから、雨風はしのげねえぞ」

「なん、だと……」

とたん絶望に染まる尾花に、俺は頭を掻きつつ、三ツ目をしかめた。

拾っちまったもんは、しかたねえか。気になることもあるしな。

「うちに、下宿するか」

「……なんと、申されるか」

今にもさらさらと砂になっていきそうな尾花の耳がぴくりと動いた。

「空いている四畳半の部屋がある。うちにいる間は店も手伝ってもらうが、朝昼晩飯付きだ。どうする」

尾花は涙ぐみながら姿勢を正すと、きれいに三つ指をついて頭を下げた。

「よろしくお頼み申します」

妙なもんを拾っちまったと思いつつ、豆腐屋「紅葉」に狐の居候が増えたのだった。

＊＊＊＊＊＊＊

こうしてやってきた豆腐屋の看板娘は、なかなかの拾いもんだった。

そりゃ、はじめのころはひどかったさ。

現代の常識がごっそり抜けてる尾花は、時代遅れの俺の家でも驚きの連続だった。

つまみをひねれば火はつくし、蛇口をひねれば水が出る。

「紅吉はすごい妖術使いなのだな!!」

と、尾花は本気で目をきらきら輝かせるもんだから、説明するのにも苦労した。

初めてテレビをつけた時には、尻尾をぶわりと膨らませて威嚇してたのには腹を抱えて笑ったね。

当分の間からかうネタにしてやった。

やり過ぎて、ぴしぴし狐の尻尾でぶっ叩かれたのにはまいったが。

店でもレジの打ち方がわからなかったり、人に声をかけられるのにいちいちビビっていたりしていたが、頭の出来は悪くないらしく、一週間もたてばすっかりなじんだ。

尾花は、親戚の娘さんをこの近くの高校に通わせるために引き取った、ということになった。

ずいぶん苦しい言い訳になったが、紅葉屋の先代（俺）の縁戚関係なんて商店街の奴は誰も知らん。元からないものがおかしいだなんて気づくはずもねえ。

それに、そこは修行を積んだお狐様だ。

尾花は人に尋ねられれば幻術で「親戚の娘」という設定を商店街の人間に納得させていった。

一応学生という設定だから日中は店に出られないが、逆にその時間を利用して知行地（ちぎょうち）を巡り（尾花が受け持ったのはこの商店街周辺だった）、放課後に当たる時刻には紅葉屋に戻ってきて店番を手伝うという流れができた。

尾花がちっさい社でもめげず、こつこつ神狐としての役目を果たしているおかげか、最近商店街に活気が戻ってきたような、こないような。

どちらにせよ、紅葉屋は尾花が来て半年で、ずいぶんとにぎやかになった。

洋服は落ち着かないと、いつでも着物姿の尾花が、おぼつかない手つきながら一生懸命店番をする姿はすぐに周辺に広まり、ゆるゆると売り上げが伸びていったのだ。

尾花の初々しい接客ぶりをほほえましく見ていく奥さんおばちゃん衆はもちろん、見た目中学生にしか見えない尾花を可愛いと言う女子高生が増えたのはうれしい限りだが、男子学生まで増えたのは予想外だ。

部活帰りだと思われる汗と土まみれの野郎どもが、脂下がった顔で尾花を見ていくためだけに、可愛らしいパッケージのどうなっつやくっきーを買っていくのは何とも言い難く滑稽だ。

尾花も一人一人にまじめに応対するもんだから、哀れ男子学生はリピーターになる。

しょうがねえと、厚揚げを遠火であぶり田楽味噌を塗った「揚げ田楽」を売りに出したら、八割近くの男子学生がほっとした顔でそちらに流れていった。

その姿はいじらしくて、ほろりときたね。

ついでに売り上げもちょいと伸びたから、俺としちゃあ尾花様々なんだが。

「お、尾花ちゃん、揚げ田楽二ついや、三つください！」

「はい、ただいま。ああ昨日も来てくれましたね。ありがとう」

「は、はひっ！」

俺から揚げ田楽を三本受け取った尾花が、すいと袖のたもとを押さえて差し出し、ちょっぴり八重歯をのぞかせて笑めば、たちまち男子学生の頬は朱に染まった。

男子学生は、俺が店番に立ったとたん寄ってこなくなるため、夕方は尾花の独壇場だ。

おかげで翌日の仕込みやらこういう支度に集中できるんでいいんだが、なんか釈然としねえ。

今日も罪もなき男子学生を惑わせた尾花が受け取ったお金をレジにしまい、ふいと息を吐くと、俺を振り返る。

「紅吉殿、今日の夕飯は何かの」

「そうさな、ひりょう頭が余ってっからそいつで煮物と、野菜と炒める炒り豆腐かね」

「そうか、紅吉殿の作るひりょう頭は大好きだ」

「おまえ、俺の作る豆腐料理に全部言うよな」

「当然だ、全部好きだからな！」

得意げに胸を張って言うその言葉に嘘がないことは、表情からしても明白だ。

尾花の着ている着物の中で、尻尾が嬉しげに揺れているのが何ともわかりやすい。

俺の趣味で三食必ずなにかしらの豆腐料理が出てくるというのに、尾花は文句一つ言わないどころか、喜々として平らげるもんだから、作りがいがある。

「一番好きなのは味噌田楽じゃな。あの程良く焼いてできた皮のところのかりっとしたのが何とも言えずうまい」

「お前、お狐様だろ？　油揚げはどうした」

「そりゃあお揚げはお揚げで好きなのじゃが、紅吉殿の作る味噌田楽の方が好きになってしもうた」

桃色に染まった頰に手を当てて言う尾花に、俺も思わず顔に血が上る。

「お、おう。そうか」

「そうなのじゃ。だから責任、とってくりゃれ？」

いや、責任って……責任!?

妙に狼狽えちまった俺が言い返す前に、いたずらっぽく笑む尾花の表情に影が差した。

「まあ、それは冗談としても、わしは地狐になれたとはいえあんまり出来の良い方ではないのでの。

紅吉殿には迷惑かけ通しで面目ないが、もうしばらくここにいさせてもらいたいのじゃ」

その弱々しい言葉に、俺は自分の顔が険しくなるのを自覚する。

はじめの途方のくれ方からして、家事などしたことはなさそうだというのに、最初は掃除、次は皿洗いと、率先して覚えていこうとする姿勢は上等すぎるってもんだ。

そろそろ給料とか出してやんなきゃいけないかねえと思うくらいには、なくてはならない従業員ぶりだ。

だというのに、尾花はそれを当たり前だと思いこむ。

そもそもたかが百年で、小さいとはいえ社の神使を任されるのはすげえ出世のはず。

だが、尾花は全くと言っていいほど誇らず、むしろ卑下するいきおいだ。

この自信のなさはどこからくる？

この半年、ずっと暮らせばわかる。尾花が良い娘なことくらい。

……ここに来たほかの経緯も気になるし、今日という今日は、聞いてみるか。

「おい、尾花——」

あらたまって俺が声をかけた矢先、尾花の頭から飛び出した狐耳がすさまじい勢いで逆立った。

着物の中に隠れている尻尾がぶわりとふくらむのさえわかる。

「な、なぜあの方がここに来るのじゃ……！」

真っ青な、出会った時以上に倒れそうな顔になった尾花が、転がるように店の外へ出た。

いつの間にか、通りの人影が絶えていた。

俺は瞬時に悟った。これは尾花が使っていたのと同じ術だ。

俺も尾花を追って外に出れば、藍色に染まる道の向こうから、ゆらり、ゆらりとおびただしい数の狐火を引き連れる集団が見えた。

先頭に立つのは二本足で立つ狐たちだった。

揃って着ている狩衣(かりぎぬ)の白が、ぷかりと浮かぶ狐火に照らされ気味の悪い青に染まっている。

その道行きが馬鹿にゆっくりと店前までやってくると、すい、と音もなく集団が割れ、やけに時代錯誤な直衣(のうし)姿の男が一人、現れた。

いや、時代錯誤と言えば、この仰々(ぎょうぎょう)しい集団全体を言うのだが。

その男は、なんちゅーか、そう。

麻呂眉だった。

しかもその麻呂眉ですらおしゃれなんでねーのと思わせる、切れ長の一重をした美男だった。

だけど麻呂眉だ。

更に言えば、その自分は下界と一線を画していますよー的な空気感がくっそ気に入らねえ。

だが、尾花はその男を見るや否や、着物が汚れるのもかまわず地面に膝をついて頭を下げた。

「久しいな。地狐、尾花よ」

「ご、ご無沙汰しております。天狐御崎(てんこみさき)様」

天狐、という言葉に俺はぴくりと眉が動いた。

確か天狐っていうのは千年ぐらい生きて、修行を積んで初めてなれる位だ。

神通力も思いのまま、宇迦之御魂神とも直接話ができて御用聞きもできるお偉いさんのはず。ということは、尾花の上司に当たるわけだ。

普通に考えれば、上司自らが部下の仕事ぶりを視察ってことになるのだろうが、尾花のこの恐がりようは尋常じゃねえ。

いつもは元気な狐耳がぺったりと伏せられている上、前掛けの裾をしわが寄るほど握りしめているし、今も見てわかるくらい震えている。

一体どんな関係だ、その麻呂眉をにらみつけていると、周りにいるお伴の狐たちが、俺を見ながら騒ぎ出した。

「貴様、天狐たる御崎様の御前で頭が高いぞ！」

「汚らわしい妖怪の分際で！　控えおろう！」

控えおろうなんて久しぶりに聞いたわ、と吹き出しかけるのを俺が震えつつ気合いでこらえていると、その御崎様とやらがすいと閉じた扇で狐どもを制した。

「よい。神狐たる我の霊威に恐れをなし動けぬのであろう。弱き妖によくあることぞ。捨て置け」

「はっ……」

へーへーお優しいこって。

しらーっとしている俺の様子には気づきもせず、その御崎様とやらは一歩踏み出し、ひざまずく尾花を矯(た)めつ眇(すが)めつ眺めると、ぼそりとつぶやいた。

「……まだ野狐に下っておらぬのか。存外図太い狐よの」

俺の耳にも届いたのだから、そばで投げつけられた尾花にも当然聞こえた。

びくんっと肩を揺らす尾花に、御崎の能面のような顔にわずかに愉悦の色が乗る。

……決定。今全力でこいつを嫌いになったわ。

「高々百年修行しただけの地狐が、小さいとはいえ社守りの大役をいただいたのは、我の口添えのおかげであるのは、わかっていような」

「はい、御崎様」

ねっとりとした御崎の言葉に、尾花が答えたとたん、扇が尾花の頭に振り下ろされた。

バシンッ！　と容赦なく打ち据えられたそれを、俺はとっさに理解できなかった。

よけなかったのだ、尾花は。

「それをなんだ!!　半年もたっているというのに、手柄の一つも立てずにのうのうと市井なぞで暮らしおって!!　貴様はどれほど無能なのか!!」

「申し訳ありません、御崎様っ」

「前々からそうであった。どうせ我から離れたのを良いことに、遊びほうけておったのだろう？　我が監督せねばすぐに休みたがったからの。

百年待たず狐火を出せるようになったというから我の傘下に引き入れてやったというのに、任せた仕事の半分もできずに修行の時間を求めおって！」

「申し訳ありません！　御崎様のお仕事の代わりをできるようになるには、自分の霊力を高めるのが一番のちかみ……」

「言い訳など聞かぬわ！！！」

般若の形相の御崎によってもう一度振り下ろされようとした扇を、俺は鷲掴みにして止めた。

天狐だとか、神の使いとか関係あるか。

平妖怪にだってな、譲れねえもんぐらいあるんだよ。

「おい、てめえ、うちの看板娘になにしやがんだ」

「紅吉、殿」

驚く尾花の気配を背に感じつつ、麻呂眉野郎の顔にガン垂れれば、奴はまるで今初めて俺に気づいたように不思議そうにしていた。

だが引き戻そうとした扇がびくともしないのを見て、不快そうな表情をする。

「なんだ、妖怪。これは我ら師弟の問題。そなたの狭き了見で踏み入れてはならぬ境界ぞ」

「ごちゃごちゃうるせえんだよ。どう見てもてめえがかんしゃく起こしているようにしか思えねえんだよ、この陰険麻呂眉」

「麻呂眉っ!?」

「こいつはうちの大事な看板娘なんだ。傷物にされるのを黙って見ていられるほど、俺は心が広くないんでね」

「貴様、御崎様に向かってなんたる暴言……！」

ざわりとうごめくお供たちの怒りが行動になる前に、尾花が立ち上がって走る。

そうして俺と御崎の間に入るや否や、土下座の姿勢だ。

驚き過ぎて思わず握っていた扇を放しちまった。

「申し訳ありません御崎様！　この方には並々ならぬお世話になったのです！　どうか、どうか、ご容赦くださいい!!」

「尾花……」

俺はそれ以上何も言えずに沈黙する。

自分の時は抵抗しねえってのに、俺が危ないとなったとたん必死こくなんてちぐはぐだろ。

そんな尾花の様子に、麻呂眉野郎はいやな笑みを浮かべた。

「このような、芥に等しい妖怪をかばうとは……貴様、そこの妖に身を売ったか」

「なっ……」

清廉が売りのはずの神狐にあるまじき下劣さで言いはなつ御崎に、顔を上げた尾花の頬が朱に染まる。

「そもそも着の身着のまま同然で放り出された貴様が、任地にたどり着いているのがおかしいのだ。世間知らずで無能なお前が、人里で野孤に堕ちずに生きられるわけがないものな。

低級な妖風情に身を売るとは……なんたる無様な姿だ」

「紅吉殿はなにも知らぬわしを拾い、人里での暮らし方を伝授してくださったのに、なにも求めぬ高潔な方ですっ！　わしが未だに地狐としての資格を有していられるのがその証拠でっ」

必死で言い募る尾花の言葉を無視した麻呂眉野郎は、ばっと扇を広げると侮蔑の視線と共に言い放った。

「そのような堕ちた狐が神使であるはずもない。貴様がそれ以上無様をさらす前に、我がこの場で滅してくれよう。その下劣な妖も一緒だ」

無言の意を受けたお付きの狐が尾花と俺を取り囲み、腰の太刀に手をかける。

「さあ、醜く命乞いでもするが良い。さすれば多少なりとも生をつなげるかもしれぬぞ。なぶってなぶって。さあどんな舞を見せてくれるかのう」

「御崎様っ!!」

愉悦に染まった麻呂眉野郎は完全に高みの見物をするつもりらしい。

そんな豹変した奴を尾花は愕然と見つめていた。

「尾花」

俺が名を呼ぶと、絶望に染まる尾花はきっと立ち上がって、俺をかばうように両手を広げた。

「紅吉殿、世話になったというのに、このようなことに巻き込んでまことに申し訳ない。これはわしが至らぬ故のことであるから、咎(とが)は甘んじて受けよう。だが、紅吉殿だけはなんとしても守り通す」

悲壮な覚悟で言いきる尾花に、俺はため息をついてみせた。

「そんなくそ野郎に義理を通す必要はねえよ。そいつはな、元からお前さんを正当に評価する気なんざ更々ねえんだ」

「なにを、」

「そうだよな、御崎さんよ」

呼びかければ、麻呂眉野郎の表情は変わらなかったが、ひくりとこめかみのあたりが動いた。黒だな。

「……なんのことやら」

「認めねえってんなら勝手に話すぜ。尾花はどう見たって優秀だ。生まれてすぐに修行に入ったからって、たかだか百年で地狐に上がって人化できるほどの霊力を得るなんざ、天才以外の何者でもねえ。

それなのに、こんなに自己評価が低いのはおめえが徹底的におとしめ貶し、こいつの自意識をひねりつぶしていたからだろ」

「……」

「その優秀さが目障りだったのか、別の理由があったのかは知らねえが。

ともかくはじめは手元に置いていびることで満足していたお前だが、だんだん憎たらしくなっていったんだろう。限界に達したお前はこいつを野狐、いや悪狐に落として、それを口実に殺すことにした」

表情が険しくなっていく麻呂眉野郎の前で、俺は作務衣のポケットに手を突っ込み続ける。

「優秀とはいえまだ足で歩くしか移動手段のない尾花を着の身着のままで放り出せば、十中八九路頭に迷う。

空腹のあまり盗みを働けばそれでいい。もし任地にたどり着いたとしても、生活を成り立たせるので手一杯だったら、神使の役目なんぞ果たせるわけがないから、どちらにせよ殺す口実になるって寸法だ」

実際は俺が拾って要領の良さで神使の役目を果たしていたわけだが、どれだけのことをすれば及第点かは、麻呂眉野郎の胸三寸だ。全く狐らしい悪知恵だぜ。

「みさ、き様、真なのですか」

真っ青になりながらもすがるように問いかける尾花に、御崎はにんやりと唇をつり上げた。

「愚かで憎らしい女狐よ。野狐上がりの分際で、血統正しい天狐の我と同じ位へ上がるかもしれないなぞ何かの間違いだ。間違いは、正さなければならぬだろう？」

「要するに野郎の嫉妬かよ。見苦しい」

心底あきれた俺が言えば、麻呂眉野郎の一重のまなじりはつり上がり口の端が裂けていく。

「貴様……我を愚弄してからに、楽に死ねると思うなよ」

さすがは天狐らしく、ゆらりと揺れる大量の狐火が、とっぷり暮れた夜の空に浮かび上がり周囲が照らされる。

電灯よりも幽艶に、ガスの火よりも不気味に飛び回るそれらの中で、尾花が額に冷や汗を浮かばせつつも、対抗するように狐火を出した。

「紅吉殿っ、わしが時間を稼ぐ！　早く、遠くへ逃げ……」

振り返った尾花は、作務衣のポケットからスマホを取り出し操作をし始めた俺を見て、呆気にとられたようだった。

まさに狐火を襲い掛からせようとしていた麻呂眉野郎とその御一行様も、虚を突かれたように動きを止めていた。好都合だけどよ、まさかスマホを知らねえとか言わねえよな？

「紅吉殿、なにをしているのだ？」

「電話だよ。ちょっと待ってなー……」

案の定、通話ボタンをタップしたとたんつながったことに苦笑しつつ、スマホを少し離れた位置で構えた。

「よう、おや――」

『紅吉きゅうううううん！　最近ご無沙汰だったじゃないかあああああっ!!　パパはさびしすぎてしにそうだったぞおおおおお！！！』

戦国生まれがなにがパパだくそおやじ。

その野太い嬌声に反射的に通話を切りかけたが、すんでで抑えて用件を言う。

「親父、実は店の近くの稲荷社に勝手に神使が派遣されてきてんだが。半年前から」

一瞬で、電話の向こうの空気が変わった。

『……おい、儂は知らねえぞ、そんなもん』

「まあ俺も、そろそろあの社を空にしておくわけにはいかねえと思ってたからいいんだけどよ。せっかく気に入ってたのに、今その上司だっていう天狐様とそのご一行が来ていてよ、神使を勝手に処分するって言ってんだ。神社の人事異動には土地の組に通達が行く手はずになってたよな。親父、なんか話は来てるか」

瞬間ドスの利いた舌打ちが聞こえた。

『(……てめえら、今すぐ稲荷本山につなげ!! 最近はマシになったと思っていたら下の馬鹿狐どものしつけを怠りやがって!! 今日こそ文句言ってやらにゃ気が済まねえ!!!)』

電話の向こうで部下に怒鳴り散らしたあと、親父は戻ってきた。

つなぎはじめと空気が違う、百鬼夜行(ひゃっきやぎょう)をまとめる組の頭の声音だった。

『その馬鹿狐、そこにいんだろ。話させろ』

「はいよ。……おい、御崎、お前と話がしたいとよ」

「は、話だと……?」

俺が通話をスピーカーモードにして、虚を突かれたように立ち尽くしていた麻呂眉野郎に向けてやる。

『おい、よくもまあ儂のシマで好き勝手してくれたもんだなあえ? この落とし前どうつけてくれるんだ?』

「……な、なぜ天狐たる我が妖怪風情の慣例を気にしなければならないのか。そもそもたかが妖怪風情のこと、我がいちいち覚えているはずもないだろう」

スマホから声が聞こえてきたことに少々びくつきつつもふんぞり返る麻呂眉野郎に、俺は本気で呆れかえった。

薄々そうじゃないかと思っていたが、マジで知らないで来ていたのかよ。

……いや、そういえば尾花もここがどういうところか知らなかったな。

この弟子にしてこの師匠ありってことなのか、いやだなこの認識。

『……ほう、それはすまなかったな馬鹿狐』

「馬鹿っ!?」

案の定、親父の声は額に青筋が立ったのがわかるようなドスの利いた低い声だった。

うわあ、仕向けたとはいえ、マジで怒ってるな。

『名乗りが遅れた。手前は、見越入道の紅助ってえもんだ。以後お見知り置きを』

その名乗りを聞いた瞬間、さすがに麻呂眉野郎の表情が驚きに染まった。

ああ、さすがに妖怪の長の名前ぐらいは知っていたか。

周囲のお供も不安げにざわめいていた。

「関東一円を傘下に入れる入道組の組長だと……!」

「荒くれの妖怪どもを束ねて闇を支配する、妖怪極道の長！」

「つまり、ここは入道組のシマなのか……」

「まずいぞ、御山は組とはことを構えるなという姿勢であったはず」

『ちなみにそこにいるのは、儂のきゃわゆい一人息子だ！　かすり傷でも付けてみやがれ！　稲荷本山にカチコミかけててめえの毛皮はいで襟巻きにしやるか――――っ……』

親父がヒートアップする前に通話を切った。

親父は愛が重いんだよ、それが俺がなかなか実家に帰らねえ理由だってわかんないかねえ。

内心グチりつつ、スマホを元の場所にしまっていると、茫然とした尾花に見上げられていた。

「紅吉殿は、何者なのだ」

「今話した以上のことはねえぞ。ただ親父がこのあたりの妖怪をまとめていて、ここらへんは俺が住むって時に親父から押しつけられたシマってだけだ」

なんの通達もなく尾花が来た時は、任されて数百年いっこうにシマを広げようとしない俺にしびれを切らした親父が、焚きつけるために、勝手に引き入れたのかと思ったもんだが。

尾花はここいらに隠れ住む仲間には一切手を出さないばかりか、親身に話を聞いてたもんな。

救いを求める者に、区別はないからってよ。

馬鹿みたいなまっすぐな尾花にそんな回しもんみてえな役回りを演じられるわけがねえと、最近じゃ完全に看板娘扱いだったもんさ。

とにもかくにも、一番の懸念だった組からの使いって線がなくなって万々歳だ。

「と、いうわけでだ、馬鹿狐。尾花はうちで預かってる大事な神使だ。御山と相談せずに入道組とことを構えるのがまずいってことぐらいてめえにもわかるだろ。とっとと御山に帰りな」

俺は、尾花の肩を抱いて引き寄せ言い放った。

というか、できればこれで素直に帰ってほしいのが本音だ。

だが、麻呂眉野郎はぶるぶるとふるえていたかと思うと、たががはずれたように笑い始めたのだ。

どうやら、奴のプライドが自分の失態と屈辱に耐えきれずに崩壊したらしい。

不意に哄笑を収めた麻呂眉野郎は、憎悪に塗れた瞳で俺を射殺さんばかりににらみつけ、口から炎を漏らしていた。

「この天狐たる我がたかだか数百年しか存在せぬ妖怪風情にこけにされるなどあってはならぬのだ。

この汚辱、お前の首をしとめることで晴らしてくれようぞ!!」

そうして奴は見る見るうちに姿を変え、本性なのだろう、白毛四尾(はくもうしび)の巨大な狐になった。

「御崎様がご乱心なされた――――!」

「我らでお止めするのは無理だ、早く離れるのじゃ!!」

二階屋の紅葉屋ほどもでけえそいつに、お供の狐は散り散りになって逃げだす。

その白狐の瞳にもはや理性はかけらも見えない。

いや、薄々こうなるんじゃねえかなあとは思ってたが、本当に千年も生きてんのかよこいつ、了見狭すぎるだろ。

ああもう、仕方ねえ。

「ったく、これは使いたくなかったんだがな」

「こ、紅吉殿!!」

「尾花、ちょっと離れてろ」

真っ青な顔で、それでも師匠だった奴に立ち向かおうとする尾花を俺は背に隠し、頭に巻いてる手ぬぐいをとる。

今日も三ツ目はよく見える。

「死ねええええい!! 木っ端妖があああ!!!」

今や、巨大な四尾の狐になった麻呂眉野郎が出現させた狐火が、俺に向けて一斉に襲いかかってきた。

一気に燃え上がる。さすがに熱いな。

「紅吉殿おおお！！！」

尾花が悲痛に叫ぶ声が聞こえたから、俺は手ぬぐいを一振りして炎を振り払った。

ちょいとすすまみれになってるが、ほぼ無傷と言っていい俺に、尾花が涙に濡れた顔をぽかんとさせていた。

「紅吉、殿？」

『な、なぜ雑魚妖程度が我の狐火を食らって平然としている!?』

「ったりめーだろ、何百年豆乳を煮る釜の前に立ってると思ってんだ。この程度の火なんざ蒸気に比べりゃたいしたことねえよ」

「大したことあるだろう!? 狐火は生気を食らう妖火だっ!! ましてや天狐の狐火は一つ食らえばただの妖などすぐに消滅してしまうっ」

尾花に本気で怒鳴られて、さすがの俺ものけぞった。

ただの冗談だってのに、大まじめに返さないでくれよ……。

『おのれ雑魚の分際で、小賢しい！！！』

怒り狂う白狐が、狐火を投げつつ四本のしっぽで襲いかかってくるのを素早くよけつつ言った。

「てめえは、さっきから木っ端だの雑魚だの言うけどよ。生きた年数が何だってんだよ」

『なんだと!?』

「確かに俺は生まれて数百年ぐれえしかたってねえが、その間場所は変われどずっと豆腐屋をやってたんだぜ？　そこでどれだけ権能を使い続けていたと思ってる」

振り下ろされる白い尾をかいくぐった俺は、両手に黒塗りの盆に載った、見るも艶やかな豆腐を出現させた。

飾られた紅葉の赤がよく映える、白くなめらかな豆腐は、我ながら見た目はめちゃくちゃうまそうだ。

実際、尾花も目の前の狐もこんな時なのに目が離せないとでもいうように、俺の手にある豆腐を食い入るように見つめていた。

当然だ、そういう豆腐だからな。

『なん、だ……人界の食べ物なぞに、どうして目が離せないのだ!?』

「豆腐だって平安ぐらいにさかのぼれば貴族しか食えなかったもんだぜ？　まあ、一応お狐様だからな、油揚げの方がいいか」

と、左手の盆をふっくらとした油揚げに変えると、とたん、狐の口から涎があふれ始めた。

「こ、うきちどの、わしに、わしにくりゃれ……」

「お前はだめだ」

もはやろれつが回らない尾花がふらふらと近づいてくるのを無視し、俺は豆腐と油揚げしか見えていない白狐に向かって両手の盆を構えて走り出した。

『もはやどうでもよい、それを我によこせえええええ！！！』

「言われずともたっぷり食わせてやる、よっ!!」

俺は軽く跳躍すると、飛びついてくる白狐の口に豆腐と油揚げを盆ごとつっこんでやった。だめ押しとばかりに顎を蹴り上げて口を強制的に閉じさせる。

「さっきの話の続きだが、俺にも人に危害を及ぼせる権能はあってな。盆で勧めた豆腐を食べた奴の全身に、かびを生やせるんだよ。ま、それでもしょぼいけど」

『な、なんだこのとろけるようななめらかな食感は!! 歯でかめば程良い弾力があるのに舌の上でほどける豆の甘みのなんと心地よい!! そしてこの油揚げの何とも心地よい歯触りよ!! かりっとした食感はもちろんかめばかむほど油のコクと豆のうまみがわき出てくるようではないかあっはっはっ! げふうっ!?』

俺の言葉なんざ耳に入らないとばかりに、天にも昇るような至福の表情で豆腐と油揚げを味わっていた四尾狐の白い体毛が、みるみる毒々しい青錆色に変わった。

「だけどな。何百年も豆腐作って豆腐売って、何万人もの人間に豆腐を愛されればな、そんなしょぼい権能でも魔強化されて、神だって魅了する魅惑の豆腐になるし、鬼神にだって泡吹かせられる猛毒になるんだよ」

ぐりゅうぎゅるぎゅると、白狐の腹からは異音が聞こえてくる。

俺はもはやしゃべる余裕もない白狐に向けて、中指をおったててやった。

「雑魚妖怪、なめんじゃねえぞ」

全身に青カビの生えた狐は、そのまま泡を吹いてその場に倒れ込んだ。

白目をむいた白狐が気絶しているのをしっかりと確認した俺の横に、興奮した様子の尾花が駆け寄ってきた。

「こ、紅吉殿、すごいではないかっ。本当はこんなにも強い妖怪であったのだな!!」

「本当は使いたくなかったんだがな」

俺が苦くため息をつくのに、尾花は不思議そうに耳をぱたりと動かした。

「なぜだ? これほど強ければ、妖怪として最高の栄華が望めるだろうに。実際お父上の跡を継ぐのではないのか」

「俺はあくまで豆腐屋なんだ。豆腐屋が食ってうまくとも、腹に当たるもんなんざ出しちゃいけねえだろ」

「そ、そうか」

「そもそも人に交じって豆腐屋やるっていう時点で、組とは縁を切ってっからな。親父も継がせる気はないだろうし、組のもんが許すはずねえし。俺はこれからも豆腐屋だ」

俺があっさりと言えば、尾花は心底不思議そうな顔になる。

「そうであれば、父に頼るよりも己の力で打開したいと願うだろうに。変な男だな、紅吉殿は」

「そりゃそうだ。大事なのは豆腐屋を続けること、だからな。早く片が付くんならあの過保護な親父にでも頼るさ。自分の根っこが守れれば、ほかのところはどうだって良いのさ」

「そうか」

ぼんやりと、泡を吹いている狐を眺める尾花は、ぽつりと言った。

「わしは、ずっと期待にはすべて応えなければと思っていた。もっとがんばれば、認めてくれるかも、と。だが、全部できて当然と言われるうちに、むしろできなければ価値がないと思いこんでいたのじゃな」

「そうだぞ、自分が自分をわかってやらずにどうするよ。お前さんは自分のことを言わなすぎるんだ」

「ああ、そうだな。そうだった」

尾花はおかしげにクスクス笑った。

憑き物が落ちたような朗らかな笑顔に、思わずドキリとする。

「ならば、言うぞ。わしは、紅吉殿の権能を知った後でも紅吉殿の作る豆腐を食べたいと思う。特に今は味噌田楽が食べたいぞ」

「そうか。じゃあとびっきりの味噌田楽、作ってやるよ」

「真か！　それは楽しみだ」

満面の笑みで胸を張る尾花に、俺はほうっと脱力して、笑顔を返した。

そうして俺たちは、とっぷり暮れた宵闇の中、店へ戻っていったのだった。

＊＊＊＊＊＊＊

「あれー？　今日は着物の女の子いないんですかー？」

「おう、いまは春休み中だろ？　実家に帰っててんだよ」

「そうなんですかー。着物可愛いからいつも楽しみにしてたのに」

「わりいな。ほい、豆腐どうなっつお待ち」

「ありがとうございまーす♪」

きゃらきゃらと去っていく女子高生たちの後ろ姿に、俺はぼそりとつぶやく。

「まあ、戻ってくるかはわからねえがな」

馬鹿狐を伸してから、一ヶ月がたっていた。

あの後、とびきりの味噌田楽で夕飯にした翌日には、稲荷本山側の使節が謝罪にやってきた。

どうやら親父は本気で怒鳴り込みに行ったらしい。

麻呂眉野郎と同じ天狐だという使節は終始土下座の平謝りで、これ以上文句を言う気も失せたほどだ。

それがねらいだったんだろうが、まあ、元からそれほど文句を言う気もなかったから問題ねえ。

気絶した麻呂眉野郎は、お供の狐たちがいそいそと回収に来たが、なかなか腹痛が治らなくてしばらく床と厠を往復していたらしい。

逃げる気力もない間に処遇を協議した結果、一番下の位に降格、さらに千年修行をやり直し、だそうだ。

身内に甘い狐がそこまで思い切った処分をするとは、組からの抗議が相当応えたようだな。

実際、稲荷本山の方も、以前から麻呂眉野郎の下についた狐が転属届けを出したり、ひどいのになると御山をやめていったりしていて、おかしいとは思っていたらしい。

だが、尾花が我慢に我慢を重ねて麻呂眉野郎とつきあい百年も持っていたから、尾花とは相性がいいのだと思っていたそうな。

いや、気付けよ稲荷本山。

やはり今回の尾花の人事も麻呂眉野郎がねじ込んだ結果らしく、本来ならば御山の奥で大事に大事に育て上げ、いずれは最高位の空狐にしようという話になっていたらしい。

そのように配置換えをしようとした矢先に麻呂眉野郎に先をこされ、行方不明扱いだったそうな。

ともかく御山のお役所仕事体質が悪いのはよくわかったぜ。

というわけで今回の人事は誤りだったから、ともかく帰ってきてくれ、と謝り役の天狐に言われ、尾花はその翌日には稲荷本山に帰ることになった。

尾花は最後まで渋りに渋っていたが、結局直接ではないとはいえ、上司に当たる天狐の言には逆らえず、ばたばたと荷物をまとめて去っていき、尾花が使っていた四畳半は空っぽになった。

尾花と過ごしていたのは、たった半年。妖からすれば瞬きの間といっても良い。

この家でだって一人で過ごしていた時期の方が断然長い。

なのに、家の中も作業場も妙に広いように感じて、意外と馴染んでいたんだな、と店番をしながらぼんやりと思った。

一人でほぼ一日店番をするのも、やけに久し振りな気がした。

尾花がいなくなって、男子学生は微妙に減ったが、思ったほどではなかった。

揚げ田楽自体を気に入ってくれた証(あかし)なのだろうが、それほど嬉しさを感じなかった。

理由はわかってる。

揚げ田楽は、尾花がいたから生まれた商品だ。

尾花がいなきゃ、意味がねえ。

「くっそ、ずいぶん慣れてたもんだな、俺も」

自分の湿っぽさにいらいらと頭を掻く。

思わず、親父に借りを作っちまったじゃねえか。

これから盆暮れ正月には実家に帰らなきゃなんなくなっちまった。

「ああもうしょうがねえ。ちぃと早いが昼飯だ」

今日の冷蔵庫には何が残っていたか、と思考を巡らせはじめる。

さり、と草履が地面を擦る音がした。

「もうし」

涼やかな声音に、売場に背を向けていた俺は即座に振り返る。

まだ昼時の明るい日向にたたずんでいたのは、春らしい桃柄の着物を着た尾花だった。

照れくさげにほほえむ尾花は、そのまますいっと頭を下げた。

「このたび、稲荷本山よりこの店近くの社へ神使として参りました、地狐、尾花ともうす。以後、よしなに」

「ずいぶん堅苦しい挨拶だな」

喜びに躍る胸中を悟られたくなくて、ついぶっきらぼうになったが、尾花は気にした風もなく、

茶目っ気たっぷりに言った。

「入道組の若頭直々の指名で配属されるのだから、くれぐれも粗相失礼のないようにと口を酸っぱくして言われたのでな。はじめはしっかりしようと思うたのじゃ」

「俺は若頭じゃねえよ」

俺の訂正を無視し、尾花はしみじみと続けた。

「じゃが、紅吉殿も望んでくれて助かった。本山はわしを膝元で修行させたがったでな。わしが戻りたいと言うだけでは動いてくれなかったのじゃ」

「うっせえ、この商店街は不況まっただ中なんだよ。せっかくうまくやっていけそうな神使に巡り合えたってのに、早々にとられてたまるかっての」

「うむ。つまりわしがいなければ寂しいのだな」

こうも裏を見通されちまうのは、気恥ずかしくてしょうがねえ。

真っ赤になってるだろう顔を片手で隠しつつ窺えば、尾花は嬉しげに笑ってる。

「……おい、尾花。宿はあるのか」

「うむ、それがの。任地は御神体だけの小さな社で寝泊まりはできないのじゃ」

尾花の期待する瞳に、俺はこれ見よがしにため息をついて言ってやる。

「空いている四畳半の部屋がある。うちにいる間は店も手伝ってもらうが、朝昼晩飯付きで、どうだ」

尾花はしっぽを振らんばかり……って着物の中でそれとなくもそもそしてるじゃねえか。

まあともかく、尾花は頬を赤く染めながら再びすいと丁寧に頭を下げた。

「不束者ではありますが、よろしゅうおたのみもうします」

まるで結婚の挨拶みたいだな。

と考えつつ、俺は尾花に声をかけてやる。

「んじゃ、昼飯にするぞ。今日は味噌田楽といなり寿司だ」

「なんと！　味噌田楽に加え、おいなりさんまでつけてくれるとな!!」

「おまっ耳出てるぞ耳!!」

喜色満面で顔を上げた尾花に俺は大慌てで指摘すれば、あわあわと頭に手を当てて隠しつつ、傍らの通用口から店中に避難してきた。

「す、すまぬ、ついうれしくてな。まさか来て早々、紅吉殿のおいなりさんまで食せるとは……」

てれてれと笑う尾花の、上げ髪と襟の間からのぞくうなじに少々鼓動が速まったが、それでも絶対言ってたまるか。

尾花がいつ帰ってきても良いように、いなり寿司用の油揚げを常備し続けていたなんてよ。

とにもかくにも、大きなビルが建ち並ぶようになった寿市の松竹駅前にある商店街。

その一角で営業する俺の豆腐屋「紅葉」には、これからも狐の看板娘がいることになったのだった。

終わり

お菓子な世界より

結木さんと

イラスト・三弥カズトモ

〝ノリと勢いを大切に〟——そんな想いを大切に書いたお話が、勢いあまって紙の本になりました（マイナーなお菓子のパッケージ風）。これもサイトで応援してくださった皆様や、作品の感想欄で特定のキャラクターを狂気的に愛してくれた皆さんのおかげだと思います。本当にありがとうございました。変てこなキャラクターたちが闊歩するお菓子な世界を訪れてくれたすべてのひとに、心からの感謝を。

SANTO
YUKI

いやだってお菓子あげたらついてくるっていうからさぁ!!

混沌たる群集の中から天の御遣(みつか)いは現れる
聖なる神器と救いの炎をたずさえて
運命に目覚めし者たちを友として
悪しき根源たる魔の王を封じ
闇夜を照らす希望の光をもたらした
――彼(か)の者こそ「勇者」
神に選ばれし救世の英雄なり

世の中には好奇心だけで踏み出してはいけない一歩がある。

たとえば「危険だ」と警告されている森に木の実欲しさで侵入する。これは最悪。おかげで泣きながら狼に追いかけられることになった。両親は私の行動がいかに愚かであるかを拳で優しく語ってくれた。目の奥にいくつもの星が瞬いた。

あと「さわるな」と立て看板のある白壁を興味本位でつつく。これもひどい。半泣きで指を洗い続けることになった。新築マイホームの持ち主である鍛冶師のおじさん（スキンヘッド・筋肉）は私の頭を拳で優しく撫でてくれた。亡くなったお祖母ちゃんと久しぶりに会ってしばらくお話しした。

そんなすこしお転婆な少女時代を過去に持つ私、マリーも今年で二十八歳。

……ええ。世間一般に嫁き遅れと陰口叩かれる立派なレディーになりましたとも。ええ、ええ。

でも、これは仕方ない。

ベーカリーを営んでいた両親を流行病で亡くしたのが十五歳のとき。両親が大切にしていたお店を失くすもんかと一念発起して、借金して商売を継いで、必死に勉強して、お金を稼いで、なんとか借金も返してお店が軌道に乗ってきたと思ったらこの歳になっていたのだ。

うん、だから仕方ない。周りの友人たちはもう子供を三、四人抱える立派なお母さんになってるけど、これぱっかりは仕方ない。そう自分に言い聞かせる。だって忙しかったんだもの。人の生活を羨んだりなんてしない。しないったらしない。

朝早くから食材の仕入れと仕込み、日中はパンやお菓子の販売、夜になったら翌日分の下拵えをして、お風呂に入ってあとは泥のように眠るだけ——という色気の欠片も存在しない日々を送っていた私がその奇妙な催しを発見したのは、お店の定休日にぶらぶらと王都を散歩していたときのことだった。

街の一角にえらい人だかりができていたので「なんぞ？」と覗きこんでみたら、大柄な傭兵っぽい男の人が、顔を真っ赤にして岩に突き刺さった金ピカの短い剣を引っ張っていた。

それから色んな人が挑戦したものの剣は抜けず、どうやら力自慢の大会らしい催しの様子を手に汗握りつつ見守っていると、なぜか私の番が回ってきた。

まあせっかくだしと記念に引っ張ってみたところ、いままでの光景が嘘のように岩から金ピカ剣が離れ、なにこれすごい簡単に抜けたんだけど……と驚愕しながらも、即座に「ひょっとして賞金かなにか貰えるのでは……」と私の中の現金なマリーが目を覚ます。

——わが家の今日の夕飯に、お肉を追加してくれる人は誰だろう？

ぐるりと首を回すと、やたらと立派な身なりのお城の大臣っぽいおじさんを見つけた。こういってはなんだが、ちょっとマヌケな顔がこちらに向けられている。

いやー、運がよかっただけですよ。え？　コツですか？　そうですね、引っ張るときに手首じゃなく肩ごと力を入れて軽くひねることですかね。酒瓶の固い栓とかそれで抜けるんでー、とこれから巻き起こるであろう質問攻めの答えを脳内で準備していたものの、一向におじさんは口を開かない…………いや、口は開いてるけど、誰も一言も声を発さなかった。

いったい何事かと周りを注視して見つけた立て看板。

そこに書かれた冗談みたいな煽（あお）り文句。

そのとき、ようやく気がついた。

『聖剣を解き放つ者に「勇者」の称号を与える』

――ああ。私は子供のときからなにひとつ進歩してないんだな、って。

☆　☆　☆

結果、お金と防具をもらって街から追い出されました。
いや追い出されたというと語弊があるかもしれない。
懇願されたのだ。復活した魔王を倒してきてほしいと。

わが国の王様から。

正気を疑った。いやいや、よく考えてほしい。私はしがないベーカリーを営む料理人だ。クッキーやビスケットといったお菓子類を、なぜか女性だけでなく戦闘職っぽい男たちが嬉々として購入していくという不思議な客層を誇るお店だけれど、うちはいたって普通のベーカリー。殴り合いのケンカなんて、物心ついてからは一度もしたことがない。

そんなか弱き淑女たる私に、魔王退治してこいとか頭大丈夫ですか？　といった内容を、百倍ほど希釈してレモンアイシングでコーティングしたがごとき優しく甘酸っぱい言葉で恐れ多くもご説明してさしあげたのだけど、無理だった。

なんでも魔王が復活したばかりで力を取り戻していないいまでなければ、完全に倒しきるのは難しいと。宮廷魔術師が運良く微弱な魔王の魔力を感知できた現在が、人類に残されたチャンスなのだと。……あと『他国も勇者を見つけて送り出しているのに、ウチだけなにもしないのはマズイ』的なことをいっていたけど、たぶんそれが一番の理由だと思う。

しかも他の三人の勇者が一人で旅立ったからって護衛すらつけてくれなかった。

もうどうしろと。国の威信とか知らんがなとやんわり拒否しまくったものの、国を挙げて「これで魔王に勝てる」的な空気を出されてはどうしようもない。

一週間かけて入念に旅の支度をした私は、しぶしぶ住み慣れた王都を旅立った。

さて、最初に向かった先は辺境の寒村である。

この近くの山で、魔王復活に先駆けて「竜王」と呼ばれる最強の竜が目覚めて生贄(いけにえ)を要求しているのだとか。

竜王は魔王配下でも最強と名高い魔物だと伝えられている。二百年前に魔王四天王の一角として暴虐の限りを尽くし、時の勇者様に倒されるまで『破壊の象徴』として人々に恐れられ続けた。見上げるほどの巨体に剣のごとき爪、血に塗れた黒色の鱗はいかなる攻撃も弾き飛ばし、鋭い牙と強靱な顎は岩をも嚙み砕く。それが伝承に残る凶悪な竜王の姿だ――と、村長のおじいさんに教えられた。私はまず竜王という名前からはじめて聞いた。

いや違う。危機感がないとかじゃなくて、ほんとにそういう伝承とかお伽噺とか、読む時間も聞く暇もなかったんだ。小さい頃からお店を手伝ってたし、両親もあまりそういう話に興味ない人だったし……。

だから、村人の皆さんは「こいつ大丈夫か」みたいな顔をしないでほしい。勉強不足とかじゃないんだから。私にとって勉強っていうのは、美味しいパンやお菓子を作るためのレシピの追求のことだったんだから。正直、畑違いにもほどがある。

ごめんなさいね、こんなのが勇者で。人類終わったかもね。

いまだに『聖剣ちゃん人違い疑惑』を晴らせない私ではあるけれど、それでも生き残るために魔王の情報を集めた。こんな事故みたいな人選で死ぬのだけはごめんんだ。

実際に魔王が暴れていたのは、いまから二百年前。その脅威から人類を守るため、現在と同じく『神聖の器』に選ばれた四人の勇者が協力し、なんとか大地の果てに封印したのだそうだ。

ちゃんと倒しといてよ勇者様……と不満が胸に去来したものの、それほどに魔王は強力だったらしい。そんな危険極まりない存在を私に倒せとか、あの王様たちはやっぱり頭が湧いている。

もし死んだら夜ごと枕元に立って「一つ、二つ……やっぱり足りない」と恨めしげに呟きながら口にパッサパサのスコーンを押しこむ報復を決行すると心に決めた。

とにもかくにも、いまは目の前の竜王様である。

漂う開幕すぐのクライマックス感。聖剣とやらに選ばれただけの嫁き遅れにどうしろと。せめてもう少し段階を踏んでほしかった。いや段階を踏んだところでどうにかなるとは思えないけれど。

しかし、ここで非常に有益な情報を耳にした。

なんとこの村には『弓の勇者』様がいるという。

「楯（たて）」「弓」「鎧（よろい）」「剣」の四つの神器に選ばれた勇者の一人。おそらく竜王の噂を聞いて、他国からはるばるやって来たのだろう。

早速会ってみようと弓の勇者様のもとを訪ねた。


案内された一際大きな木造の建物に、彼はたしかにいた。

さらりと流れる金の髪。湖底のような深い青の瞳。精悍な顔立ちに相応（ふさわ）しい引き締まった見事な身体を、かの勇者様は堂々とベッドに横たえていた。


——全身包帯だらけで。

ああ、神様。どうか『やられとるがな……』とガッカリしてしまった罪深い子羊をお許しください。ちょっと期待してたんです。だって案内してくれた村人さんが「逞（たくま）しくて勇ましい方ですよ」

とか、夢を見せてくるから。

竜王は私に任せろ、と単身で魔物を打ち倒し、ついでいいから私のことを連れてってくれないかな、とか。必要ならいっそ聖剣も渡しちゃおうかと思ってたのに。

……いや、甘い恋愛とかは期待してないですよ？　いくらなんでも女らしさ皆無の嫁き遅れが図々しいにもほどがあるし、さすがに私もそこは身のほどをわきまえていますとも。

でも、

「……おい、そいつはなんだ」

「はい！　ルミス王国の剣の勇者様です！」

「はぁ？　勇者ぁ？　……その年増が？」

……なんだこいつ。

いきなり嘲笑しながら見下してきた。いきなり年増とか。たしかに女の結婚適齢期が十代後半の世間的に、二十八の私は上の方かもしれないけど、それにしたって初対面の人間に対して失礼がすぎるだろう。

見たところ十七、八くらいか。見た目はいいのに中身が残念すぎる。

しかも、聞いてもいないのに得意げに自分の武勇伝を語り出した。

曰く、五歳で弓の天才と呼ばれ、十歳頃から何匹も強力な魔獣を退治し続けてきただの。勇者に選ばれてから真っ先にこの村に赴き、危険な竜王に単身で挑んだものの、汚い姦計に嵌められて重傷を負っただの。本当ならあと一歩で竜王を倒せるはずだった、だの。

現状を見るにただの負け惜しみを疑ったけど、せめて有益な情報だけでも得ようと我慢して装飾過多な長話を聞いていた。

——しかし、心が広いことで知られる私にも、ついに理性の限界が訪れた。

「ということで……おい年増。お前の聖剣を俺に寄越せ」

「……へ？」

「女に神器など宝の持ち腐れだ。その剣があれば俺は竜王に勝てる」

とか、ふざけたことを上から仰ってくださったので。

「………弓の勇者様、私はあなたに聖剣をお渡しするわけにはまいりません」

「は？　お前はなにをいってるんだ？　まさか女の分際で、勇者たる俺の命令に逆らうつもりか？」

「当たり前でしょう。だって私も『勇者』なんですから。……それに」

立ちあがって、私はそっと手を差し出した。

——ちょっぴり血が滲んだ包帯の真上に。

「お、おいっ、なにぃぎゃぁぁああああああ!?」

「弓の勇者様はこんなに酷い怪我をされてるんですから、安静にしていた方がよろしいのでは？……それでは、もう用事も済みましたので、失礼しますね。ごきげんよう」

ちょっと傷口をグリグリしてあげたら大袈裟に悲鳴をあげた弓のユウシャサマをおいて、私は部屋を後にした。

……でも、そんなに大したことない怪我っぽいんだけどなあ。

あれなら、うちのお店に来る冒険者や兵士の人たちの方がよっぽど重傷だ。みんないつも「また名誉の勲章が増えた」って、ゲラゲラ笑ってるけども。

まあいいや。もう他人をアテにするのはやめよう。

あんなのに頼るくらいなら、自分でなんとかした方がましだ。

決意を固めた私は、山に向かう準備を開始した。

☆　☆　☆

竜の山を登るにあたり、懸念されたのは魔獣の妨害だ。

魔王が復活した世界。野には当然のように危険な魔物がいる。

山道を進む私の前にも、やっぱり角を生やした巨大な狼の魔獣が二匹現れた。

……でも慌てない。

対処法は考えてきたし、すでに何度も実験して成功させている。

私は落ち着いて密封した腰の袋を開け、中身を取り出した。

それは魔獣が好んで食べる果実をたっぷり練りこんだ球体のパンだった。

――しかも、その果実を煮つめて凝縮したソース入り。

その強烈な芳香に、魔獣たちの意識が一瞬で釘付けになる。

充分に引きつけてから、

「そーれ、とってこーい」

全力でブン投げた。

同時に駆けだす角狼（つのおおかみ）の魔獣たち。おっと他の魔獣たちも姿を現した。けれどもみんな必死になって転がるパンを追い駆けている。

――ふ、魔獣とて所詮は獣よ。

目の前の人間より美味しそうなエサがあれば、すぐそれに夢中になる。

だてに冒険者のお客さん相手にベーカリーなんてやってない。魔獣の生態も、昔からずっと研究を続けてきた。なんならそこらの魔導具マジックアイテムより探索に役立つと評判なのだ。

この周辺の厄介な魔獣の情報もきっちり仕入れ、タイプごとに好みのエサを作ってきた私に敵はない。

腰の袋を再びしっかりと密封して、危険の去った山道を悠々と歩きだす。

え？　聖剣？　……食材を切るときに使ってるよ？

緑色のガチガチの皮を持つパンプルも、ウォールナッツの岩みたいな殻もズバズバ切れる。「さすが聖剣！」と感動することしきりだ。移動中は金ピカが目立って恥ずかしいので大きな背負い鞄に仕舞ってある。ちょっと刃の部分がくもってきたから、そろそろ腕のいい鍛冶師さんに研いでもらわなきゃダメかな？　それにしても、いいものをもらったものだ。

魔獣除けにいくつかパンを放り投げながら、私は山頂を目指した。


重くなる足をえっちらおっちら動かして、ようやく竜王が棲むという山頂に辿り着いた。

さすがに慣れない山登りは疲れる。普段から休日は運動代わりにたくさん歩いてるんだけど、やっぱり王都近郊の森と山道は全然違う。緩急のキツい傾斜のおかげで足がガクガクだ。

いま凶暴な竜王に遭遇したら色々とマズイかもしれない。そう危惧して周りを見渡すけど、どうやら竜王さんはお留守のようだ。

胸を撫で下ろしつつ、近くの丸太みたいな岩に腰かけて疲れた足を伸ばす。顔を上げると突き抜けるように青い空が見えた。山頂の澄んだ風が頬をくすぐって、豊かな緑がふわりと薫る。

大きく伸びをしながら深呼吸。んー、いい空気。とてもじゃないけど、凶悪な竜がいるとは思えないね。

私は背負い鞄から水筒を取り出して、甘酸っぱいレモーヌ水をぐびりと飲んだ。

『……貴様、竜の尾で堂々とくつろぐとか、どんな神経をしているんだ？』

「へ？」

なにやら轟くような低い声が聞こえた。

え、どこから？　慌てて周囲を見まわすものの、それらしい人影はない。

いやいや待てよ。そういえば、竜のしっぽがどうとかこうとか……。

あれ、ひょっとして………う、上？

『……ようやく気づいたか、人間の小娘』

その声は、紛れもなく頭上の大きな口から降ってきた。

巨大な牙の並ぶ顎を開いて。

長い首を巡らせて。


灰色の竜が、私を見下ろしていた。


「うひゃぁぁあああああ――――っ!? しっ、失礼しましたぁ!? ま、まままさか、しっぽだとは思わず……っていうか黒くないじゃん！ 騙したな村長ぉぉおおおおおっ!?」

『とりあえず落ち着け。やかましい』

呆れたような苦言が降ってきて、私は口をピタッと閉じて硬直する。

ど、どどどうしよう?! このままだと、た、たっ、たべ………って、あれ？

――うご、かない？

「あのー……」

『なんだ』

「え、えっと………そうだったらいいな～っていうか、ひょっとしたら竜王様は、私のこと、食べる気ないんじゃないかな～、とか思ったり、その、したんですけどもね？　そこらへん、どうなのかな～って。えへへ」

『妙にへりくだるな気持ち悪い。お前、さっきまで竜の棲みかでぐびぐび水飲んで、おっさんみたいな声出してただろうが』

ぐ……。う、うるさいやい。女だって、独り身が長いとおっさんみたいな声が出ることもあるんだい。

　ていうか、見られてたのか。恥ずかしい……。

『……私は人間など喰わん』

「はへ？」

　熱くなった顔をあおいでいると、小さな呟きが聞こえた。

　思わず竜王を見上げる。

『なんだ、その意外そうな顔は』

「あ、いや、なんか聞いてた話と違うなーって……竜王、様は、二百年前に人間を襲って勇者に倒されたんじゃないの？」

『それは先代の話だ。私が竜王になったのは百年前。それからも人間を襲ったことなど一度たりともない。……人間は襲えば徒党を組んで報復に来る生き物だろう？　喰いでのある獣が多く棲む山にあってわざわざ人間を喰う必要などどこにある』

「そ、そうなんだ……いや、待って。この山の麓(ふもと)の村に生贄を要求してるって聞いたんだけど」

『奴らが勝手にやっていることだ。怯える娘を説得するのも違う村に送ってやるのも骨が折れるから、もう余計なことをするなと命じておけ』

「いらないなら元の村に戻してあげれば誤解も……いや、そっか。帰れないのか」

『思ったより聡いな。役目を果たしそこねた娘など、偏屈な村でまともな余生を送れまい』

なんだ、じゃあ全部、村人の勘違い？　竜王さん完全に濡れ衣じゃないか。生贄にされた娘さんも住むところ失くして……うわ、最悪。

でも竜王さんが思ったより優しい人（?）でよかった。さっきさりげなく小馬鹿にしてきたのが気になるけど、これならもう心配いらないかな。

『……おい』

「はい？」

『山を降りるなら、私に止めを刺していけ。その背にあるのは「神聖の器」たる聖剣だろう？　その剣であれば私の鱗も貫ける』

——……は？

「なっ、なにバカなこといってんの……？　そ、そんなの、できるわけないでしょ!?」

『私はもう疲れた。人も竜も、誰も私の声を聞こうとせぬ。謂われなく恐れられるのも、襲われるのにも嫌気がさした。こうして意味のある会話を交わしたのも随分と久しぶりだ。……どうせ終わるのなら、あの弓の勇者とかいう下衆よりも、お前の手にかかる方がよい』

その声がなんだか寂しそうだと感じたのは、きっと私の気のせいじゃないはずだ。

言葉尻に引っかかるものを感じて、その場から少し離れる。

そうしてようやく気がついた。

彼が動かなかった理由。……〝動けなかった〟原因に。


――竜王さんの脚には、金色に輝く矢が何本も刺さっていた。


「そ、それ…………まさか、弓の勇者に……？」

『ああ。……奴め、どこから攫ってきたのか竜の子を楯に襲ってきてな。なんとか雛を逃がして退けたが、私自身はこのザマだ。特殊な呪いでも仕込んだか、私はこの矢に触れられぬ。もはやこの身体から生命が抜けきるのは時間の問題だろう。そうなる前に、早く……』

「――だめ！」

思わず叫んでいた。

だって、こんなのおかしい。竜王さんはなにもしてないのに。全部、人間側の勘違いだったのに。

それで竜王さんが殺されるなんて間違ってる。

……私は、そんなの絶対に認めない。

「先に矢を抜くから！　あと、治癒効果のあるクッキー持ってるからそれ食べて！　ちょっとはマシになると思う！」

『お、おい、なにを…………ぐうっ!?』

深く刺さった矢を引き抜きにかかる。できるだけ痛くないようにしてあげたいけど、矢の先端が食い込みすぎて難しい。

歯をくいしばって力を込める。ようやく、一本目の矢が抜けた。深い傷から血があふれだす。

弓の勇者なんかより、よっぽど重傷だ。でも竜王さんは呻(うめ)くだけで悲鳴もあげない。

背負い鞄からきれいな布を取り出して止血する。手持ちのもので足りるだろうか？　急いで他の矢も抜かないと。

血が流れるたびに頭上から痛みに耐える声が降ってくる。


……ああ、竜王さんは、ずっとこうして耐えてきたんだ。


痛くても、つらくても、ずっと悲鳴すらあげず。

望んでもいない生贄を寄越されるたび、傷つけるつもりのない女の子から怯えられるたび、話を聞こうとしない人間から襲われるたび――その心は、ずっと軋(きし)んでいたはずなのに。

矢を抜いて。苦しそうな声がもれて。少なくない量の血が流れていく。

その色は間違いなく私の身体に流れているものと同じで。

――気がつけば、こらえきれなかった涙が勝手に滑り落ちていた。

「……ごめん」

『………なぜ、お前が謝る』

「これは、人間の間違いだから。私たちは、竜王さんの話を、聞くべきだったから……だから、ごめん………ごめんね……」

吐き出した声は、情けなく震えていた。

私たちは生きるために他の生物を殺す。そうじゃなきゃごはんを食べられない。寒さの厳しい冬を越えられない。自分たちの暮らしを守れない。だから、それを間違いだとは思わない。

命の連鎖を捻じ曲げて優越感に浸るのは、優しさじゃなくてただの傲慢だ。

でも、竜の肉は硬すぎて、どう処理しても人間じゃ食べられない。神器以外で傷つけられない鱗や爪だって、加工できないから捨てるしかない。

暴れたならまだしも、竜王さんは人里に下りてすらいなかった。生贄の女の子の今後を考えてあげるくらい、優しい竜の王様だった。

……全部、人間の勝手な思い込みだった。

私には謝るくらいしかできなくて、それで竜王さんの深い傷が癒えるはずもなくて。

そのことが情けなくて、私は泣きながら黄金色の矢を抜き続けた。


矢をすべて抜き終わる頃になると、竜王さんはぐったりしていて、私の身体はどこも血塗れで、すっかり日は暮れかかっていた。

腕が痺れる。脚に力が入らない。全身がだるくて倒れそうだけど、私にはまだやることがあった。

真っ赤な両手を申しわけ程度に拭いて、背負い鞄から袋入りのクッキーを取り出す。

「竜王さん……これ、切り傷に効果のあるハーブ入りのクッキー。ちょっとは痛いのも止められると思うから……………お願い、食べて……」

手持ちの物をすべて差し出した。

もうそんな力も残ってないいんじゃないかと思ったけど、竜王さんは大きな口をすこしだけ開いてくれた。

舌の上にクッキーを乗せて、水筒のレモーヌ水を口に含ませる。

もそもそと力なく動く顎から傷口に視線を移した。

兵隊さんや冒険者さんは「このクッキーのおかげで生き残れた」と絶賛してくれたけど、ちゃんと効果はあるんだろうか？

……なにしろこのハーブ、私が裏庭で育てたやつだからなあ。

まあ本職の人たちがいうんだから、お世辞にしても少しくらいは効果が――――うええええええええええっ!?　き、傷がっ、ぐいぐい塞がっていくんですけどなにこれええええええ!?

え、ハーブ!?　あのハーブ、どれだけ強い効能持ってんの!?

『……おい』

「ふえ……？　あ、はい」

『お前、これになにを入れた？』

「なにって……裏庭で育てたハーブだけど」

『嘘つけ！　そんな趣味の園芸程度の気軽さで霊薬クラスの薬草が育ってたまるか！』

嘘とかいわれても、本当だから仕方ない。というより私もちょっと状況がよくわからない。

そりゃみんなクッキー買いにくるわ。割と可愛らしいデザインのお店なのに。

茫然とする私たちは、お互いに顔を見合わせたまま固まっていた。

そのぽかんとする竜という光景がちょっとおかしくて、思わず噴き出してしまう。

『……納得いかん』

「くふふ……まあまあ、治ったんだからいいんじゃない？　それより、どこか水浴びできるトコってないかな。このままじゃ人里に下りれそうになくてさ」

『む……その、すまんな。私のせいで』

「気にしないで……その代わり、私たちのことをちょっとだけでも許してくれると嬉しい、かな」

図々しくいってみるけど、内心はドキドキだ。思わず探るような目つきになってしまう。

だけど、竜王さんはそんな私の胸の内を見透かしたように小さく笑うと、

『――ならば、余分を返さねばな。竜王だけが知る薬泉に案内しよう』

そういって、動けない私を大きな腕で優しく抱えあげてくれた。


「竜王さんしか知らない泉って、どんなとこ？」

『温かい湯の湧く泉だ。疲労回復や、外皮を綺麗に保つ効果がある』

「へえ、そんなのがあるんだ……だったら、竜王さんも一緒に入る？」

『……お前は、もうすこし女として自覚を持て』

「なにいってんの？　竜と人間なんだから、別に気にしないって」

『……』

☆彡

――竜王さん、人型になれたんですけど。

え、なに？　竜って、そんなことできるもんなの？　さらっさらの銀髪を背中に流した超美形で肌までつるつるとか、なにそれ女の私にケンカ売ってんの？　し、しかも、化けたとき、ぜ、ぜぜぜ全ら……っていうか見られたあああああああああっ！　疲れて動けないのをいいことに身体を隅々まで洗われたあああああああ!?

ううう……もうお嫁にいけない……。

……………まあ嫁ぐ予定なんてないけどさ。

「マリーはさっきからなにを一人でぐねぐねしておるのだ」

「お願いだからいまはそっとしておいて……」

「それは構わんが……まるで新種の人喰い植物のようだぞ」

誰が魔物か。

デリカシーを卵の中に置き忘れてきたらしい竜王様をブン殴りつつ、私は次なる四天王が待つ土地を目指して歩いていた。

今回のことがあって、他の四天王と呼ばれる魔族の様子も見ておくことにしたのだ。

ひょっとしたら伝承に間違いがあるかもしれないし、人間の思い違いという可能性も捨てきれない。もちろん危険なことはわかってる。でも、悲しいすれ違いがあるなら、正したいとも思う。

私は料理人だ。

料理人とは料理を作る人。

ではなんのために作るのかと問われれば、それは料理を食べた人が幸せな気持ちになれるようにと即答できる。

——職人の魂、全世界に見せてやろうじゃないか。

そんなこんなで旅を続けることになったんだけど、なぜか竜王——ゼロスフィードがついてくることになった。さすがに竜の姿はまずいので、人型で目立たないようにローブをかぶってもらってるけど。

ちなみに棲みかを捨てていいのかと尋ねたら、

「……そろそろ、つがいを持つのも悪くないと思ってな」

へー。ちょっとなにいってるのかわかりません。

そんな気軽に相手が見つかるとか、これだから美形は。はいはい、人型であれなら、竜のときもさぞかしおモテになるんでしょうねー。……羨ましくなんてないんだからな。

「おい！　年――」

「【フレイムブレス】！」

「ギャアアアアアアアア――――ッ!?」

昨日のやりとりを思い出して拗ねていると、背後で凄まじい爆発音と絶叫が響いた。

慌てて振り返る。そこには焼け焦げた野道と、人型のまま魔法を放ったらしいゼロさんの姿だけがあった。あれ……なんか、他にも誰かの声が聞こえた気がしたんだけど……。

「な、なにごと？」

「いや……あれだ、魔物が出た。『オイトシー、オイトシー』と鳴きながら、他種族の雛や女を狙う下衆な怪鳥だ」

「なにそれキモい」

「襲いかかってきたので、とりあえず吹き飛ばしておいた」

「なにそれスゴイ……っていうか、吹き飛ばしたっていうより焼失させてない？」

「大丈夫だ」

「そ、そう……？」

なにが大丈夫なのかよくわからないけど、竜王さんが危ない魔獣を退治してくれたらしい。

こういうときはホント頼りになる。ついてきてもらったのは正解だったかも。

ちなみに、ゼロさんは多種多様な【ブレス】を操れるらしいので、もしつがいが見つからなかったときはベーカリーを手伝ってもらおうかと交渉している。

本人は「構わん」と即答してくれているので、お嫁さん探しはのんびりやるつもりなのだろう。

これでしばらくは氷も着火剤も買わなくて済む。家計的にも大助かりである。

「……そんなことよりもマリー、この先の魔族は女を攫うと聞いている。私がいる限り問題ないと思うが、充分に気をつけろよ」

「うん、ありがと……注意しておくよ」

本気で心配してくれているとわかる声に、きちんと礼を返す。

うん。気を引き締めよう。油断せず全力で取りかかろうじゃないか。

私は、ついさっき森で採取した木の実の詰まった瓶を強く握った。


「ぐ、ぅ……おのれ、勇者め……っ！」

呻きながら、こちらを睨みつける金髪の少年。

口元には鋭い犬歯が覗き、唇から真っ赤な液体がしたたっている。

その瞳は宝石のような深紅。仕立てのいい燕尾服を纏うどこかの貴族みたいな容姿の彼は、近くの村から生娘を誘拐しているという噂の、先代四天王の孫にあたる〝ヴァンパイヤ〟だった。

「キサマ、この様な……この様な姦計でボクを陥れるつもりか！　この卑怯者め！」

罵倒する声は少し震えていた。

苦しそうに上下する肩。荒々しい吐息。

忌々しげに汚れた口元を拭う手には、銅製のスプーン。

長年の宿敵のように私を睥睨（へいげい）する少年のもう片方の手は――――紅い光沢を放つ艶（つや）やかなゼリーを乗せた器を、しっかりと握っていた。

「……ゼロさん、この反応どう思う？　なんか、すっごい睨まれてるんだけど」

「その割には、さっきからガツガツ喰ってるようだがな。もう少しで堕ちるんじゃないか？」

「そっか……うーん。もう少し甘い方がよかったかな」

「いや、私はこのくらいが丁度よい」

そういって、ゼロさんも手元の赤いゼリーを一口。満足そうに味わっていらっしゃる。

近隣の村から「攫われた若い娘を取り返してほしい」と頼まれてその正体を調べたところ、吸血鬼であることが判明したので、そういった種族用のお菓子を準備してみた。

主な材料は、すぐ傍（そば）の森で大量に採れた『ルビーベリー』。

春先に実をつける硬くて甘酸っぱい果物で、その実には鉄分が多く含まれ増血作用もある。貧血の人などにオススメの果物だ。

ただ、そのままでは酸っぱすぎて食べられないので、豊富な旅の資金（交渉してぶんどった）で購入した砂糖をたっぷり使ってコンポートにし、出てきた果汁に蜂蜜と寒天草という植物を加えて果肉入りのゼリーにした。

噛みしめれば紅い実から幸せな甘味があふれる、至福のゼリー。

いつもは涼しい地下食糧庫でしばらく放置なんだけど、今回はゼロさんのおかげですぐに仕上がった。竜の【ブレス】すごい。……ゼロさんは微妙な顔してたけど。

血＝鉄分という安直にもほどがある発想で挑んだものの、吸血鬼の彼はどうやら気に入ってくれたようだ。一口ごとに「おのれ……」とか呟いてるけど、おかわりしてくれているのできっと大丈夫。


……ちなみに攫われたという村娘さんたちは、どうやら自分から彼の城にやって来たらしい。

なるほど、いわれてみれば辺境にいなさそうな儚げな美少年である。

ゼロさんもキレイだけど、母性本能をくすぐるという面では吸血鬼の彼に軍配があがる。

見た目は十四、五歳くらい。自ら吸血鬼化されに来たおしかけ女房な村娘さんたちは、みんな歳上っぽい容姿だ。彼女たちは美少年の生意気な反応を「うふふ……」と楽しんでいる節がある。

しかし、この場合どうしたものか。

戻してあげようにも吸血鬼になっちゃってるし、本人たちも帰る気なさそうだしなあ……。

そんな風に頭を悩ませていると、いきなりゼロさんに手を握られた。

「な、なに？　どうしたの？」

「いや、さして特別なことをしたわけでもないのにここまで美味い菓子が作れるのは、マリーの手から何か出ているのではと思ってな」

「私は牛骨か……？」

そんなはずはない。せめて、そこは技術と経験値を考慮していただけないだろうか？

「しかし、マリーの手は温かいな」

「あー、うん。昔からね。私、体温ちょっと高いんだ。パンとか捏ねるときはいいんだけど、パイ生地作るときに困るんだよね……すぐべちゃっとしちゃうから」

「ふむ……ひょっとすると、そのおかげで薬草などの効果が上がっているのかもな。なんらかの加護があるのやもしれん」

そんな馬鹿な。もしそうだとしても、効果が極端すぎるだろう。いや、料理人としては喜ぶべきなのかもしれないけどさあ。

……それよりゼロさん、そろそろ手を放してはくれないだろうか？　なんで、そんなふにふにするの？

ちょっ、泉でのこと思い出すからホントにやめろこのエロ竜！　ゆっ、指を絡めるなあああ!?

「くっ、おのれ……おのれぇ……ッ！　————おかわりぃ！」

☆　☆　☆

その後もなんとか順調に旅は続き、私たちはついに魔族が暮らす大陸の手前までやってきた。

長い旅だった。だいたい三ヶ月くらいだろうか？　旅行したことがないので感覚がイマイチわからない。移動時間はゼロさんや空を飛べる人たちが頑張ってくれたから、随分と短縮できたんじゃないかと思う。

「マリーよ」

「なに、ゼロさん？」

「……お前は魔国を乗っ取るつもりなのか？」

呆れたように尋ねてくるゼロさん。

もちろん私にそんなつもりはない。

ないんだけど、

「まあ、たしかにちょっと増えすぎだよね……仲間」

現在、お供としてついてきた仲間たちは、竜王であるゼロさんを含めて五十二名。

その誰もが強力な魔族や精霊、獣人に聖獣に英雄と、正直いって私はこの強大すぎる戦力を完全に持て余していた。

——だって、戦わない。

ここに来るまで、ほとんど戦闘らしい戦闘をしなかった。

たまに奇妙な鳴き声の怪鳥をゼロさんたちが吹き飛ばすくらいで、もはや魔獣が近寄ってくることもない。どちらかといえば、この人数の食糧や寝床の確保が問題だった。大きな街に着くたびにみんなで頑張って働いた。冒険ってなんだっけ。

「でも、ここから先は魔物の力もすごく強くなるんですよね？　……わたし、ちょっと怖いです」

そういって怯える小動物みたいな女の子は、なんと『鎧』の勇者様。名前はルーシェちゃん。

見た目の通り守ってあげたくなる感じの子なんだけど、気弱すぎるせいで魔獣を倒せずに空腹で倒れていたところを保護した。神器は本気で人選ちゃんとしろと思う。

「………みんな、は……おれ、守る……」

そして、こちらの声が小さすぎて聞きとりにくい青年は、『楯』の勇者のガルムくんだ。

見た目は大柄でいかにも強そうなムキムキの重戦士なんだけど、「対人恐怖症」という厄介な荷物を抱えている。

地方都市の市場で人の視線から逃れるように神器で自分をガードしながら歩く、という不審者っぷりのおかげで衛兵に捕まりかけているところを、これまた保護した。

……この子に楯はいらないんじゃなかろうか？　むしろもう少し防御力を下げないと、敵どころか味方さえ懐に飛び込めない。

ちなみに、彼女たちも私と同じく国の威信のために一人で旅立たされた被害者だ。

諸悪の根源はすべてあの弓の勇者である。

もう魔王よりあいつを倒した方がいいんじゃないか。

次に会ったら絶対に一発ブン殴ってやる、と心に決めながら、とりあえず目前の薄暗い大陸に意識を向ける。

そこは人外魔境と呼ばれる最果ての地。

一度足を踏み入れれば、生きて帰れる保証はない。

「わ、わたし、がんばりまひゅ!?」

「………負け、ない」

「大丈夫だと思うんだがなあ」

気合いを入れる二人の勇者に、私も力強く頷いてみせた。あとゼロさんはもうすこし緊張感を持つように。

「――いよいよ私も、本気を出すときが来たようね」

わずかに強張る身体。持て余し気味の超戦力たちを背後に、ゆるみかけた気持ちを締め直す。

どんなことが起きるかわからないいんだから、死力を尽くすつもりで頑張ろう。

本気を出すと誓った私は、貴重なチョコレート（すごく高い）を慎重に握り締めた――


「ワタシも、ここまでのようですね……」

口元に本気のガナッシュをこびりつかせた魔国の宰相が、ズシャアッと静かに崩れ落ちた……。

「ずーるーいーっ！　ずーるーいーのーじゃあああー!?」

さて、魔王城の最上階に誰一人欠けることなく辿り着いた私たちの前には、半泣きで足をバタバタさせる小さな女の子がいた。

クセのない真っ黒な長い髪に、黄金の瞳。透き通るほど白い肌と薔薇のような唇を持つこの幼い美少女が、どうやら復活した『魔王』のようだ。

大声で喚（わめ）きながら駄々をこねるその姿も、七、八歳くらいのお人形さんみたいなこの子がすると非常に可愛らしい。抱きしめてなでなでしてあげたい。

「うーん、ずるいっていわれても……」

「戦わないとか！　そんなの、聞いてた話と違うのじゃ！　なんで魔族がわらわの味方じゃないのーっ!?」

「いや、だってお菓子あげたらついてくるっていうからさぁ」

さてどうしたものか。私にできることなんて限られている。

なんとか魔王ちゃんに泣き止（や）んでもらおうと、残しておいた最終兵器（フォンダンショコラ）を取り出した。

「魔王ちゃん、これ……」

「い、いらないのじゃ！　こんなもの！」

バシッと手を払われた。茶色い焼き菓子が赤い絨毯の上に転がる。

……ああ、これはだめだ。

こんなとき、お母さんならどうしただろう？

その答えは考えるまでもない。ちゃんとこの身体が覚えている。


私は、握りしめた拳骨を魔王ちゃんの頭に落とした。


「いだっ!?」

「……魔王ちゃん、よく聞いて」

膝をついて、小さな女の子と視線を合わせる。

いけないことをした私を叱るとき、周りの人たちはみんなこうして目の高さを合わせてくれた。

上からじゃなく、きちんと幼い私に伝わる言葉で教えてくれた。

……痛かったけど、それだけじゃない。

私を想う言葉はちゃんと心に届いた。それはいまも私を支えてくれている。

親になったこともない私に上手（うま）くやれるだろうか？

自信はない。

――でも、この子の未来を想うなら、やらなきゃいけない。

「なっ!?　なにっ……」

「あのね、食べ物っていうのは命で作られているの。このお菓子だけじゃない、他のどんな料理でもそう。魔王ちゃんが食べてきた物も、これから食べる物も、みんななにかの命をいただいて、誰かが一生懸命に作るの。だから粗末にしちゃだめ。いまみたいに叩き落とすなんて絶対にだめよ。……いい？　私とちゃんと約束してちょうだい」

「う……うぅ……」

「魔王ちゃん、甘いのは嫌い？」

「……………き、きらい、じゃ、ない……」

「そう――じゃあこれ、私が作ったの。自慢だけど美味しいわよ？」

腰のポーチから新しいフォンダンショコラを取り出して渡す。

あ、今度はちゃんと受け取ってくれた。少しホッとする。

私はさっき床に転がった分を拾って、まだ迷っている魔王ちゃんの前で大きく齧りついた。

うん。甘くていい香り。われながら、とっても美味しい。

「そっ、それ……床に落ちたやつ……」

「あら。ポテールやラディシュナだって土の中からとれるのよ？　料理人ともあろう者が、地面に落ちたお菓子くらいでびびるわけないじゃない」

さすがにお客さんには出さないけどね。

周りのみんなも、私の突拍子もない行動にはもう慣れたのか平然としている。

……まあ、こういうことばっかりしてるから男が寄りつかないんだろうけども。

「……おい、しい……」

ついに私の渾身の作を口にした魔王ちゃんが、思わずといった様子で声をもらす。

……ああ。いいね、その表情。

そういう顔が見たくて見たくて、私はずっと料理人を続けてるんだ。

小さな手の中から、どんどん甘いお菓子は姿を消していく。

夢中でお菓子を頬張って、一生懸命に口をもぐもぐ動かして。

そうするうちに、魔王ちゃんの目にはみるみる涙の粒が溜まっていった。

「うぐ……こ、こんな、おいしいの……は、はじめて……っ……お父さま、も、お母さまもっ……ヒグッ……みんな、ずっと昔、死んじゃってっ…………め、目が、さめたら……ひとり、ぼっちで……ずっと、ごはんもひとり、で…………あっ、あじが、しなくて……っ！」

「ちょ、ちょっと待って。あなた、二百年前の魔王じゃないの？」

「ちが……それは、お父、さま……」

「え……じゃあ封印されたのって魔王……じゃないのね？　だったら、なんでまた魔王になんて……」

「さ、さいしょうが、人間にフクシュウしたほうがいいって、いった、から……」

その言葉を聞いて、すぐに後ろを振り返る。

そこでは、もうすでにゼロさんが腹黒そうな眼鏡（めがね）の宰相を拘束していた。呼吸するような自然かつ滑らかな動作だ。宰相は抵抗する暇さえなく鎖で天井から吊るされた。……それにしても、あの鎖はどこから持ってきたんだろう？　出発前は荷物になかったはず。

「お、お待ちください！　臣下として主君の仇討ちは誰でも考えるはず！　ワタシは新たな主たる姫様にも再び栄光をいだっ!?　ちょっ!?　槍でつつくのはやめ……っ!?」

ええ声で鳴きよるわ。

さて、問題の大元はしばらく吊るすとして、このあとの行動を決めよう。

「魔王ちゃ……じゃないわね。あなた、名前は？」

「ぐすっ……み、ミルエージュ」

「そう。じゃあミーちゃんね」

「以前から思っていたが、マリーはもう少し名付けの感性をどうにかした方がいい」

「ゼロさんは静かにするように」

可愛いじゃないか、ミーちゃん。猫みたいで。

「ミーちゃん、ここに浴室ってあるのかしら？」

「あ、あるのじゃ」

「じゃあ入ってらっしゃい。ルーちゃんも一緒に入ってあげてくれる？　あと、厨房と食材庫の場所を教えて。みんなも汗を流したら準備手伝ってね」

指示を出すと即座にみんながテキパキ動きだす。

ああ、この三ヶ月で鍛え抜かれた集団行動の成果がここで発揮されている。

素早く動かないとお楽しみが遅くなっちゃうもんね。

そこまで期待されると料理人冥利に尽きるというものだ。

いまだによくわからないといった様子のミーちゃんの頭をなでて、私はいつかのお父さんみたいに明るく笑う。

「お風呂からあがったら――――みんなで夕飯にしましょう。美味しすぎて頬っぺた落ちちゃうかもよ？」


一人で食べるごはんの味気なさを知ってるから。

みんなで食べるごはんの美味しさがよくわかる。

料理人として腕が鳴るね。

……さあ、もうひと頑張りいってみよう。

☆　☆　☆

拝啓、天国のお父様、お母様。

そちらではいかがお過ごしですか？

こっちは色々ありながらもなんとか元気にやっています。

あなたたちがときに厳しく、ときに激しく、たまに優しく育ててくださった娘は、もうすぐ二十九歳になります。ここまで料理人を続けられたのは、きっと二人のおかげですね。

相変わらず色気なんて欠片も見当たりませんが………これ、なんか変な呪いとか仕込んだんじゃないだろうな？　毎晩お父さんが「娘に伴侶なんて一生できませんように」って神様にお祈りしてたのは把握してるんだぞ。そっちに行ったら覚えてろよ。あと、その神は邪神だ。

こほん。

さて、話は変わりますが、あなたたちが娘と同じくらい愛していた大切なベーカリーは、人間の国と魔族の国の境に移転することになり――――このたび、立派なお城になりました。


「マリーさん！　もうチーズスフレがなくなります！」

「もうすぐ新しいのが仕上がるわ。今日の分はそれでおしまい。看板出しておいて」

「マリー様、先ほど届いた新種の小麦粉はどうされますか？」

「あー、とりあえず食材庫に運んでおいてもらえる？　お店終わったら見るから」

「まりーさま！　怪鳥オイトシーをやっつけてきました！」

「あら、また出たの？　ありがとう、シユちゃん。それにしてもこの辺り多いわねー。巣でもあるのかしら……やっつけてくれるのは嬉しいけど、ケガはしないでね？」

「あい！」

嬉しそうに笑った白虎族の女の子を見送って、目の前のミックスベリータルトを仕上げる。

これで私の仕事はおしまい。じきに商品も売り切れて、早々に営業も終了だろう。まだ夕方前なのに仕事が終わるという感覚は、いまでもなかなか慣れない。


世界を救う冒険を終えてから、半年以上の月日が過ぎた。

色々と面倒くさいこともあったけど、なんやかんやと騒いだ末に、私たちは人間の国と魔国の境に新しい国をつくることにした。

なにしろこの超戦力。仲間の一人でも一個師団に匹敵するという強大にもほどがある力は、どこに身を置いたところで大きく世界のバランスを崩すことになる。

各国を訪れたときの要人たちの青褪めた顔はなかなかに見ものだった。なにしろ、最強軍団大行進って感じだったし。

いまだに人間と魔族の間にある溝は消えていない。

仲間たちの中にも、まだ人間そのものに気を許したわけじゃないって子はたくさんいる。

かといっていまさら大切な仲間を手放すつもりもなかったし、それならってことでゼロさんや魔国の腹黒宰相たちと相談した結果が、この新たな国の建設だ。

――そこは色んな種族が一緒に暮らす国。

まだまだ問題は山積みだけど、なんとかなるんじゃないかなとは思ってる。

まあどんなことでもやってみなきゃわかんないし、それはこれからの頑張り次第だ。

幸いにも説得した魔国の魔族のみんなは協力的だし、移住してくる人間も少しずつ増えている。国とはいかないまでも、領地くらいにはなったんじゃないかな。ちょっとした商業都市みたいになってきた。

そのぶん腹黒宰相さんは大変そうだけどね。手伝える人も総動員で、毎日大忙しだ。

うん、みんなで頑張ろう。

……で。私はといえば、政治のことなんてなにもできないので、とりあえずベーカリーを再開することにした。

いやだってみんなと仲良くなったきっかけってお菓子やパンだったしね。それに旅の最中に色んな場所で料理を振る舞ったのがよかったのか、よその国からもお客さんが来てくれる。なんと王都から昔馴染みの常連さんが訪ねてくることもあった。いまの仕事が終わったら家族で引っ越してくるかもしれないという人も多くて、決断してよかったと素直に思える。

みんな私のお店が立派になったことを、笑いながら祝ってくれた。

まあ、うん。

……お城の一階部分が、新しいベーカリーだからね。

たった三ヶ月でお城を建てた森の精霊やドワーフたちがすごいのか、お城の一部を店舗として扱うことを許した宰相が大物なのか、もう誰を褒(ほ)めればいいのかわからない。

みんな理解ありすぎて逆に怖いよ。……私、ホントにこれでいいんだよね？

とりあえず、頑張って働いてもらえるように美味しいものを作ろう。

お菓子がなきゃ働けないってみんないってるし。

そんな仕事もせず料理ばっかりしている王様な私にも、可愛い娘ができました。

「の、のう、マリー？」

「ん、なに？　ミーちゃん」

「マリーは、その、わ、わらわのこと……好き？」

「もちろん。大好きよ」

おそるおそるといった様子で尋ねてくる姿が可愛すぎたので即答すると、蕾（つぼみ）が綻（ほころ）ぶように笑顔が咲く。うん、可愛い。撫でくりまわしたい。いまの私の手、クリームまみれだけど。

――しかし、甘やかすばかりが教育ではないことを、私は知っている。

「じゃ、じゃあ……」

「だめよ。おやつはさっき食べたでしょ？　また夕飯が食べられなくなるから、もうだめ」

「あ……あうぅ……」

しょぼーんと、元魔王の娘であるミーちゃんがうなだれる。

うー……そういう顔するのはずるいなぁ……。心なしか、周りの視線も痛い気がする。

でも躾（しつけ）はちゃんとしないと。

お菓子は美味しいけど、食べ過ぎていいものではない。

甘味は物足りないくらいが最高の余韻を残すのだ。これは食べる側の心得。職人が作るフルコースのデザートが少量しかないのは、このためでもある。

ということで、私は飴味の鞭を振るうことにした。

「あー、今日の夕飯は、ミーちゃんの好きなクリームコロッケにしようと思ってたんだけどなー」

「……く、クリーム、コロッケ……!?」

「ポテールのポタージュスープもつける予定だったんだけど……食べれないならやめようかなー？」

「おっ、おやつ、ガマンする!?」

「お仕事も頑張ってくれると嬉しいなー」

「やる！　やるのじゃ！　それ、わらわが持っていくのじゃ!!」

「ありがとー。落とさないようにね」

「は、はいっ、なのじゃ！」

ミックスベリータルトの並ぶプレートを慎重にそーっと運ぶ小さな背中の可愛いこと。

くく、魔王の娘とて所詮は子供よ。大人の私にかかればチョロいものだ。

約束通り今日の夕飯はミーちゃんスペシャルを作ってあげよう。

「……見事に踊らされているな」

「ふふ、可愛いもんでしょ」

「お前がな」

「は？」

【ブレス】で氷を作ってくれていたゼロさんが、よくわからないことをいう。

前から思ってたけど、王族然とした美貌を持つゼロさんは厨房が驚くほど似合わないな。

……いや、そういえば竜の王様だっけ。近頃は気軽に氷作ったり薪燃やしたりしてくれるから、すっかり忘れてた。

「しかし、魔族の王が随分と懐いたもんだな」

「まあ甘えられる存在が欲しかったんだろうね。私もお母さんみたいな気分で接してたし」

「……マリーは自分の子が欲しいとは思わんのか？」

「そりゃあ欲しいよ。けど、もうそんな歳でもないしねえ」

「そのことなら問題ないぞ。毎日マリーには、寝ている間に竜の血を飲ませているからな」

「……は？」

「竜の血には不老延命の効果がある。竜王たる私の血はさらに効能が強い。向こう百年は難なく子供を産めるし、竜の子を孕んでも問題ないほど頑丈な身体になるぞ」

「ちょっとおおおお!?　承諾もなく人の身体になにしてくれてんの!?　ここのところ朝起きたとき妙に口の中が鉄くさいと思ったらお前の仕業かあああああああ!!」

歯ぐきから出血してるんじゃないかって、ひそかに悩んでたんだぞ！　ていうか部屋にどうやって入った!?　鍵は!?

胸ぐらを摑んでガクガク揺さぶるけど、ゼロさんは悪びれもしない。

それどころか、容易(たやす)く手をはずされて両腕を拘束されてしまう。

くっ、こんなところで竜の力を使うとか卑怯な……って近っ！　ゼロさん近い!?

「ちょ……っ!?」

「あまり無防備に刺激してくれるなよ？　……こちらも色々と我慢してるんだ」

ひぃっ!?　が、ががが我慢ってなに!?

なんでちょっと怒ってるの!?

「……鈍いのはわかっていたことだがな、それでも限度というものがある。私に人と生きる道を教えたのはお前だ。その責任はとってもらうから覚悟しておけ」

うえええええ!?　いやだってお菓子あげたらついてくるっていったのそっち……いえ、なんでもないです、ごめんなさい。……よくわかんないけど責任とるし謝るから、とりあえずそのキラキラした顔をどけて――――っ!?


天国のお父様、お母様。

あなたたちが教えてくれたお菓子のおかげで、私の人生はひょっとしたらえらいことになっているのかもしれません。

ほんとに覚えててくださいね。

END

だっておいしいお菓子をくれるからの!!

いいかい？　月のない夜は外に出ちゃだめだ
こわーい狼や幽霊が、キミをさらいにやってくるからね

だけど、今日だけは特別さ

今夜はとっておきの魔法がキミを守ってくれる
だからパパやママを連れて、みんなでおいで！

――さあ、楽しいサーカスのはじまりだ！

「へえ、サーカスが来るの」

食後の紅茶を片手に、マリーがいう。

「はい、そのように報告が上がっております。つきましてはマリー陛下より公演の勅許を賜りたいとのこと……いかがなさいますか？」

ぴんと背筋を伸ばしてそう聞いたのは、かつてわらわの側近であった〝さいしょう〟。

たしかグラ……なんとかという名前だった気がするが、ちょっと長すぎて覚えておらぬ。いまもこのフェンネル皇国で〝さいしょう〟をしているので、たいした問題ではなかった。マリーなんて『はらぐろメガネ』と呼んでおる。あいかわらずマリーのつけるニックネームは独特じゃ。でも、たぶん、わらわの「ミーちゃん」が一番かわいい。……むふ。

そうして、隣でいつまでも木の棒みたいに返事を待っておるさいしょうに向けて、マリーは優雅な仕草でティーカップを置き、答えた。

「……………うん。いいんじゃない？　別に」

「陛下。いつも申し上げておりますが、もう少し間者などの可能性も疑って、熟考した上で勅許を出していただければと……」

「あーっ！　もう！　うるさいうるさーい！　だったらなんで聞いた!?　ねえ、なんで聞いたの!?　ちゃんと長めに考えたじゃない!?」

「陛下、熟考とは長く考えればいいというものではなく……」

「いいの！　私はみんなのこと信頼してるんだから！　――優秀なあんたが、本当に危ない案件なんて通すわけないでしょ！」

――出た。

ナプキンで口元を拭いながら、わらわは思った。

『マリーはすぐれた料理人であると同時に、天然の人たらしだ』と、ゼロスがいっておった。

あまりくわしい意味はわからぬが、なるほどこういうことかという場面は何度も見ておる。

いまもさいしょうは顔を真っ赤にして、そうかと思えば深々と腰を折り「陛下の仰せのままに」といって食堂を出ていきおった。……ごはんのときくらいゆっくりしておればいいものを、本当にせわしないやつじゃ。

「………マリーよ」

「ヒッ!?　な、ななななによ、ゼロさん!?」

「もう数えるのも馬鹿らしくなるほど忠告したが、呼吸するように人を誑かすなと何度」

「ちょっ、ちかーっ!?　み、みんな見てる！　ね！　ほら！　ミーちゃんも………あれ、見てないや……ちょっとー、誰か助け……」

なにやらゼロスが静かに怒っておるが、どうせいつものことじゃから誰も気にしておらぬ。

ゼロス――ゼロスフィードは竜の王様じゃが、いまはどういうわけか人間の姿でいつもマリーのそばにおる。

危険が迫れば誰よりもはやく迎撃し、氷がなくなったといわれれば厨房に向かう。

どうして気高き竜の王がそんなことを？　と最初は不思議に思ったが、なんということはない。

ゼロスもマリーが「好き」なのじゃ。

わらわも同じ。ほかのみんなも、きっとそう。

マリーはどんな魔物も勝てなかった最強の〝聖剣の勇者〟で、いまはみんなに愛される最強の王様なのじゃ。

なので、これといって心配はいらぬ。元〝鎧の勇者〟であるルーシェはあれを「ちわげんか」と呼んでおった。ケンカはあまりよくないが、それは二人がもっとなかよくなるためのギシキらしい。

やっぱり人間のしきたりはよくわからぬ。ほうっておくのが一番じゃ。

それに――わらわは、デザートのシュークリームを食べるのにいそがしい。

マリーが作ってくれた食後のおやつ。お行儀悪く大きな口でかぶりつけば、外はサクサク、中からあまーいクリームがあふれてくる。まろやかなカスタードクリームと、やさしいホイップクリーム。二つのあまみと香ばしい生地がまざりあって、かみしめるごとにしあわせな気持ちになる。

食べ終わったら紅茶をひと口。さっぱりした口で、もうひとつのチョコ味のシュークリームにかぶりつく。今度はチョコレートのこゆいあまみと香りが、ぶわっと口いっぱいに広がった。

うむ、やはりこの順番をたがえてはならぬ。カスタードのあとにチョコ。これがもっともしあわせになれる順番、今のわらわの大正義じゃ。

……よその国ではありえぬが、大食堂に集合した仲間たちも、それぞれにあまーいデザートと紅茶を楽しんでおる。

うむ。わらわはいま、すごく「しあわせ」じゃ。

怒ると誰よりも怖いけど、そのぶん誰よりやさしい『お母さん（マリー）』がいて、たくさんの仲間にかこまれて、毎日ごはんとお菓子がとってもおいしくて。

――〝魔王〟であった頃よりも、ずーっと、しあわせ。

☆　☆　☆

わらわの本当のお父さまは、二百年前に亡くなっておられる。

とはいっても、いつもいそがしそうじゃったから、あまりお顔をあわせたことがない。お母さまはわらわを生んですぐに亡くなられたそうなので、余計にお顔がわからぬ。

ごはんはいつもひとりぼっち。お友だちも、ふつうにお話しする相手すらいなかった。

――そんなある日、魔王城に『勇者』を名乗る男たちがやってきた。

やつらは何時間も戦い続けたのちにお父さまを殺し、最後の力でわらわとさいしょうを結界の中に封じこめた。

ずっとお城にいただけなのに、どうして憎まれなくてはならないのか――あの頃のわらわには、よくわからなかった。ただ、わらわに向けられる『勇者』たちの眼がとても怖かったことだけはおぼえておる。たぶん、あの者たちは〝魔族そのもの〟を憎んでおったのであろう。

だから、正直にいうと、最初はマリーたちのことも怖くてしかたなかった。

またあの真っ暗なところに閉じこめられるのかもしれない。ひょっとしたら今度こそ殺されてしまうかも……そんな風に考えて、夜もよく眠れなかった。

……けど、魔王城にやってきたマリーはちがった。

食べものをそまつにしたわらわを叱って、おいしいお菓子をくれた。

みんなでお風呂にはいって、みんなでおいしいごはんを食べた。

生まれてはじめて「食べもの」がおいしいと思えた。

——あの日のお菓子とごはんの味を、わらわはきっと一生忘れない。


それから色々あって、マリーたちは国をつくった。

人と魔族がなかよく暮らすための国。ほかにもたくさんの種族が、ここには住んでおる。

みんなをつなぐのは、マリーがつくるとーってもおいしい『お菓子』。

最近は弟子のルーシェたちもめきめき腕をあげて、とても楽になったとマリーがいっておった。

でもわらわからすればまだまだあまい。やっぱりマリーのお菓子が最強じゃ。……もちろんルーシェたちのお菓子もおいしくいただくけれども。〝ししょくがかり〟の座は誰にもゆずらぬぞ。

そんな王様の娘たるわらわの一日は、なかなか忙しい。

朝は読み書きと計算のお勉強。昼はお城の外の「しさつ」。夕方からはお店や晩ごはんのお手伝いと、いつも予定でいっぱいじゃ。

とくに「しさつ」は気を抜けぬ。しせいの人々の暮らしを知るのも王族の大事なつとめじゃからの。

今日も白虎族のフェイといっしょに、お城の外を見回っておる。

マリーの準備してくれたサンドイッチ入りのバスケットを片手に街を歩きながら、わらわは気になっておったことをフェイにたずねた。

「のう、フェイは『サーカス』なるものを知っておるか？」

「さーかすぅ？　……うーん、聞いたことないなあ」

わらわよりもちょっと年上のフェイは、こてんと首をかしげた。黒のシマがはいった長くて白い尻尾（しっぽ）も「？」のマークになっておる。

まるで年下のように見えるが、これでもこやつはれっきとしたお姉さんなのじゃ。わらわが八才で、フェイは十二才。粉砂糖のように白い髪とトラの耳が、すごくかわいい女の子。

話し方はふわふわしておるものの――これがケンカになるとすさまじく強い。

この前も城壁の外で騒いでおった怪鳥とやらをブッ飛ばしてきたという。たぶん、わらわも魔法を使わねばふつうに負ける。その怪鳥はゼロスが「きたない魔物だから近寄ってはならん」というので目にしたことはないが、白虎族にやられたのであれば無事ではすまんじゃろう。

そんなフェイならもしやと思うたが、やっぱり『サーカス』とやらのことは知らんようじゃ。

「うむー……じつはマリーにも聞いたんじゃがな。なにやら〝すごく楽しいところ〟としか教えてくれなかったのじゃ」

「あー……それは、ひょっとしたら、マリーさまも知らないんじゃないかな？」

そうなんじゃろうか？　聞いてみたら「歌とか踊りとか、いろいろなことがいっぱいあって、すごく楽しいところよ………たぶん」といっておったのじゃが。

――マリーは小さい頃から料理の修行をしておったそうなので、ひょっとしたら見たことがないのやもしれぬな。それでも楽しいというのなら、ぜひとも一緒に行ってみたいものじゃ。

そうして『サーカス』なるものの想像をふくらませておると、急にフェイが足を止めた。

「あれ、ちょっと待って……城壁の外で誰か襲われてるっぽい」

「な、なに!?　それはまことか！」

「今日の警備当番は……あー、シユはちと遠くにいるんだねー……ちょっと行ってくるよ。すぐにすむから、ミーちゃんはここで待っててー」

いうがはやいか、フェイはまるで風のように走っていってしまった。

白虎族は耳と足が強い。おそらく、仲間からの合図があったのじゃろう。

……しかし、王様の娘であるわらわが、黙って悪いやつを見すごしていいものであろうか？

ちょっと考えて、マリーのすさまじく怒った顔が頭に浮かんで、すごく怖くなってガタガタ震えながら……それでも、たいせつな国の人々を守りたいという〝心〟が勝った。

「――【翼よ、きたれ】」

みじかく呪文を唱えると、背中がむずむずとして、すぐにポンッ！　と小さな羽が生えた。

うむ、これくらいはわらわにとって朝めし前じゃ。たくさん特訓したからの。

飛行の術はまだ練習中じゃが…………今日は、なんだか、ちゃんと飛べそうな気がする。

「よし、ゆくぞ……っ！」

気合いを入れて、わらわは大空へと羽ばたいた。

☆彡

「とーめーてえええええええええええええええ――――っ!?」

――ここここコントロールがっ、う、うまくっ、いかぬううううっ!?

「おおっ!?　なんだなんだー？」

などとのんきな声で微妙に驚きながら、それでもフェイは、落下するわらわをしっかりと受け止めてくれた。…………よ、よかった。死ぬかと、思……

「コラ！　待ってなっていったろー？」

「いっ――――?!」

そういって、フェイはげんこつをゴッ！　と落とした。

――ちょっと、シャレにならないぐらい、痛い。

割れそうな頭をおさえてのたうち回っていると、あきれたようなため息が上からふってきた。

「ミーちゃんはまだ飛ぶの苦手なんだから、無理したらダメだろ？　大ケガしたらどうするのさ。

そんなことになったらマリーさまが悲しむぞ？　あたしだって悲しいし、きっと泣いちゃうよ。……ミーちゃんは、それでもいいの？」

フェイの真剣に怒る言葉が……わらわの胸に、ズキッと刺さった。

バカじゃった。そんなことはわかっておる。

今日はだいじょうぶと思った、なんて、いいわけにもならなくて。

「ご……べ、なざ……いっ」

「……うん。わかればいいよ。次からはもうしちゃダメだからねー」

そういったフェイはわらわをそっと抱きあげて、頭をなでてくれた。

そのやさしい手つきはいつもマリーがしてくれるのと同じで、よけいに涙がとまらなくなった。

フェイの胸元にしがみついてわんわんと泣く。……すると、ふいにちがう場所から、知らない声が聞こえた。

「あの……だいじょうぶ、ですか？」

心配するようなその声は、ふしぎな音色をしておった。

いままで聞いたことのない、ふしぎな、それでもすごくきれいな声。

思わず泣きやんでそちらを見ると、ここらでは見かけぬ女の子の心配そうな顔があった。

こやつの服は見たことがある。たしか、絵本にかいてあった砂漠の民の踊り子が、あんな服を着ておった。……じゃが、どうして踊り子がこんなところに？

――――そして、わらわはピンときた。

まちがいない。こんなことに気づくとは、ひょっとしたらわらわは天才やもしれぬ。

「――おぬし、さては『サーカス』の人間じゃな？」

「ふえっ!?　え、あ、えと………そ、そう、です……」

「やはりか！　マリーから聞いておるぞ、なにやら楽しい歌や踊りを見せるのであろう」

「あー……まあ、はい。それだけじゃないけど、一応は……」

「へえー、この子が『さーかす』の。なんかキレイな格好だねー」

フェイがひらひらした布をぺろんとめくる。すると、踊り子は「ひうっ!?」と悲鳴をあげて遠ざかった。

「これフェイ！　女の子の服をめくってはならぬ！」

「ああそっか、ごめんごめんー」

にへへーと笑ったフェイがあやまるが、踊り子の娘は怖がっておるようじゃ。かわいらしい顔を真っ赤にしてこちらを見ておる。まったく、こやつには「でりかしー」というものがないのじゃ。わらわよりお姉さんじゃというのに。

「すまぬ、あやつに悪気はなかったのじゃ。許してくれぬか？」

「え!?　あ、いや、別に怒ってるわけでは………あ、あの、それより、あそこの……」

震える指がさす方を見る。

そこの地面から――――三本の足が、はえておった。

「な、なななななんじゃあれは――――っ!?」

「あー、ミーちゃんは見たことないんだっけ………それが〝オイトシー〟だよ」

「なんと!? これが、あの怪鳥なのか!?」

「かい、ちょう……?」

踊り子がふしぎそうな顔をしているが、まだこの国にきて日が浅いのなら知らなくてもしかたあるまい。――この近くに大きな巣があるという〝きたない怪鳥〟を。

わらわもちゃんと見るのはこれがはじめてじゃ。

しかし、鳥の魔物じゃというのに、まるで人間のような足をしておる。地面から突き出した関節から先の部分はピクピクと震え、表面にはドス黒いもようがびっしりブキミに浮かんで、なんとも気持ち悪………このもよう、よくフェイが地面にするラクガキに似ておる気がするのじゃが、見まちがいかの……?

さらにあの真ん中の足。やたらと細長いが、あれはひょっとして怪鳥の尻尾じゃったのか。なんだかキラキラと金色にかがやいて、これだけすごくきれいじゃ。ちょっとマリーの持つ『聖剣』と色が似ておるやもしれぬ。

おそるおそるそれに触ってみると――――尻尾が、抜けた。

「~~~~っ!?」

「あーあー、ミーちゃん抜いちゃったー。いけないいんだー」

「どどどどどうしよう!?」

「うーん、それがないとホントにただの雑魚(ザコ)になっちゃうからつまんないんだけど……ま、そろそろいいかな？　持って帰っても」

「持って帰ってよいの?!」

ほ、ほんとうによいのじゃろうか？

〝きたない怪鳥〟とか呼ばれておる魔物のパーツを、おうちに持って帰っても……？

「あ、あの、どうなってるのかまったくわかりませんが……埋めたままで大丈夫なんでしょうか？

その、ひ……」

「白虎族には、汚れたものを地面に埋めて浄化する習わしがあるんだー。大地に宿る精霊が、不浄の存在をキレイにしてくれると信じられていてね。この性根が腐った汚らわしい怪鳥も、こうして埋めておけば、いつかはキレイになって巣へと帰って行くんだよー」

「は、はあ…………そんな、拷問じみた風習があるんですね……」

なるほど、殺してはおらんのじゃな。

フェイはケンカっぱやい性格じゃが、やっぱりやさしいの。怪鳥にも情けをかけるとは。

「……まあマリーさまが『無益な殺生はしちゃだめ』っていうからしないけど、本来なら群れの長（おさ）を貶めるようなやつは、全身の皮を剝いで串ざしのうえ丸焼きなんだけどねー」

「ヒッ!?」

……う、うむ。わかった。フェイだけは怒らせてはならぬ。というより、こやつらの一族か。

白虎族は『十人いれば国ひとつ落とす』といわれておるからの。

そんな猛者（もさ）を従えておるマリーは、やっぱりすごいのじゃ。

「それで、おぬしはこんなところでなにをしておったのじゃ？」

「あ、はい……わ、わたし、次の公演で歌う曲の練習をしていたんですが、そしたら急に、その……おい、としー、さん……？　が、襲いかかってきて……」

「ほんとサイテーだな、こいつ」

フェイが怪鳥の足をドシィッと蹴った。

「それは災難じゃったの……そうじゃ、はじめましてのごあいさつがまだだったのじゃ。ちょっと生き物の身体から鳴ってはならんような音がした。……大丈夫かの？

名はミルエージュ。みんなにはミーちゃんと呼ばれておる」

「あ、ごめんなさい。気づかなくて……わたしは、クラ……リスと、いいます」

「うむ、クラリスじゃな。よろしくなのじゃ」

「あたしはフェイだよー。よろしくねー」

ひと通りあいさつを終えると「くぅ」という小さな音が聞こえた。

見ればクラリスがお腹を押さえて赤くなっておる。

……ふむ、わらわもお腹がへったの。

「どれ、せっかく知りあった記念じゃ。おぬしにわらわの『おべんとー』をわけてやろう。こちらで一緒に座るがよい」

「えええ!?　い、いいですよ！　そんな、悪いし……」

「なーに、エンリョするでない。マリーの作る料理はとーってもおいしいぞ。おぬしにもおすそわけしてやるのじゃ」

　怪鳥のブキミな足が視界に入らぬ場所まで移動して、バスケットを開ける。……うむ、ちょっとかたよっておるな。空を飛んだから、しかたないか。

　じゃが、これくらいなら問題はない。大切なのは味じゃからの。

　中には三種類のサンドイッチが二つずつ入っておった。どれをわけてやろうか…………ええい、わらわも王の娘じゃ。ケチくさいことはいわず、半分クラリスにやろう。

「ほれ、これがクラリスのぶんじゃ」

「あ、あの……本当に、いいんですか……？」

「うむ！　ほっぺが落ちるくらいおいしいから、食べておどろくがよい！」

　そうしてわらわは、すこしさびしくなったバスケットからサンドイッチを一つ摑んだ。

　最初はトリ肉とレダスの葉のうえから溶けたチーズをかけたサンドイッチ。かじりつくと、香ばしいトリ肉とまろやかなチーズのにおいが口いっぱいに広がる。うむ、うむ。まだほんのりと温かいおかげでチーズがとろーりとのびる。これはたまらん。野菜のしゃきしゃき感とあいまって、いくらでも食べられそうじゃ。

　お次はぶあついベーコンとトメトにするか、ふんわりタマゴのサンドイッチにするか……。

　迷いつつとなりを見ると、クラリスがいきおいよくサンドイッチを食べておった。

　おいしい、おいしい、とつぶやいて。

春の空の色をした瞳から、ぽろぽろ涙を流しながら……。


……うむ。その気持ちは、わらわにもわかるぞ。

ほんとうにおいしいものを食べたときは、どうしてか涙が出るものなのじゃ。

それはたぶん、料理にこめられたやさしさが――その温もりが〝心〟に伝わって、さびしい気持ちもぜーんぶ「しあわせ」に変えてくれるから。


「……やっぱり、マリーの料理はすごいの」

なんだかうれしくなったわらわは、急いで次のサンドイッチにかぶりついた。

……すでにわらわの二倍はあったおべんとーをたいらげたフェイが、こちらのサンドイッチまで狙っておったから――


「あの、こんなので、お礼になるかわかりませんけど……」

そういって、クラリスは薄い木の板をくれた。そこにはなにやら文字と絵がかいてある。

ふふん、読み書きのお勉強をしておるわらわには、さほどむずかしくもない文字じゃ。

これは『サーカス公演招待状』と書かれておる。

「……よよよよいのか!?」

「はい。……私には、これくらいしかお返しできるものがありません」

「なにをいう！　わらわはとってもうれしいぞ！」

もらった招待状をぎゅっと抱きしめる。

これで――これで、わらわは『サーカス』に行ける！

「みんなを連れて、絶対に見に行くのじゃ。――ありがとう！」

お礼をいうと、なぜかクラリスの顔が真っ赤になった。

うん？　どうしたのじゃ、クラリスは。

それにしても、これはよいものをもらったの。

さっそくマリーに自慢せねば！

☆　☆　☆

「そっか、あいつ……死んじゃったんだ」

その日の夜、サーカスの招待状と、ついでに怪鳥の尻尾をマリーに見せたところ……なぜか先に受け取ったのは金色の棒の方じゃった。

マリーはその弓みたいな尻尾をそっと抱えて、とてもさびしそうな表情を浮かべておる。

……あれ？　ひょっとして、持って帰ってはならんものじゃった？

「不思議だね。あいつのことすっごい嫌いだったし、いけすかないヤツだと思ってたけど……やっぱり、知ってる人が死んじゃうのは寂しいよ……」

う、うん…………？

誰か、死んだのかの？　お友だち？　いや、でもキライじゃったというておるし………。

──うむ。キライな人が死んでも悲しいマリーは、やさしいのじゃ。

わらわは、うつむくマリーをぎゅっと抱きしめた。

「わらわがいるのじゃ！　わらわは、ずぅーっとマリーのそばにおる!!　だから、さびしくなんてないぞ！」

「ミーちゃん………うん、そうだね。ありがとう」

マリーが頭をなでてくれる。その声はもういつもの明るいマリーに戻っておった。

うむ！　元気が出たようでなによりじゃ！

「──よし、これも何かの縁だ！　あの馬鹿を盛大に弔ってあげますか！」

「おーっ！」

なんだかよくわからぬが、それがよい！

次の日、このフェンネル皇国で『弓の勇者のこくべつしき』がおこなわれた。

場所は街が見わたせる小高い丘の上の墓地。みんな黒っぽい服を着て、ドワーフが大急ぎで作ったお墓をかこんでおる。

その下の深く掘られた穴には、なぜかあの怪鳥の尻尾を入れたひつぎが埋められた。

なるほど、勇者のひとりが死んだのじゃな。あまり仲はよくなかったようじゃが、マリーはやさしいから、知り合いが亡くなって悲しいのじゃろう。

先頭に立ったマリーが花束をおそなえすると、みんなが黙って下を向く。

お祈りの時間じゃな。昨日の夜にマリーから聞いたのじゃ。

静かに祈るマリーの後ろで――――どうしてじゃろう？　ほかのみんなは、なんだか微妙な表情を浮かべておった。

とくにゼロスあたりがひどい。なんじゃ、そんなにきらわれておったのか？　弓の勇者は。

ゼロスはともかく、あのやさしいルーシェや、ガルムにまで……？

――そしてフェイは、なぜ必死に笑いをこらえておるのじゃろう？

こくべつしきがはじまるずっと前からじゃ。さすがに子供のわらわでも、こういう場で笑ってはならんことくらいわかるぞ。まったく、あやつはほんとうに「でりかしー」がない。

そうしてわらわも、見たことのない弓の勇者に祈りをささげていると、今日の警備当番であった白虎族のシユキが向こうからとことこ走ってきた。

「まりーさま、怪鳥オイトシーをやっつけてきました！」

「もう、またなの？　なにもこんなときにまで出なくてもいいのに……」

「こてんぱんにしておきましたー！」

「ありがとう、シユちゃん。たくさんごちそう準備しておくから、あとでいっぱい食べてね」

「あい！」

うむ、シユキは働きものじゃの。ちっちゃく見えるがフェイより年上じゃし、ケンカも強い。

わらわもいつかはあれくらい強くなりたいものじゃ。

そしてフェイは、シユキがきた瞬間にふき出して、父親からブン殴られておった……。


――さて、あとはみんなで『サーカス』じゃな！

☆　☆　☆

「……おのれさいしょうめ、こんなときにお仕事をたくさん持ってきおって」

「しょうがないねー。なんか変なのがこっそり国境こえてきたらしいから……」

文句が止まらぬわらわの頭を、フェイが「よしよし」となでる。

ここはクラリスと約束した『サーカス』の会場。街の大広場ではられた大きなテントに、百人くらいのお客さんがひしめきあっておる。

クラリスが準備してくれたのは、なんとステージの真正面で一番前の席じゃった。

こういうのは「とくとー席」というらしい。すごくよい席、という意味じゃ。……だというのに。

「――代わりにこのボクが来てあげてるんだ。ミルエージュは、それで満足するべきだね」

本来ならマリーが座るはずだった席に座っておるのは、真祖の血をひくヴァンパイヤ――シルヴァじゃった。

十四、五才に見えるこやつはすごくきれいな顔をしているのじゃが……なんというか、いつもやたらとエラソーなのじゃ。いまもせまい席でヒザなど組みおって。こぞーのぶんざいでマリーの代わりとか、なにさまのつもりじゃ。

……それを口にするとわりと本気で傷ついた顔をするので、黙っておくがの。

わらわは気くばりのできるよい子なのじゃ。

「でもまー、シルヴァまで寄こしたってことは……」

「……なにか起きるかもね。ま、このボクがいれば、誰が来ようと微塵も関係ないけど」

「わあ、相変わらずスゴイ自信だあー」

なにやら二人がわらわの頭の上でごそごそ話しておる。

あまり意味はわからぬが、もうそろそろはじまるぞ？　静かにするのじゃ、二人とも。

『会場へお越しの紳士淑女の皆様！　大変お待たせいたしました、間もなくスピカ一座のステージが始まります！　どうかいま一度、盛大な拍手を！』

小さな魔法で照らされた舞台の上、やせた人間の男がそんなあいさつをした。

テントのすきまからのぞく空は夜。

足元をゆるがすような拍手とともに――クラリスたちの『サーカス』がはじまった。

――すごい！　すごい！

組み立てられたステージでくり広げられる妙技の連発に、わらわは興奮しっぱなしじゃった。

ひとつしか車輪のない乗りものの上で器用にいくつものビンをお手玉する者。天井からつられたブランコをくるくる回りながら何度も行ききする者。はりつけられたお姉さんの頭上にあるリンゴをナイフで射抜く者。火の輪をくぐるライオン、玉乗りをするクマ……。

あやつらは、魔法もつかわずに人間ばなれした技をくり広げておる。

どれも魔法をつかえばできるかもしれんが、そんなこんせきはちっともない。

これでどうして興奮せずにいられよう。わらわの視線はずっと目まぐるしく色を変えるステージにくぎづけじゃった。

だというのに、

「――ステップが甘い。ほら、またテンポがずれた」

……………このばかたれが、横でぶつぶつと文句ばっかりいっておる。

こやつはなんなのじゃ。おかげでいまいち楽しみきれぬではないか！

「こらシルヴァ、文句があるなら見るな！　さっさと出ていくがよい！」

「いいや、違うよ。文句じゃなければ批評でもない。これは純粋な〝分析〟だ」

なにをわけのわからんことを……こやつ、マリーから〝なんちゃって貴族〟などと呼ばれておるくせに！

「あー、ミーちゃんには悪いけど、あたしも似たような意見かなー」

「なっ!?」

「使い込まれた設備の割りには、技術にアラが目立つんだよー。獣人じゃないことを差し引いても、アクロバットの技はみんな結構ムリしてるっぽいしねー」

「下手ではないけど稚拙だね。なんというか、不慣れな印象を受ける。……それに」

「ま、まだあるのか……？」

うなずいたシルヴァは、ちらりとステージに目を向けた。

そこでは、クラリスとはまたちがった踊り子が、はやいテンポのダンスを踊っていた。

「……演者がみんな痩せすぎだ。いったいどれだけ食べてないんだろうね？」

それは決して悪口をいう声ではなかった。

――ただ、相手をあわれむような声。

そういえばクラリスもずいぶんと細かった。ひょっとして、あまりごはんを食べれていなかったのか？

ふいに浮かんだ心配をよそに、またステージの色が入れかわる。今度は深く静かな「青」。

どこかさびしい光を浴びながら、ゆっくりステージに現れたのは――踊り子の服をまとう、クラリスであった。

「く、クラリス！」

わらわの声が聞こえたのか、舞台のクラリスはこちらを見て……一度だけ、にっこりと笑った。

むむ、この前とはまるで別人じゃ。

なんというか、身にまとう気配がまったくちがう。

そうして、ライトと同じくさびしい楽器の音色にのせて、クラリスはおごそかに歌声をつむぎはじめた。

その瞬間、会場はいっきに静まりかえる。

「――へえ、これは見事なアリアだ」

あの文句ばかりたれておったシルヴァですら、そんな言葉をもらした。

わらわは返事もできず、ただただクラリスの歌声に耳をかたむける。

それは、深い空の向こうから聴こえてくるような――そんな、はかなくも美しい歌じゃった。

誰もが息をすることさえ忘れ、舞台の歌姫に注目しておる。

気がつけば楽器の音はやみ、クラリスが深々と腰を折る。

演奏が終わったと気づくのに、しばし時間がかかった。けれど、次の瞬間には誰もが競うように手を叩いていた。もちろんわらわも力いっぱいの拍手をクラリスにおくる。

――すごい、と心から思った。

胸の奥が震えて、いまもドキドキがおさまらない。

ステージの奏者が楽器をかまえる。

ああ、またあの歌声を聴けるのか、と期待がふくらむ中――シルヴァが、ぽつりとつぶやいた。

「……まったく、人間には芸術を理解できないクズが多くて困る。こんな素晴らしい歌に心動かないなんて――それは愚鈍にも勝る〝大罪〟だよ」

言葉とともに、血のような色をした杭が現れる。鋭くとぎすまされたそれは、シルヴァが指を鳴らした瞬間、天井に向けて放たれた。

『ぐあああああ!?』

響きわたる苦しそうな声。

そして、足を杭につらぬかれた男が上から降ってきた。

「シルヴァ！」

「チッ、数が多すぎる……フェイは観客の避難を優先しろ。皇国の民には指一本触れさせるな」

うなずくがはやいか、フェイは風のように席を飛び出した。

シルヴァが呪文を唱え、大量の血の杭が浮びあがる。

会場は悲鳴と叫び声でいっぱいになった。

――でも、わらわにはそれらを見る余裕がまるでなかった。

テントの外側からまるで虫のようにわき出てくる黒い影。そやつらの足は、迷わずまっすぐにステージへと向かう。

「あの歌姫が狙いか？　……あ、こらっ！　ミルエージュ！」

呼び止める声にもふり向くことはない。

一歩でステージへ跳び、逃げ道をなくしたクラリスの前に立つ。

シルヴァの魔法が次々に影たちをぬい留めていくが、それでは間に合わぬ。

「【──暗闇の最果てより来たる殺戮の剣。我が命に従い、光断つ刃よ敵を討て！】」

はるか天空から何本もの真っ黒な剣が影を目がけて降り注ぐ。

わらわが持つ中で最大の闇魔法──殺しはせぬが、せめて敵の動きを止めねば。

「み、ミルエージュ、ちゃん……？」

「安心せよクラリス。おぬしは、わらわが守る」

……しかし、ほんとうに数が多いの。

シルヴァが「そんな大魔法を序盤にぽんぽん使うな！」と怒っておるが、だったらどうしろというのじゃ。わらわは手加減のしかたなど習っておらぬというのに。

やっつけてもやっつけても、敵は次から次へとわいてくる。

中には魔法を使う者もおった。いったい街にどれだけ入りこんでおったのか。

「ミルエージュ、退路を開く！　敵をおさえるから逃げろ！　キミに守りながらの戦いはまだ荷が重い！」

叫ぶ声と同時に、紅色の杭がテントの一角に集中して放たれた。影の波が割れて、そこだけぽっかりと大きな穴が開く。

前後左右から押し寄せる敵をさばくのはたしかにむずかしい。それに破壊することに特化したわらわの魔法ではクラリスを守りきれん。ここはシルヴァのいうことに従った方がよいじゃろう。

「ゆくぞ、クラリス！」

「あ、は、はいっ！」

クラリスの手をとって走りだす。

――つないだその手は、悲しくなるくらい細かった。

☆　☆　☆

大広場から城まではすこし距離がある。

会場にいた影はシルヴァがおさえてくれておるが、街の中にもまだ敵はひそんでいた。

……その中には、いつも「しさつ」のときに見かけた、国の民たちの顔もまざっておった。


なんで？　どうして？

いつもあいさつをしてくれたのに。

お休みの日には教会に通って、まじめにお祈りをしていた……やさしい人たちじゃったのに。

頭がぐるぐる回る。けれど、追いかけてくる敵は待ってなどくれない。

魔力はもう底をつきかけていた。わらわにはまだお父さまのような強い力はない。

クラリスの体力も限界が近かった。きっと、あの日からほとんど食べておらんのじゃろう。

残された道は、ただひとつ。

――空を飛ぶ。

考えて……けれど、わらわは首をふった。

わらわは飛ぶのが苦手じゃ。いつもコントロールがうまくいかずに落ちてしまう。

ひとりでも飛べぬのに、クラリスを連れて空へ逃げるなど…………絶対に……

「……の、のう、クラリス？」

「………は……は、い……」

「わらわたちは、その……お友だち、か？」

気がつけば、わらわはそんなことを聞いておった。

後ろには敵の足音。のんきにお話ししているような時間はない。それはよくわかっておる。

しかし、

「は、い……！　おともだち、ですっ！」

――クラリスは、息を切らしながら、そう答えてくれた。

「……わらわを、信じてくれるか？」

「はい！　信じて、います……っ！」

絶対に失敗する。

前にも怒られた。

うまくなんて、いくわけがない。

怖い。怖い怖いこわいこわいこわいこわいこわいこわい、こわい…………だけど、

「────ひとりの〝友〟も守れず、なにが王の娘か!!」

弱虫な心を気合いで追いはらい、鋭く呪文を唱えた。

背中に羽が生える。夜空にとけるほど、真っ黒な。

──友だちを守るため、いつもより大きくなった翼が。


「飛べええええええええええっ！」

大声で叫び、強く地面を蹴る。わらわたちの身体を魔法の空気が包みこんだ。

やがて二枚の翼は……空に向けて吹く風を、つかまえた。

身体が天高く舞いあがる。つないだ手を離さぬよう、しっかりと握りしめた。

悲鳴さえあげることのなかったクラリスは、「信じている」と思いを伝えるように、強く手を握りかえしてくれた──


恐れておった失敗といえば、うまく魔力をコントロールできずに落ちること。

しかし、これはなんとか風に乗れたことでうまくいっておる。

多少はふらつくが、さしたる問題ではない。

次に魔力が底をつく。

これもコントロールがうまくいけばなんとかお城までもつ……はず、であった。

――後ろから、敵の魔法使いが追いかけてきていなければ。

すこし考えればわかることじゃった。

飛翔の術は風の魔法。たとえ人間でも、技術のある者なら練習さえすれば使える。ただ竜などのおる空を人間が安全に飛ぶのはムリがあるから、誰も外では使わないというだけの話で。……街の中ならば、魔法使いは空を飛ぶ。

後ろから放たれた魔法が頭上を飛びこえていく。わらわがふらつくせいか、向こうもどうやら狙いをつけにくいようじゃ。ついておるといえばついておるが、おかげでもう魔力が限界じゃった。

わらわの手にぶらさがったクラリスは、さっきからぐったりとしておる。空を飛ぶのはおどろくほど体力をつかう。なれておらぬ者ならなおのこと。すでにへとへとだったクラリスは、よけいにつらいじゃろう。

ようやくお城が近づいてきた。魔法がかすって身体がブレる。

思わず、クラリスを落としそうになる。

でも、

「……わらわは、負けぬううううっ！」

全身の力をふりしぼる。……あと、もうすこし。

心臓がばくばくとうるさい。

息が切れる。

身体のすぐそばを、魔法が通りすぎていった。

チカチカしはじめた視界に――――その姿は、うつった。

「よく頑張った……誇れ、気高き王の娘よ」

とす、と軽い衝撃で、わらわたちの身体はがっしりした腕に抱きとめられた。

顔をあげれば、そこには夜空の風になびく長い白銀の髪。


――――〝竜王〟ゼロスフィード。


「……愚かな羽虫ども、貴様らにふさわしい地獄を見せてやる」

「ヒッ!? に、逃げ――ッ!?」

「もう遅い、凍りつけ――【アイシクルブレス】」

暗い空にいくつもの巨大な氷のかたまりが現れる。その中に、敵の魔法使いたちが次々と閉じこめられていく。

……ああ、やっぱりゼロスは強いのう。

それで安心したせいか、急に眠気がやってきた。

地面に氷のぶつかる音が響く中、わらわの視界は、ゆっくりと白くなっていった……

☆　☆　☆

ふわり、と身体の浮きあがるような感じがして、わらわは目を覚ました。

目を開いて最初に見えたのは——涙でくしゃくしゃになった、マリーの顔じゃった。

「よかっ、た……ミーちゃん、無事で……っ」

ぎゅっと抱きしめられる。……おおう、苦しいのじゃ。

口を開くとせきが出た。うむ、のどがカラカラじゃ。

あわてて身体をはなしたマリーがゆっくりとお水を飲ませてくれる。

しばらくぼんやりしておったが、急に大切なことを思い出した。

「クラ、リス、は……?」

「ミーちゃんのおかげで無事だよ。サーカスの人たちも……けど」

マリーは気まずそうな顔をしておった。

ぽつぽつと教えてくれたのは、もうクラリスたちがこの国にはおらぬということ。

あのサーカスは、どうやら誰かに狙われておったらしい。マリーたちが何度もここにとどまるようにいっても『もうこれ以上は迷惑をかけられない』と出て行ってしまったそうじゃ。

「……申し訳ありません、ミルエージュ様。こたびの騒動、すべてワタシの責任です……」

「違うよ、グラン。最後に決定を下したのは私なんだから……それに、移住してきたときは普通だった『教国』の人たちが、あんな風に豹変するなんて誰も思わないもの……」

その国の名前は、わらわも聞いたことがあった。

めずらしく魔族を敵としておらず、すべての生命の友愛と平和を神さまに祈る国。

世界中を旅したマリーたちもかつてそこに立ち寄ったらしく、やさしくてまじめな人がたくさんいたから、皇国に移住してきたときも迷わず受け入れたのだと。

「どうやら教国では第一・第三の王子派と、第二王子派の二つに分かれて跡目争いが起きているようです。今回の暗殺未遂は『第三王子が神を冒瀆(ぼうとく)した』と過激派が虚偽の噂を流して信徒を扇動したのが原因だと報告があがっています」

「そう……すごく、優しい人たちだったのに」

「信仰は、よくも悪くも直線の感情ですので……よほど己の芯を強く持たなければ、人はたやすく道を見誤ってしまうのでしょう」

さいしょうの言葉に、マリーは悲しそうな表情を浮かべた。

それを見てわらわはがまんできなくなった。

言葉の意味はよくわからぬ。……けど、マリーが泣くのは、イヤなのじゃ。

「マ、リー……」

服をくいくいと引っぱる。

目をぬぐったマリーは、すぐにこちらを向いてくれた。

「ミーちゃん……どうしたの？」

「わらわは、信じることを、マリーに教えてもらったのじゃ……だからマリーは、信じることをやめてはならぬ………クラリスも、マリーの料理に、救われておったのじゃ……」

——だから、どうか。

どうか、そのやさしい目を。

わらわを真っ暗な場所から救い出してくれた〝心〟を——くもらせないで。

「うん……うん、そうだね。ありがとう、ミーちゃん………よく頑張ったよ。えらかったね。ミーちゃんは、私の自慢の娘だ」

そういって、マリーはぎゅっと抱きしめてくれた。

今度はやさしく。まるで、包みこむみたいに。

その言葉がなによりもうれしくて……わらわは、温かい胸の中で、すこしだけ泣いた。


しばらくすると、街には平和な空気が戻ってきた。

暴れた者やそれを手伝った者は、すべてさいしょうたちが元の国におくりかえしたらしい。

ここ一週間でだいぶとゲッソリしておったが、なにやら満足そうな顔じゃったので、たぶん問題はない。どうか安らかに眠るとよいのじゃ。

わらわはといえば……うむ、毎日ボーッとしておる。

ずっと「しさつ」もおやすみ中。

これではいかんと思うておるのじゃが、どうにも身体に力が入らぬ。よく様子を見にくるフェイも心配そうな顔をしておった。もうしわけないのじゃ。

なにもせずボーッとしておると、たまにクラリスの歌声を思い出す。

たぶんあのサーカスがフェンネル皇国にくることは、もうないのじゃろう。

クラリスと会うことも、もうない。

それはなんだかさびしいような……胸が苦しくなる気持ちじゃった。

そういえば、お友だちとさよならしたのは、これがはじめてなのじゃ。

仲間のみんなはずっといっしょにおるから、お別れなんてしたことがなかった。それがこんなにもつらいものだとは……知らなかったのじゃ。


「ミーちゃん、入るわよ？」

ドアの向こうでマリーの声が聞こえた。

……なんじゃろう。ごはんはさっき食べたはずなのじゃが。

「身体の調子はどう？　しんどくない？」

「うむ、もうばっちり元気なのじゃ」

「そっか。……じゃあ、ちょっと用事をお願いしようかしら」

そういって、マリーは大きな包みを取り出した。

お届けものじゃろうか？　なんだかいいにおいがする。……でも、いったい誰に？

「これをね、あのサーカス団のスピカ一座に届けてほしいのよ」

「クラリスたちが来ておるのか!?」

「いいえ、来てないわよ。あの人たちは、しばらくうちには来れないと思う」

うん……？　どういうことじゃ？

よくわからずに首をかしげると、マリーがわらわの手を引いた。

そのままバルコニーまで連れていかれる。そこには……

「……今回は特別に『超特急便』を出してくれるんだって」

そこには――――巨大な〝竜王〟の姿の、ゼロスフィードがおった。

『来い、ミルエージュ。――お前に、本当の空を教えよう』

差し出された手のひらは、わらわの身体がすっぽりおさまるくらい大きい。銀色のきれいなうろこが、太陽の光でキラキラとかがやいておる。

おそるおそる足を乗せた。その指先はまるで揺れもせず、わらわのことを受け止めてくれる。

ふりかえると、バルコニーから手をふるマリーが見えた。

「いってらっしゃい！　お友達によろしくね！」

なんだかよくわからぬうちに、みるみるその姿が小さくなっていく。『一応、つかまっておけ』

と頭の上から降ってきた言葉で、わらわはようやく正気をとり戻した。

「い……いってきます、なのじゃーっ！」

はたしてその声は届いたじゃろうか？

気がつけば、目の前にはさえぎるものもない――――見わたす限りの青空が、広がっていた。

――すごい！　はやい！

見下ろす景色がすごいスピードで流れていく。身体はゼロスの魔法が守ってくれておるが、それでもたまに入りこむいたずらな風が、わらわのほっぺをくすぐった。

人の姿はあまりない。みんな、巨大な竜王が恐いのかもしれぬ。

じゃが、たまにいっしょうけんめいに手をふっているお姉さんの姿も見えた。

ゼロスにたずねると『……あれはかつて違う村で暮らしていた娘だ』と教えてくれた。

……よくわからぬ。ゼロスがお引っこしを手伝ってあげたのかの？

びゅんびゅんと風を切って、たどりついたのはどこかの小さな町じゃった。

そのはずれの空き地みたいな場所に……クラリスたちが、いた。

まるで身をかくすように小さくなっておるサーカスの人々に向けて、わらわは声をはりあげた。

「クラリス――――っ！」

「えっ!?　……み、ミルエージュちゃん?!」

うむうむ、びっくりしたようじゃな。まさかわらわが竜王に乗って現れるとは思うまい。わらわだってびっくりじゃ。

ゼロスにおろしてもらって、まだ固まったままのクラリスのもとへと歩みよった。

「まったく、あいさつもせずにいなくなりおって。心配したんじゃぞ」

「あ、えと……それは……」

『安心しろ。もうお前らを追ってくる者などおらん』

「……え?」

竜王の言葉に、クラリスだけではなくサーカスの人たちもびっくりした顔をしておる。

なんじゃ?　ゼロスはなにかしたのか?

『過激派の組織とやらは一掃した。むす――――ミルエージュに、手を出したのでな。本来なら余計な火種を持ち込んだ教国ごと叩き潰すところだが、うちの王が怒るのでそれは許してやる。国内の残党に関しては自分たちでなんとかしろ。そこまでは面倒を見切れん』

サーカスの人たちはしばらくぽかーんとしておったが、ようやく意味を理解したのか、ボロボロ泣きながらおでこを地面につけた。……こうしておると、まるで竜王が悪者のようじゃの。ゼロスも気まずそうな顔をしておる。

うむ。なんの話かよくわからぬが、みんなうれしそうなので、よかったのじゃ。

「竜王様、これほどの大恩に、なんとお礼を申しあげてよいか……」

『あー、もういい。お前たちはその包みを受け取って、さっさと国へ帰れ』

そういわれて、ゼロスを見あげておったクラリスが、おずおずとこちらを向いた。なんだかせわしなく目を動かしておる。心なしかその顔も赤い。……なんじゃ、熱でもあるのか？

「あの……ありがとうございました。助けてもらったのに、お礼もいわず……ごめんなさい……」

「なに、気にするでない。国にいる人々を守るのは、王族のつとめじゃからの」

クラリスがおどろいたように目を開く……しかし、すぐまじめな表情になった。

きゅっとくちびるを引きしめたクラリスは、なにか思いきったように口を開いた。

「あ、あの！　本当は……」

――しかし、なにかいいだす前に、わらわのお腹が鳴った。

「む……お腹がすいたのじゃ」

『お前の昼食はちゃんと別に準備してあるから、早くその包みを渡してやれ。中に人数分の料理が入っている。しばらくまともに食事をしておらんのだろう？』

「ぁ…………ありがとう、ございます……」

……なにやらクラリスがしぼんだの。

どうしたのじゃ。今日はなんか変じゃぞ？

「では、わらわはお腹がへったので帰るのじゃ。クラリスも気をつけるのじゃぞ」

「は、はい！　……あの、またフェンネル皇国にお邪魔しても、いいですか？」

おずおずとクラリスがそんなことを聞く。

なにをいっておるのじゃ、こやつは……

「当たり前じゃ――わらわたちは〝お友だち〟なのじゃから！　いつでも遊びにくるがよい！」

そう答えると、クラリスは頬をそめて、元気よくうなずいた。

「……はいっ！　いつか、必ず！」

うむ！　元気が出たようで、なによりじゃ！

大きく手をふるクラリスたちに見送られながら、わらわたちは再び大空へと舞い上がった。

☆　☆　☆

ゼロスの手のひらに乗って、どこまでも広がる空をゆく。

「すごいのー。世界とは、こんなにも広いんじゃのう……」

『……ミルエージュよ、いまも空を飛びたいか？』

「うむ！　いつかは自分の翼で飛んでみたい！　……でも、なかなか難しいのじゃ」

『たとえ誰であろうと最初から上手く飛べるものではない。私とて幼い頃は、風を見誤って崖にぶつかったり、森に落ちたりしていた』

「そ、そうなのか!?」

ほへー、あの竜王がのう。ちょっと信じられん話じゃ。

……あと、そのぶつかったところとやらは、大丈夫だったのかの？

いまのわらわはそれがとても心配なのじゃ。

『だから、まあ、お前がどうしても上手くなりたいというのなら………たまにでよいなら、私が練習を見てやっても……』

「ほ、ほんとう!?」

『こら、暴れるな』

叱られたが、そんな声もまったく耳に入ってこぬ。

あの竜王が！　わらわの練習を手伝ってくれる！　すごいのじゃ！

『……まったく、お前はだんだんマリーに似てくるな』

あきれたようにゼロスがいう。

そうじゃろうか？

でも、もしそうなら、うれしいのじゃ。

だってマリーは、わらわの〝お母さん〟じゃからの。

『なあミルエージュ——さっきのやつがずっと一緒にいたいといったら、お前はどうする？』

「うむ……？　いっしょにおればよかろう？　友だちなのじゃから」

『いや、そうではなく……たとえば、あいつの国で一緒に暮らそうといわれたら、という話だ』

「む。それはダメじゃ」

『……即答だな』

「当たり前なのじゃ。わらわは、マリーとずっといっしょにいるのじゃ」

たしかにクラリスはお歌もうまいし、大切な友だちじゃが、それでも一番の大好きはマリーなのじゃ。そこだけはゆずれぬ。

だって、

「……だって、おいしいお菓子をくれるからの」

『お前…………』

ゼロスが深いため息をついた。なんだか、すごくあきれられた気がするのじゃ。

むう。もちろん、大好きの理由はお菓子だけではないぞ？　……ないが、いまのわらわはお腹がへっておる。すぐにでもマリーのおいしいごはんとおやつを食べたいのじゃ。腹ぺこのときはそれしか考えられぬ。

わらわはゼロスをせかすように、大きな指をぎゅっと抱きしめた。

――さあ、はやく帰ろう！　わらわたちのフェンネル皇国へ！

END

しあわせの味がする

誰にでも、忘れられない〝特別な味〟がある
それは心がとろけるほど甘かったり
喉の奥が燃えたぎるように辛かったり
ときには渋すぎて飲み込めなかった思い出や
酸っぱくて顔をしかめてしまった記憶でもあると思う
だとするなら――これは、そう

私がすごく苦手だった〝味〟のおはなし

それはいつもと変わらない、賑やかな夕食の場での出来事だった。

「あの、マリーさん。大丈夫ですか？」

「え……なにが？」

あまりにも唐突な問いかけに驚いて尋ね返す。

丸いテーブルの斜め向かいから声をかけてきたのは、『わたし、不安です』という心の声をそのまま顔に貼りつけたような、元〝鎧の勇者〟のルーシェちゃんだった。

とはいえ、さすがにあの金ピカの神器はもう身につけてない。そういえば旅を終えて間もない頃は「戦いもしないのに、あんな派手な鎧を着て旅してたわたしって……」と残酷な過去の幻影にずっと怯えていたっけ。臆病な性格は変わらないけど、なんとか立ち直れたことだけはよかったと思う。

そんな『これから強く生きてほしい人ランキング』のトップにいるルーちゃんは、なぜかこちらにひどく気遣わしげな視線を向けていた。

「……なんだか、マリーさんの顔色が優れないように見えたので……お店もずっと忙しかったですし、ひょっとしたら体調を崩されたんじゃないかと……」

「や、やっぱりマリーは病気だったのじゃ！　たいへんなのじゃ⁉」

「ひぃうっ!?」

大きな声に驚いたルーちゃんが飛びあがる。

……どっちかといえば、この子の将来の方が心配なんだけど。

大丈夫だろうか？　夜のトイレで虫と遭遇して、そのショックで心臓が止まったまま冷たくなってました……とか、彼女の場合は本当にありそうだから怖い。

ゼロさんに見回り頼もうかな。あのひと、夜中に私の部屋までいらんことしに来てるみたいだし、そのついでに。もう鍵のことはあきらめた。

そして私は、いまにもこちらに駆けだしてきそうな幼い女の子――元〝魔王〟のミーちゃんに目を向けた。

「だめだよ、ミーちゃん。食事中に歩き回るの禁止っていったでしょ？」

「でも！　マリーが病気で……」

「大丈夫だってば。ほら見て？　どこも悪くないから、私」

「ちがうのじゃ！　マリーは絶対におかしいのじゃ！」

――絶対おかしいとかさすがに傷つくんですけど。

なんで？　どうしてそんな頑なに私を病人扱いしたがるの？

まったく状況が飲みこめずに首を傾げると、涙目のミーちゃんがおずおずと口を開いた。

「……いつもならマリーは、パンを最低でも十個以上は食べるのじゃ………だというのに、今日はたった二つしか食べておらぬ……」

「う、うん…………むしろ、いつも大食いでごめんね？」

いわれて気づいた。花も恥じらう淑女として、パン十個はちょっとおかしい。

しかもうちのは割と大きめのサイズで焼いたやつだ。お城にいる人間メンバーの女子では私が一番よく食べる。……これ、そろそろ控えた方がいいのかな？　本音をいうと、王様になってよかったことの一つに『ごはんをたくさん食べられる』がランクインしてるんだけど……。

「しかし、いわれてみればたしかに血色が悪いように見えますね……陛下、どこかで頭を打った記憶はございませんか？」

「ボクは食あたりだと思うけどね。マリーは落ちたものでも平気で口にするから」

などと遠くで好き勝手なことをほざく魔族の宰相とムダに気位の高いヴァンパイヤの方は絶対に見ない。無視だ、無視。絶対に反応なんてしてやるものか。

そもそも『私の不調の原因＝頭かお腹』に絞り込むってどういうことだ。覚えてろよ、腹黒眼鏡となんちゃって貴族め……。

と、静かに復讐を誓う私に、ルーシェちゃんがなにやら決然とした表情を向ける。

「――明日、マリーさんはお休みにしましょう」

「うえええっ!?　…………ちょ、ちょっと……大丈夫だってば、ルーちゃん」

「いいえ！　これは決定です！　だいたいお店がオープンしてからマリーさん、一度もお休みしてないじゃないですか！」

「そ、それは、いろいろと忙しかったから……」

「そういいながらもう八ヶ月ですよ!?　わたしたちにはすぐ『ちゃんと休め』というのに、ご自分だけ休まないなんてだめです！　不公平です！」

たぶん、その言葉は使う場所を間違えてるよ……。

けれど私がよけいな口を挟む間もなく、眉尻の下がるいつもの表情に戻ったルーシェちゃんは切々と訴え続ける。

「……今日だって、ご友人の方々が故郷の王都から遊びに来てくれたのに、マリーさんはお仕事してばかりで、ほとんど話さなかったじゃないですか……せめて、明日はゆっくりお茶でもしてきてください」

――いや、あの人たちは年が明けたら、家族連れて引っ越してくるんだけどね？

うちなら王国より働き口がたくさんあるし、平民でも安く教育を受けられる環境が整いはじめてるから………あと、おそらくこれが本音なんだろうだけど『楽しそうだから』って。

今回は下見ついでに立ち寄っただけで、明日の朝にはもう出発してると思う。

それに……

「うむ！　明日はわらわもお手伝いするのじゃ！　マリーはゆっくりおやすみするがよい！」

「そうですね、現在はとくにマリー陛下の裁可を必要とする案件もありません。この機に休養していただいた方が効率的でしょう」

「まあ臣下の忠言に耳を傾けるのが賢君というものさ。これも仕事と思うことだね」

「マリーさま休みかー。いいなあー」

「ふぇいちゃんは、今日、おやすみだったでしょ……？」

ほんのすこし逡巡している間にも、突発的な休暇はぐいぐい確定の方向に進んでいく。

あああ………ど、どうしよう？

孤立無援になった私は、ふと、さっきから黙っている仲間の存在を思い出す。

そう――私がすごく困ったとき、いつも手を貸してくれるのはこのひとだ。

無茶な依頼で旅立たされた私と、一番最初に仲間になってくれた竜の王様。普段はあんまり口を開かないし基本的に無愛想だけど、私は彼の本当のやさしさをちゃんと知ってる。

もはや指定席と化した隣席でワインを飲む銀髪の美人さんに、支援を求めて顔を向けた。

――お願い！　たすけて、ゼロさん！

「……あきらめろ」

え？　たった一言で切り捨てられたんですけど？

「じゃあ決まりですね！　安心してください、マリーさん！　わたしたち、みんなで協力してお仕事を乗り切ってみせますから！」

ああ――あのルーシェちゃんが、こんなにも逞しく……。

知らない間にちゃんと成長してたんだね…………もう喜んでいいやら、悲しんでいいやら。

私は複雑な気分だよ……。

――こうして、建国以来はじめての、私の休暇が決定した。

……困った。

できれば明日だけは、仕事をしていたかったんだけどな…………

☆　☆　☆

目を覚ますと、窓の外はまだ暗かった。

もう春も終わりとはいえ、この時間から明るくなるにはすこし早い。

休みなんだからもっとゆっくり寝てもいいんだろうけど、長年かけて染みついた習慣に身体が逆らえないようだ。つい普段通りの朝の仕込みの時間に目が冴えてしまう。

軽く息を吐いて心なしか重たい身体をベッドから引き剥がす。森の優秀な建築家であるドワーフたちが設計した室内は、住人にとって心地よい温度を保ってくれていた。

「さて、どうしよう……」

いきなり休みといわれても、なにをすればいいのかわからない。

王都にいた頃は定休日もあったはずなんだけど……皇国を興してから約八ヶ月に及ぶ多忙な生活のおかげで、どんな風に過ごしていたのかすっかり忘れてしまった。

「…………今日の仕込みは大丈夫かな」

ふいに、そんな懸念が頭をよぎった。

……いや、みんなを信用してないわけじゃないんだよ？

ルーシェちゃんたちの料理の腕前はかなり上達してるし、たまにすっごく可愛いデコレーションを考えてくる。そういうのは技術や経験よりセンスがものをいう領域なので、いずれは専門的な分業化を目指してもいいかな、なんてことを思ったり。

そう、だから信用はしてるんだ。……ただ、ちょっと習慣に逆らえないだけで。

……ちょっとだけ。ほんと、ちょっとだけだから。

そんないいわけを胸の中で唱えながら、私は支度を整えた。

☆　☆　☆

――捕まりました。

まだ誰もいないはずの厨房の前で、きっちり待機していたゼロさんに。

「お前の単純な思考は、もはや呆れを通り越して驚愕に値するレベルだな」

「うっ、うっ……悪気はなかったんです、許してください…………ていうか、なんでゼロさんがあんなところに……？」

「昨日の夜、ルーシェたちから頼まれた。『明日は絶対マリーに仕事をさせるな』と。……そして休日にやることのなさそうなお前が最初に向かう場所といえば、まず間違いなく調理場だろうと予測しただけだ」

単純だな、とゼロさんが重ねてつぶやく。

違う。それはきっと長生きな竜王さんの頭がいいからだよ！　と釈明したいけど、荷物のように抱えられたいまの格好では説得力がなさすぎる。

それより……ねえ、仮にもまだぎりぎり二十代の乙女の腰を摑みあげるってどうなの？

私はよくないと思うな。こんな私だけど、ちゃんと羞恥心はあるんだよ？

「お前を放置すると、この次は視察にでも出かけるのだろう。……これから確実に仕事のできない場所へ連れて行く」

――ど、どどどどんな場所ですかっ!?

身体を捩(よじ)って必死に逃れようとするものの、竜王さんの腕はピクリとも動かなかった。

目の前に広がる一面の青。いつもより近く見える雲にすぐメレンゲを思い浮かべるのは、もしかして職業病とかいうやつだろうか。

たまにいたずらな風が頬をなでて、どこか慌てたような鳥の群れが遠くを通りすぎていく。

その姿がすこし怯えているように感じられたのは、きっと気のせいじゃない。

『ここなら仕事もなにもあるまい』

「……………うん、まあ、そうだね……」

当然、とでもいいたげな低い声に、力のない生返事をする。

たしかにここで仕事はできないよね。

なにしろ――〝空の上〟だし。

もはや仕事どころか鳥と雲の観察ぐらいしかすることのない竜王さんの手の中で、私はただぼんやりと前方の景色を眺めていた。

こんな風に空を飛ぶのはいつぶりだろう？

みんなで旅しているときは頻繁に見ていた光景が、やけに懐かしく感じられる。

あれ？　そういえば私、ゼロさん以外に乗せてもらったことがないような……

唐突に浮かんだ疑惑に首をひねっていると、ゼロさんが短く声をもらして進路を変更した。

「どうしたの？」

『いや………白虎族の連中が、この先の森で怪鳥を討伐中だ』

「へえ、そうなんだ」

『ないとは思うが、万が一こちらに飛んでくると煩わしいのでな』

「そっか、鳥だもんね……」

どういう形状の魔物なのかさっぱり想像もつかないけど、かなり高くまで飛ぶらしい。

竜の王様であるゼロさんが警戒するなんて、やっぱり厄介なやつなんだな。皇国に暮らすみんなにも気をつけるように呼びかけた方がいいかもしれない。

思わぬところで仕事を見つけてしまった私は、その後も安定飛行なゼロさんの手の中で、国民の防衛対策について考え続けた。


途中で休憩を挟みつつ、長く空を飛び続けて辿り着いたのは、足元に雲を見下ろせるほど高い岩山の頂上だった。

砂と石以外、なんにもない。

それが最初の感想。「さびしい場所」なんて言葉は、随分とあとから遅れてやってきた。

ゆっくり手のひらから降ろしてもらうと、ずっと座っていたせいで足がふらついた。大きな爪の先で支えてもらいながら、荒れ果てた山頂をぐるりと見回す。

「ここは……？」

『私が生まれた場所だ』

「えっ！」

驚く私に『離れるなよ』といい含めて、巨大な灰色の竜はその身体を横たえた。

尻尾が手招きをするように揺れる。どうやら、そこに座れということらしい。

そっと腰かけた鱗の硬い肌触りに、ふと、ゼロさんと出会ったときのことを思い出す。

「なんか、懐かしいね」

『まだ一年も経っておらんぞ？』

……それはそうなんだろうけどさ。

情緒ってもんがあるでしょ、と丸くなった長い尻尾をぺちんと叩く。当たり前だけど、まったくダメージなんてなさそうなのが、ちょっと悔しい。

目を凝らしてもほとんど空しか映らない景色を見渡して――私は、意を決して口を開いた。

「あのさ、ゼロさん」

『なんだ』

「…………今日のこと、誰かに聞いた？」

沈黙。きっと凍えるほど冷たいのだろう高山の風が、鋭い音を鳴らして通り抜けていく。

――偶然にしては、出来過ぎだった。

いくらルーシェちゃんに頼まれたんだとしても、ゼロさんがわざわざこんな遠い場所にまで私を連れてくる理由はどこにもない。

そして数拍の静寂の後、ゼロさんは、とくに気負う様子もなく種を明かした。

『昨日の昼間だ。お前と話し終えた女どもに呼ばれて、過去の経緯を聞かされた』

返ってきたのは予想通りの言葉だった。

……小さく息を吐く。その事実を知らされても、別に「嫌だ」とは感じなかった。

彼女たちは、たぶん心配してくれたのだ。

ずっと昔から、遊びでも恋でも積極的で、なにより世話焼きな人たちだったから。

「……私さ、苦手な日があるんだ。なんていうのかな………〝さびしい〟って気持ちを、どうしようもなく思い出しちゃう日……かな？」

だからあの子たちは、昨日のうちにお店に来てくれたんだと思う。


——それは私が両親の店を継ぐと決めた年にはじまった。

毎年その日になると、仲の良かった子たちが夜中にこっそり家を抜け出して、これまたお母さんにないしょで持ち出した食材を手に、ぞろぞろ私の家へと集まってくる。

形式もなにもない、ただのバカ騒ぎ。

みんなで料理をして、笑いながら食べて。

街のカッコイイ男の子の話をしたり、誰かが好きになった相手の品評会がはじまったり、そのせいで摑み合いのケンカにまで発展したこともあった。

ある子がお父さんの大切に隠していた高級なブランデーを持ち込んだときなんて、みんな王宮の宝物庫に忍び込んだ泥棒みたいに緊張した顔で、喉が焼けるような琥珀色のお酒をちびちび飲んだ。

……もちろん味なんてわからないし、全員すぐに酔い潰れて、翌朝には捜しに来た複数のお母様たちからバリエーション豊かなお説教をいただくことになったけど。

——励ましてくれているんだと、わかっていた。

お祭りみたいに賑やかで、嫌なことなんて、みんな忘れてしまって。

そんな、しあわせで騒がしい『特別な日』が——いつしか、私は苦手になった。

「自分勝手だって、わかってるよ。……でもね、どうしてもだめなんだ。みんなといる時間が楽しければ楽しいほど…………あとで一人に戻った瞬間の静かさに、耐えられない……」

誰もいないテーブル
火の消えたキッチン
人肌の温度を失くした、冷たい部屋
もう底抜けに明るい笑い声も
床板の古い部分を踏む不安な足音も
椅子で眠ってしまった誰かの小さな寝息も

――『ごはんよ』ってお母さんが家族を呼ぶ声も

――『上手に焼けたな』と頭をなでるお父さんの大きな手も

……………もう、どこを捜しても見つからない。

その後も、胸のうちに溜まった澱を吐き出すかのように、私はとくに内容があるとも思えない言葉を話し続けた。

強い風から守るように大きな身体を丸めたゼロさんは、ずっと黙ったまま、そんなとりとめのない話を聞いてくれていた。

しばらくすると気持ちもすっかり楽になって、私は気恥ずかしい思いをひた隠しつつ、目元をごしごし拭って、ニッと忍耐強い保護者様に笑いかけた。

「いやー、なんか話したらすっきりしたよ。ありがとね、ゼロさん」

『そうか』

静謐な深い森を思わせる瞳が、まっすぐに私を見下ろす。その声がどこかやさしいような気がしたのは、許されるなら私の自意識過剰じゃないと思いたい。

「恥ずかしいところ見せちゃったね……いやあ、こんな歳で、面目ない……」

『――それはおかしいな、マリーよ』

予想していなかった反応に驚いて上を見る。

心なしかやわらかな眼差しをしたゼロさんは、そのまま遠くを見晴るかすように、澄んだ空の彼方へと視線を移した。

『……私には、人間のいう親と子の縁というものがよくわからなかった。見ての通り、竜とはこの荒んだ過酷な地で雛を孵すような種族だ。最初に狩りを見せ、背の翼が育てば、親が子のもとに帰ることは二度とない。――「個」の強さこそがすべてである竜にとって、親子の繋がりなどその程度の価値しかなく、私自身もそんな慣習に疑問を抱いたことはなかった』

――だが、とお腹の底に轟くような低い声がいう。

『お前と出逢ってからは、そういった繋がりも決して無駄ではないと思うようになった。子は親から歩き方を学び、その背をひたむきに見つめて育っていくものだと。……ミルエージュなど、その象徴のような娘だ。思考は単純、向こう見ずで、負けん気が強く――――困窮する者に手を差し伸べるやさしさや、ここぞというときに決して退かぬ強さを身につけた。

あいつはまっすぐにお前の背中を見て歩いている。……お前にとっての両親も、そのような存在だったのだろう？　ならば別れの悲しみに年齢など関係あるまい』

私はギュッと尻尾にしがみついた。

「……ず、ずるいなあ、ゼロ、さん…………なっ、なんで、そういうこと、いうかなあ……」

『見えたままを口にしただけだ。ずるいという意味がよくわからん』

本気なのか冗談なのか。この百年以上も生きた竜は、溜め息交じりにそんなことをいう。

……ちょっと顔を上げられない。

それが無意味な強がりだということはわかってるけど、いまはゼロさんにこのみっともない顔を見られたくなかった。

震える呼吸を必死に抑え、私は、なけなしの声を絞り出す。

「ごめん…………ちょっと、だけ……ほんとに、あと、ちょっとだから…………待ってて」

なにを、とは告げない。

それをはっきり言葉にするには、いまの私は防御力が下がりすぎた。

『構わん。こちらはもう百年を越えて生きた身だ。それで唯一欲したものが手に入るというのなら、たとえ十年でも二十年でも待とう』

そ、そんなには、かけないかな……。

せめて、半年…………いや、三ヶ月くらい、なら。

本当にノロマで申し訳ないけど、もうすこしだけ待っていてほしい。

誰もいない空の中――私たちは、そんな約束を交わした。

☆　☆　☆

夕まぐれの空に一番星が輝きはじめる頃、私たちはフェンネル皇国へと辿り着いた。

表現がちょっとあれだけど、移動手段としては他に類を見ない安全性だ。問題なんて起きるはずもない。

そうして無事に帰還したお城の中は、なぜか妙に静まり返っていた。

いつもならもう夕食の時間のはずなんだけど、なにかあったんだろうか？

後ろのゼロさんに尋ねても、肩をすくめるだけで明確な返事はない。

……どういうこと？

ちょっと不安になりつつ、私は慎重に食堂の扉を開いた。


「マリーさん、ごめんなさいっ！　――おめでとうございます！」

食堂に入るなりみんなに謝られながら祝われた私の困惑……おわかりいただけるだろうか。

目の前ではルーちゃんをはじめ、まだ制服姿のままの調理担当の子たちが、こちらに向かって深々と頭を下げている。周りにいる仲間の視線もどこか不安げだ。

………ど、どどどういうこと？

狼狽(うろた)えたままその場から動けない私の腕を、白く細い指が掴んだ。

「あ、え？　……みー、ちゃん？」

「──マリー。お誕生日、おめでとうなのじゃ！」

そういって差し出されたのは、可愛くリボンと布でまとめられた小さな花束。

反射的に受け取ると、瑞々しく甘い香りが鼻の先をかすめた。

呆然としながら周囲を見渡す。

テーブルには華やかに盛りつけられた料理。花や香草を使って美しく飾りつけるあのセンスは、おそらくルーシェちゃんのものだ。

他にもそれぞれの感性を発揮したと思しき装飾が、食堂のあちこちに施されている。

そして私がいつも座る席には──赤いステラベリーをふんだんにのせたケーキがあった。

「これは……」

「あの、ごめんなさい…………わたし、聞いちゃったんです。マリーさんのご友人と、ゼロスさんのお話……」

ああ──ああ、そういうことか。

告げられたその言葉で、私はようやく謝罪の内容を理解する。

「……マリーさんは、お誕生日が苦手なんですよね？　でも、どうしても、お祝いしたかったんです。…………だって、わたしはマリーさんがいてくれたから、いまもこうして笑っていられるんですよ？　これまで、いっぱい、いっぱい、助けてもらいました……なのに、マリーさんが一人で苦しんでいるときになにもできないなんて…………そんなの、いやです……」

「ルーシェちゃん……」

うつむく彼女に手を伸ばす。

違うよ。私は、怒ってなんかないから。

そう声をかけるより早く、お腹にぽすっと小さな身体がぶつかった。

「マリー、わらわたちがいるのじゃ。もうさびしくなんてないぞ」

幼くとも真剣な顔がこちらを見上げる。

その宝石みたいな瞳が、ふいに――――雨の滴が落ちたように、潤んだ。

「ずっと……ずっと、いっしょにいるのじゃ。……だから…………だからあ……っ！」

みるみる膨らんだ涙の粒が、白い頰を流れ落ちていく。

……ああ、ずっと我慢してくれてたんだね。ごめん。ごめんね、だめな「お母さん」で。

お腹にしがみついて泣くミーちゃんの髪をやさしくなでる。まだ小さな彼女の身体は、まるで温石を入れた懐炉みたいに温かかった。

「…………マリー……ケーキ、食べる……」

目の前にお皿とフォークが差し出される。

視線を上げると、建国してからすこしずつ対人関係に慣れてきた元〝楯の勇者〟のガルムくんが、おそるおそるというように白いお皿を摘まんでいた。

お店に出すのより大きめにカットされたそのケーキは…………なんでだろうね。ガルムくんが持ってると、一口サイズのプチケーキに見える。

あんまり待たせると彼の繊細すぎる心臓が危ういと思い、金色のフォークを取った。

新雪を思わせるクリームが崩れないよう慎重に土台のスポンジごと切り取って、粉砂糖をまぶされた赤い果実を重ねてすくう。

そして噛みしめた瞬間――甘酸っぱいステラベリーとなめらかなクリームの風味が、ふわりと口いっぱいに広がった。

やわらかなスポンジはしっとりと儚く舌の上で溶けていく。

最初に教えた通り、基本をきっちり押さえた丁寧な作り方だ。

……うん、すごく美味しい。

「マリー、さん……？　お、お口にあいませんでしたか!?」

慌てたようにルーシェちゃんが声をあげる。

私は黙って首を振った。

……口にあわないなんて、そんなこと、あるわけない。

私はこの味を知っている。子供の頃はなによりも大好きだった。

そして、いままでずっと苦手だと思っていた味。

このケーキは――誕生日にお父さんとお母さんが作ってくれた、ごちそうの〝味〟がする。

「……おいしい、よ………すっごく、おいしい……ありがとう、みんな……」

私は、うまく笑えているだろうか？

みっともなく震える声を咳払いでごまかす。けど、それはあまり意味がないように思えた。

――――目の奥が、熱い。

ぼやける視界にみんなの姿が映った。旅が終わってからもそばにいて、いまも離れずについてきてくれる、私の大切な仲間。

ずっと自分が作る側だったたから、いつの間にか忘れてた。

胸の奥が温かくて、ちょっとだけ照れくさい――――特別な日の味。

ふわふわして考えのまとまらない頭を、大きな手がくしゃりとなでた。

「もう、寂しくはないか？」

「………うん……っ」

「来年はあの女どもも呼んでやるがいい。喜んで祝いに来るだろう」

思ってもみなかったやさしい声に、馬鹿みたいに何度も頷いた。

みんなに心配されて、ルーシェちゃんやシユちゃんからあれこれと世話を焼かれて、ひねくれた吸血鬼には「淑女を名乗るなら鼻水はどうにかした方がいいんじゃないかな」なんて憎まれ口を叩かれて………ああもう、恥ずかしいなあ……。

こんな風に笑いながらテーブルを囲む私を見て、昔の私はなにを思うだろう？
大丈夫——いつか〝特別な日〟をもう一度、かならず好きになれるから。
だからもうすこしだけ、待っていて。
……そう、伝えてあげたいと思った。

賑やかなみんなの声を聴きながら、私は食後のデザートを大きな口で頬張った。
真っ白なクリームと淡いスポンジがふわりとほどけて。

甘くてやさしい————しあわせの味がした。

END

私の幼なじみは、白くて強くて怖い

三国司

イラスト・白味噌

三国司です。人外恋愛が詰まった素敵なアンソロジーに参加できて光栄です。一言で人外と言っても幅が広いですが、私は深みに嵌って、より人間らしさが少ないキャラクターに惹かれるようになってしまいました。

そして化け物のような人外ヒーローには、可愛くて弱い人間の少女がよく似合うと思います。というわけで、人外モノでは定番といえば定番ですが、この話では人外に少女を添えてみました。楽しんでいただけますように。

TSUKASA
MIKUNI

油断していた。超油断していた。

私は頭の中でそう呟いて冷や汗を垂らした。いつの間にか日が暮れて黒く染まっている外の景色は、見慣れた平和なＡ地区のものではない。

「どうしよう」

Ａ地区は私のような弱い『ニンゲン』でも普通に生活していけるほど治安のいい所だけど、悪い奴が全くいないわけではないというのに、まぬけな私は気を抜いていて攫(さら)われてしまったのだ。

「ここ、Ｆ地区……?」

四つ足の獣が引く荷車の中に押し込められていた私は、小さな窓から外を覗いて絶望と共に呟いた。

Ｆ地区とは法律に縛られない自由な場所――つまり無法地帯の事である。私が住んでいたＡ地区とは正反対の場所だ。死にたくないなら、弱いニンゲンは決して足を踏み入れてはいけない所。

「最悪だ……」

小さく唸って頭を抱えた。大変な事になってしまった。半日前までは平和だったのに、と自分の記憶を掘り返す。

政府の治安維持部隊(アンデュラス)がしっかり監視をしてくれているＡ地区で、私はいつもの休日と同じように幼なじみのアルと買い物に出かけていた。

しかし今日は通りに人が多く、ふと気がつけばアルと逸れてしまっていて、かと思えばその隙を突いた誰かに捕らえられて路地に引きずり込まれ、気絶させられていた。気を失う寸前にニヤニヤと嫌な笑みを浮かべる豚と犬の獣人を見た気がするから、きっと彼らが犯人だろう。

私は唇を噛んで自分の体を抱きしめた。これからどうなるのかと想像すると怖くなる。

荷車はガタガタと揺れながら、猛スピードでＦ地区の奥へと向かっていく。狭い荷車の中には私の他に生き物はいないらしいが、何が入っているのか分からない木箱がいくつか積まれていた。かくいう私も気を失っている間に木箱に詰められていたらしい。起きた時には真っ暗でパニックになったけれど、無理矢理ふたを押し開けて脱出したのだ。

しかし木箱のふたを開ける事はできても、荷車の扉を開ける事はできない。重い扉には鍵がかかっていて、私の力で壊す事は難しい。

けれどＦ地区に入ってしまった今、この荷車から脱出したってその先に安全などない。ここは中で大人しく様子をうかがっていた方がいいのかも。

私はため息をついて、不安から漏れ出そうになる涙をなんとかこらえた。

この世界の人種は様々だ。

全身を毛で覆われた獣人や、鱗に覆われた魚人、竜人、それに昆虫人、機械人、さらにそれらの混成種が同じように生活している。それゆえ人種差別などはほとんどないのだが——しかしニンゲンだけは別だった。体が小さく、華奢で、力も弱いニンゲンは、他の種族からは劣等種と見なされているため、危険な目にも遭いやすい。実際、私も子どもの頃から何度となく危ない状況に陥ってきた。

だけど今回は最大のピンチかも。ここF地区にはいつも私を助けてくれる幼なじみのアルも、治安維持部隊（アンデュラス）もいないのだ。

悲嘆に暮れていると、荷車がゆっくりと速度を落とし始め、やがて完全に止まった。私はごくりと唾をのみ込み、緊張に身を固めた。

荷車を引く獣の背から降りたらしい二人分の足音が後方へと回り込んでくる。私はぎゅっとこぶしを握る。乱暴に鍵が開けられ、荷車の重い扉が開かれた。

「やぁ、お嬢さん。ヒヒ……お目覚めか？」

太った豚の獣人は、勝手に木箱から出ていた私を見ても怒りだす事はなかったが、代わりにピンク色の皮膚を持ち上げて、にやりと不気味な笑顔を向けてきた。なんていうか、すごく、悪人顔である。隣にいる犬の獣人も同じような顔をしている。あれは絶対悪い事を考えている顔だ。

「さぁ、こっちへ来い」

「いやっ……」

ニンゲンの抵抗など彼らにとっては何でもない。私はあっさりと担がれて、荷車の外へと連れ出された。

日は沈み、辺りはもう真っ暗だ。少し肌寒いけれど、私の腕に鳥肌が立っているのは気温のせいだけじゃない。

「離して！」

がむしゃらに暴れて一旦は解放されたと思ったが、すぐにまた捕まって手首を縄で縛られた。

「あんまり暴れるなよ。ヒヒ、大人しくさせるために、腕の一本や二本うっかり折っちまうかもしれないぜ」

「ニンゲンは弱っちいからな。俺たちがほんのちょっと力を入れただけで壊れちまう。五体満足でいたいなら、あんた自身にも協力してもらわねぇと」

笑いながら脅すように言う獣人たちの言葉に、私は顔を青くした。獣人という人種は獣の血が入っているだけに好戦的で、野蛮な者も多い。A地区に住む獣人は優しい人も多かったけど、ここにいる彼らは明らかに危険だ。A地区で私を攫ったとはいえ、元々はF地区の住人なのかもしれない。

私のその予想を肯定するかのように、犬の獣人が得意げに言った。

「けど、俺たちゃツイてるよな。いつ治安維持部隊(アンデユラス)に見つかるかとヒヤヒヤしたが杞憂(きゆう)だった。こんな簡単に若いニンゲンの雌を手に入れられるなんてな。居心地の悪りぃA地区までわざわざ行った甲斐があったってもんだ。なぁ、そうだろ？」

「ヒヒ、全くだ。これで俺たち、しばらく遊んで暮らせるぜ。若いニンゲンを欲しがる奴らは多い。絶対に高く売れる。……おっと、逃げるなよ」

「う……」

隙を見て走り出そうとしたけど、また簡単に捕まってしまった。豚の獣人の肩に荷物のように担がれる。臭覚の鈍い私でも嗅ぎ取れるほど濃い獣の匂いに、思わず鼻にしわを寄せた。この人ちゃんとお風呂に入っているのかな。

頭の隅に、綺麗好きな幼なじみの顔が浮かんだ。アルはいつも無臭だから、こんなふうに匂いに顔をしかめた事はない。

「しかし本当にたまらない匂いだな。雌の匂いと、食欲をそそる匂いが混じり合って……」

肩に担いだ私の体に、豚の獣人が鼻を寄せた。腰の辺りの匂いをすうっと嗅がれて、嫌悪感に背筋が粟立つ。犬の獣人は深く頷いて同意すると、真顔で恐ろしい事を言い出した。

「なぁ、他人に売る前に俺たちでちょっと味見しねぇか？　若いニンゲンの雌なんて、きっともう二度と手に入らねぇぞ。こいつが生娘じゃなくなったって高く売れる事に変わりはねぇし、あるいは足が一本なくなっても同じだ。価値はそれほど下がらねぇさ」

「……そうだな。ヒヒ、そうしよう。両方の意味で喰っちまうってわけだな」

なるほど、食欲と性欲を満たすために両方の意味で私を食べるって？

上手(うま)い事言うね、と心の中で呟いて乾いた笑いを漏らした。恐怖が限界を突破すると笑えてくるみたい。

だけど貞操を失うのも足を食べられるのもごめんだ。絶対に嫌。痛いし怖いし、痛いに決まってる。何とかして彼らから逃げないと。

そう思って、私は担がれたまま顔を上げた。周囲の状況を把握して逃げ道を探すためだ。けれど目の前に広がる光景を目にして、また絶望する。

F地区には街灯なんてものはないようで、辺りは闇に包まれていた。通りにずらっと並んだ荒れた建物は、うっすらとその輪郭を目視できるだけ。

けれど後方から、どこからともなく現れた数人の雄の姿は、嫌でも私の目に映り込んできた。

「よう、お前ら。いいモン持ってんな」

「ニンゲンか？　しかも雌だ」

「良い匂いがする。美味(うま)そうな匂いだ」

私は悲鳴をのみ込んだ。獣人が四人と、魚人が二人、それに色んな種族が混じり合った混成種が五人。

新たに十一人、私を害する敵が増えてしまったのである。F地区の住人だけあって、やはりみんな揃って悪人顔だ。凶暴で残忍そう。それに体も大きい。

これでますます逃走は困難になった。体から血の気が引いていき、またじわりと涙が滲んできた。

彼らの声に、私を担いでいた豚の獣人とその隣を歩いていた犬の獣人はピタリと足を止めて振り返る。そうしてチッと小さく舌打ちし、こう言った。

「お前らにはやらねぇぞ。俺らがわざわざA地区まで行って獲(と)ってきたんだ」

『よし、じゃあみんなで分け合おう！』とならなかった事にはホッとするべきなのかもしれない。

この人数で味見されたら、どっちの意味での味見にしても私の身が持たない。確実に死んでしまう。

けれど新たに現れた雄たちも簡単に諦める気はないようだ。ギラついた目で私を舐め回すように眺めながら、犬の獣人たちに軽い調子で返事をした。

「それはご苦労だったな。ありがとよ」

「だからお前らには、やらねぇって！」

犬の獣人が唸るように言う。一触即発、二組の間にピリピリとした険悪な空気が流れる中、『私を取り合ってケンカしないで！』と心の中で叫んだ。するなら私を逃がした後で勝手にしてよ、お願いだから。

しばらく睨み合っていた二組だが、人数的に不利な豚と犬の獣人は、私を担いだまま逃げる事に決めたようだ。二人で視線を交わして合図をすると、突然くるりと向きを変えて駆け出した。

「待てッ！」

「追いかけろ！」

私はこの二人が無事に逃げ切ってくれる事を願ったけど——十一人で嬲(なぶ)られるよりはマシだし、二人相手ならまだ逃げ出すチャンスもあるかもしれないから——あまり上手く事は運ばなかった。

最悪な事に、豚の獣人がとんでもなく愚鈍だったのだ。ニンゲンの私がびっくりするほど足が遅かった。

「追いつかれる！　もっと速く走って！」

「うるせぇ、ハァ……ニンゲンが俺に、ハァハァ……命令すん、な」

手首を縛られたままバンバンと豚の背中を叩いてみるが、スピードは速くならない。犬の獣人も一歩先を走りながら「早くしろ！」と相棒を叱咤している。しかし急かされたくらいで豚の獣人の足が速くなる事はなく、あっという間に他の雄たちに追いつかれてしまった。

「きゃああ！」

そして今度こそ私は悲鳴を上げた。追ってきた雄たちが豚の獣人の服を掴み、引きずり倒したからだ。

彼に担がれていた私もその衝撃で地面へと放り出された。A地区のように綺麗に整備された地面ではなく、石や瓦礫の破片が散らばっている地面にだ。

「痛ッ……」

手のひらを浅く切ってしまい、痛みに顔を歪める。けれどこんな些細な傷なんて気にしている場合じゃない。早く逃げなければ私はもっと多くの血を流す事になる。

しかし急いで立ち上がったところで、後ろから誰かに羽交い締めにされてしまった。腕に光る鱗を見るに魚人だろう。

「ニンゲン、ゲットー！」

はしゃぐように言うと、戦利品を手に入れたかのように私の体を高々と持ち上げる。私はもう一度悲鳴を上げた。

だが、彼らは獲物が怖がって怯(おび)えるほど愉快になるらしく、悲鳴を聞いても楽しそうに笑うだけだ。

「おい、オレにもニンゲン触らせてくれ」

魚人が私を下ろすと同時に、周りにわらわらと雄たちが群がってくる。最初に私を誘拐した犬と豚の獣人はすでに殴られて気絶していて、巨大なぬいぐるみみたいに道ばたに転がっていた。

「いやッ……」

　魚人とは別の誰かが私の体を自分のもとへ引き寄せようとしているようで、ごわついた堅い手で斜め後ろから髪を引っ張られる。しかし魚人も拘束を緩めようとはしない。

「待て待て、俺が先に味見するんだ」

「いいや、オレだ」

　四方八方から大きな手が伸びてきて、ぐいぐいと乱暴に体を引っ張られる。

　痛い、やめて！　摑まれている腕や肩が千切れそう。

　しかし、やがてその痛みが限界を迎えると、不思議な事に恐怖が一瞬だけ吹き飛んで、代わりに怒りがこみ上げてきた。

「……ッやめてよ！」

　物扱いされている事に無性に腹が立ってきたのだ。彼らは私の事を人とは思っていない。

　自分でも信じられないけど、この状況で私はキレていた。このまま彼らの思い通りに嬲られるのは嫌だ。ニンゲンでも追いつめられれば嚙みつくんだぞと思い知らせてやりたい。

「離して！」

　私は怒りのまま、目の前にあった毛むくじゃらの腕に思いきり嚙みついた。

　さっきから私の肩を強く摑み過ぎなんだよ！

「痛ッ……てぇ！」

　相手の骨を砕いてやる！　という勢いで嚙んだから、この貧弱な歯と顎でも多少はダメージを与えられたようだ。私の肩を摑んでいた熊の獣人が痛みに声を上げ、手を引いた。

けれど私の方にもいくらかダメージが残る。口の中は毛だらけだし、顎が外れそう。

「ハハハッ！　グールの奴、ニンゲンの雌にやられてやがる。傑作だな」

周りの雄たちがドッと笑う。

私は彼らを無視してペッぺと口の中の毛を吐き出すと、熊の獣人に向き直った。相手が逆上するのは目に見えていたから。

「このッ……！」

予想通り、熊の獣人は牙を剝いてこちらを睨みつけてきた。

だけど私は妙に落ち着いていた。やはりキレてしまっているとしか思えない。彼ら全員から逃げ切るのは無理なら、できるだけ反撃して抵抗してやろう。今、そんなふうに考えているのだ。

ニンゲンの雌の意地ってものを見せつけてやろう……なんて。

私は覚悟を決めて、襲いかかってくる獣人を見据えた。戦い方なんて知らないから、めちゃくちゃに暴れるしかない。噛みついて引っ掻いて、蹴って殴って――。

だけどやっぱり、私にはそんな度胸はなかったようだ。土壇場で怖くなって目をつぶってしまった。だって熊の獣人が恐ろしい顔をして突進してきたんだもの。

その形相たるや凄(すさ)まじく、まさに獣そのものだった。私の中の意地など簡単に霧散してしまう。

自分の弱さを悔しく思う気持ちもあるけれど、怒れる熊の獣人と対峙するのはやっぱり怖い。自分の倍近く大きい雄と戦うなんて、とんでもない恐怖だ。

私はぎゅっと身を縮めた。

せめてあまり痛い思いをせずに死ねますように。

「――何を諦めているんですか、サヤ」

静かな怒りに震える低い声が、熊の獣人の叫び声に紛れて耳に届いた。

私はハッと顔を上げる。

「アルテミス……」

大きな安堵感が胸に押し寄せ、気を失いそうになった。けれど何とか唇を動かして、今、突然目の前に現れた幼なじみの名前を呟く。どうしてここに？

「そんなに簡単に死を受け入れてはいけません」

叱るような口調でアルは言う。

彼――アルテミスの容姿を言葉で説明するのは難しい。ニンゲンでもなければ、純粋な獣人や魚人でもないから。

荒廃したF地区の路地裏で月明かりに浮かび上がったのは、石膏のように白い体躯だった。まるで全身に鎧――昔、ニンゲンがその弱い体を守るためにつけていたらしい防具の事だ――をつけているみたいになめらかで硬質そうだけど、あれは外からつけた金属などではなく、分厚く硬い皮膚のようなものらしい。アルの体は滅多な事では傷つかないけど、切られれば血が流れ出る事もあるのだ。

背は私が首を反らして見上げなければならないほど高く、細身ですらりとしていて、手足も長い。仮面のようにも見える硬い皮膚で顔の上半分も覆われているため眼球や鼻はないけれど、大きく裂けた口はある。アルが喋ると、そこから真っ赤な舌が覗くのだ。それは全身が白い彼の中の唯一の色だった。

そしてアルのもう一つの特徴は、自由に動く長い尾がある事。金属でできているみたいに関節がいっぱいあって、硬そうで、先が鋭い。

今そのしっぽは、私を襲おうとしていた熊の獣人の胸に突き刺さっている。

「死を受け入れる前に、しなければならない事があるはずです」

アルは尾を振って、すでに事切れている熊の獣人を投げ捨てた。いつも通りの丁寧な口調だけど、幼なじみの私には彼がとても怒っているのが分かった。

「……そう、だね」

血に染まったアルのしっぽを見ないようにして小さく頷く。

そう、私はやっぱり戦うべきだった。死を受け入れる前に、ニンゲンの意地を見せて抵抗するべきだったのだ。しかし恐怖に屈してそれを簡単に捨ててしまったから、アルはこんなに怒っているに違いない。不甲斐ない私に怒って――

「死を受け入れる前に、どうして私の名を呼ばないのですか！　愛する雌が、そのピンチの時に自分の名を呼んで助けを求めてくれる。それが雄の夢というものでしょう！」

突然声を荒らげて力説し始めたアルに、私はぽかんと口を開けた。そんな夢なんて知らないし、正直すごくどうでもいい。

呆れる私をよそに、アルはやるせないといったふうに緩く頭を振る。

「貴女にとって、私はそれだけの存在なのですね。死の間際に思い出す事もない……」

「そ、そんな事ないよ」

思わず慰めてしまったけれど、今はこんな話をしている場合じゃない気がする。

「何だぁ？　テメェは」

「どっから現れやがった！」

「おい、こっち向け！　仮面野郎！」

雄たちの怒声に、私はびくりと肩を揺らした。ほら、アルが熊の獣人をやっつけてしまったから、みんな殺気立ってる。

私は怯えて、縛られたままの両手を自分の胸に引き寄せた。アルが強いのは知ってるけど、F地区の荒っぽい雄たち十人を相手に戦うのはさすがに無理がある。と思ったけれど、

「――少し黙ってくれませんか。邪魔なのです、貴男方」

その心配は見事に外れた。全然無理なんてなかった。

アルは手や脚を使う事なく、視線すら向けずに、その長いしっぽを振り回しただけで簡単に残りの雄たちを蹴散らしてしまったのだ。

尖った尾の先で膝から下を一瞬で切り落とされた魚人は、何が起こったのかよく理解していないような顔をしてその場で尻餅をついた。遅れて自分の体から離れてしまっている両足を目に映すと、

それを手に取り目を見開く。

「な、足が……俺の……？」

「ああ、そういえば」

「ひっ……!?」

真っ直ぐに私だけを見ていたアルが、唐突にくるりと向きを変えて魚人の方へと顔を向けた。

お尻を地面についたままで後ずさる魚人に、静かに、冷たく近寄っていく。

「少し目を離した隙に、私のもとからサヤを攫ったのは誰でしょう？　貴男でしょうか」

「ち、違っ……ぎゃあぁ！」

「それとも貴男でしょうか」

「うわあぁ！」

「貴男？」

「ぎゃあー！」

なんて事だ。目の前で幼なじみが一方的な殺戮(さつりく)を繰り広げている。許しを請う相手の体を切り刻み、派手に血を撒き散らしながらの大虐殺である。

ここは私がアルを止めなければ。一瞬そう思ったけど、いや、やっぱり……と考え直した。だってここはF地区だ。ルールなどない無法の街。だから人殺しも犯罪ではない。アルは今、罪を犯しているわけではないのだ。

だったら別に止めなくてもいいのでは？　相手は悪人だ。生かしておけばまた私が狙われるかもしれないし、私とは別の新たな被害者が生まれる可能性もある。

うん、だったら放っておこう。弱いニンゲンである私が、強い他種族に情けをかける必要などない。この世界では甘さが命取りになる。時に非情にならなくては安全は守れない。私は自分の命が大事だ。

無言で事が終わるのを待っていると、やがてアルは爽やかに振り返った。表情は読みにくいけど少し笑っているみたい。どうやら気は済んだらしい。

体は返り血を浴びて真っ赤に染まっているものの、アルの体はつるつるとしていて、まるで血濡れの人生を歩むと予想して作られたかのように撥水(はっすい)するので、数秒で全ての返り血は足元に流れていった。

アルは地面にできた血溜まりから出て、暗闇の中をこちらに近づいてくる。よく知った幼なじみだと分かっていても、なんとなく逃げ出したくなる。

「サヤ、大丈夫ですか？　怖かったでしょう」

「今はアルの方が怖……ううん、なんでもない。助けに来てくれてありがとう。でも、よく私の居場所が分かったね」

「貴女の匂いを追ってきましたから」

アルは私の手首を拘束していた縄をあっさり引き千切ると、心から安堵したように私を抱き寄せた。鼻の穴がないのにどうやって匂いを感じているんだろうかと、いつも不思議に思う。

「無事でよかったです、本当に。私がついていながら貴女の姿を見失うなんて……面目ないとしか言えません」

アルの白い鎧のような体は硬く、少しひんやりしている。私は彼の長い腕の中にすっぽりと収まりながら、こうやって助けてもらうのは何度目だろうかと過去を思い返した。弱く希少なニンゲンである私は、比較的安全なA地区に住んでいながらも、幾度となく危ない目に遭ってきたのだ。そしてその度に助けてくれたのが幼なじみであるアルだった。

彼には感謝してもしきれない。成人してから治安維持部隊（アンデュラス）に入隊したのも、私が平穏に暮らせる街をつくるためだと言ってくれた。

本当に優しくて、頼りになる幼なじみ。

「おや？　……サヤ、怪我をしているのですか？」

ただ時々――

「え？　ああ、そうだった。さっき手のひらをちょびっと切っちゃって」

――時々、少し恐ろしい。

「私に見せてください」

有無を言わせぬ強い口調で言うと、アルは血の滲んだ私の手を取った。ぎらりと彼の目の色が変わった気がする。

アルには眼球がないけどなんとなく分かる――さっきの雄たちと同じような目をしてるって。

「ああ、可哀想（かわいそう）に。痛かったでしょう」

「……っ！」

ため息をつくように言うと、唇のない切れ目のようなアルの口から真っ赤な舌がぬるりと這い出てきて、私の手のひらを舐め上げた。冷たくて長い舌が優しく、けれどしつこく、何度も何度も傷口を行き来する。

「痛いよ……」

涙声で訴えてもアルは聞いていない。小さな傷口から出る僅かな私の血に夢中になっている。まるで血液にドラッグでも入っているみたいだ。

「サヤの血は甘い。脳髄が痺(しび)れそうなほど」

興奮しているのか、アルの息遣いが乱れ始めた。舐められている傷はぴりぴりと痺れ、官能的な舌の動きに羞恥心がかき立てられる。私は顔を赤くしてじっとしている事しかできなかった。アルの長い舌を見ると、時々密かに想像してしまう。二人で大人のキスをしたら、私はアルの舌を受け入れるだけで精一杯だろうなって……。

いつの間にか、アルのもう片方の手と長い尾は私の腰に絡み付いていた。強く抱かれて引き寄せられる。こうなってはもう、私は自分の力では脱出できない。

「もういいよ、アル……っ、血は止まったから！」

恥ずかしさに耐えかねて、あえぐように言った。なんだか体が熱い。

アルは一瞬動きを止め、舌を離してこちらを見た。

あ、やばい。

本能的にそう思った。

過去に何度かこういう顔をしているアルを見た事がある。今、彼の脳は、食欲と肉欲に支配されているはずだ。

私はぶるりと体を震わせた。

「そんなに頬を赤らめて、瞳を潤ませて……私を煽っているのでしょうか」

「ちちち違……ぎゃう！」

つ、と首筋を舐め上げられて思わず肩をすくめる。色気のない変な声も出た。それでもしつこく首筋を這うアルの舌にぞくぞくと体が震える。たまらず熱っぽいため息を漏らすと、アルが得意げに笑った気配がした。


最初は食欲だけだった。

まだお互いに小さかった頃、アルが私に抱いていた感情は、友愛の他には食欲だけだったはずだ。ハァハァと息を荒らげて「ちょっと二の腕の内側をかじらせてください」とか、「〝はむ〟だけですから。食感を楽しむだけで本当に噛み切ったりはしないですから」とか必死で頼み込んでくる幼なじみの姿はかなり恐ろしかったけど、それでもアルは越えてはならない一線というものを分かっていたので、あしらうのは難しくなかった。

しかし成長して年頃になると、いつからかそこに艶っぽい感情も交じるようになってきたのだ。

私はそれを感じ取っていたけれど、なんだか怖くて気づかない振りをした。すらりとしつつも逞しく育った体軀と相まって、両方の欲を持て余したアルは、まるで知らない大人の雄のようだったから。

そしてその時からずっと私の事を想い続けていてくれているであろうアルの気持ちが、最近そろそろ限界を迎えようとしている事にも気づいている。

気づいていて、どうしていいか分からない。

私もいつからかアルの事を異性として意識し始めていたから、想いを伝え合って相思相愛になるのは嬉しい事でもあるはずだ。

だけど私がアルの気持ちを受け入れれば彼はおそらく喜びを爆発させて興奮するはずで、その後どういう行動を取るのかを考えると正直恐ろしい。

両思いだと分かれば、今はギリギリで抑えられているアルの欲求の一つ——つまり性欲が、直球で私に向けられるようになるんじゃないか、とか。じゃあ直球で向けられたとして、種族の違う私とアルはそういう行為が安全にできるのかとか。そもそもアルの生殖器ってどうなっているんだろうかとか。体格差かなりあるのにちゃんと入るのかとか。入っても私壊れるんじゃないのとか。

私も恋愛初心者だから、主にそっち方面の心配事が尽きないわけで。

ニンゲンの雄の体だってよく知らないのに、アルの体なんてさらに謎だ。アルは優しいけれど、その時もちゃんと優しいままなのかは分からないし。

そしてもちろん、もう一方の欲求の方も気にかかる。つまり食欲だ。

恋人同士になれば今より肉体的接触は増えるだろうし、私という〝ごちそう〟を前にアルがちゃんと我慢してくれるのか、そういう心配は常につきまとう。

行為の最中に興奮して性欲と食欲がごっちゃになったアルに咬みつかれて失血死するとか、まさに起こりそうな事だし、一緒のベッドで寝て、寝ぼけたアルに肉を噛み千切られるとか、朝起きたら内臓が一つなくなってたとか、手足や耳が欠けてたとか、そんな事もあり得るかもしれないのだ。

アルともっと親しくなる。

それは私にとって危険な事だった。今ですら命の危機を覚えているというのに。

「サヤ……」

アルは吐息を漏らすように色っぽく言って、腰に巻きついている白い尾の拘束をさらに強めた。

「なに？」

この艶(なま)めかしい空気をどうにか壊したいと、私はわざと明るい声を出す。変な顔をしておどけてみせて、アルの気持ちなんてちっとも察していませんって姿を見せれば、アルはいつものように諦めてくれるかな。

けれど私の望みとは裏腹に、アルは今までよりもう一歩、私の気持ちに踏み込んできた。

「――私の気持ちに気づいているくせに」

耳元で、恨むような低い声。

本当にもう、限界が近いのかも。

私はぎゅっと体をすくめて目をつぶった。聞こえなかったふりをするみたいに。

まだ駄目だ。まだ受け入れるのは怖い。

実際、食欲の方はなんとか抑えてくれると思ってる。子どもの頃だってアルはそれを上手くやっていたのだ。大人になった今、できないはずはない。

けれどもう一方の欲求の方は……？

「いつまでも我慢はできない」

独り言かと思うほど小さくアルが囁いた。

分かってる。分かってるけど……。私は心の中で言い訳して泣きそうになった。

アルの気持ちに応えたい気持ちと恐怖。その二つが私の中でせめぎ合っている。アルが私と同じ弱いニンゲンの雄だったら、こんな恐怖は抱かなかったんだろうか。

でも今さらアル以外の人を好きになんてなれそうもないから、それは考えるだけ無駄だ。弱いニンゲンの分際で強いアルに恋してしまったんだから、この恐怖は受け入れなきゃならない。鼠と狼がつがいになるのと同じくらい、歪な関係なのだから。

ちらり。涙目で恐る恐るアルを見上げてみると、彼もじっとこっちを見ていた。いよいよ今日は食べられてしまうのかなと、無意識に体が震え始める。

どうかアルは行為の時も優しくありますように。本能に支配されて豹変しませんように。そこに転がっている雄たちにしたように、私を殺してしまいませんように。

しかししばし見つめ合っていると、やがていつものようにアルは降参してくれた。

ため息をついて顔を背けると、頭痛がするみたいに片手で額の辺りを覆って言う。

「我慢はできないと言っているのに、上目遣いをするのですから……」

アルの雰囲気は柔らかくなった。ギラギラしたものが消えたのが分かって安堵する。

独り言のようにぶつぶつと零された愚痴に、私は慌てて謝った。

「ご、ごめんね」

だけど身長差があるんだから見上げてしまうのは仕方がない。アルもいい加減、私の上目遣いに耐性をつけてほしい。

アルは諦めたかのようにもう一度ため息をつくと、気を取り直して言った。

「帰りましょうか。サヤも疲れているでしょう」

「うん……」

私は頷きを返した。欲を隠し、優しい幼なじみに戻ったアルと手を繋ぎながら歩き出す。


今日もまた、彼に助けられた。

アルは小さい頃から何度も私の命を救ってくれている。

しかしそれと同時に、彼は常に私を狙っているのだ。

私を守りたいけれど、それと同じくらい襲いたい。食べてしまいたい。矛盾するけど、それがアルの本当の気持ちだと思う。

「お腹空いちゃった」

なんとなく無言でいるのが気まずくて、歩きながらふと感じた事を口に出してみた。しかしこの話題はあまりよくなかったかも。アルの返事を聞いてそう思った。

「私も空いています。もうずっと昔から、飢餓感は消える事がない」

話を蒸し返してどうする。私は大人しく口をつぐんだ。

暗闇の中、アルが横目でこちらを見ている気がしたが、私は絶対にそちらに顔を向けなかった。アルも同じかは分からないけど、野生の肉食動物に狙われた場合、目を合わせた途端に襲ってくるって話を聞いた事があるし。

私の手に不自然に力が入ったのを感じたのだろうか。アルは低く笑って話題を変えてくれる。

「抱きかかえてもいいですか？　サヤの歩調に合わせていたら、Ａ地区に戻るのに数日かかってしまいます」

「あ、うん。お願いします」

「喜んで」

もう一度、穏やかにアルが笑う。そして私を抱き上げると、彼は闇の中を疾走した。その走りはなめらかで振動はほとんどない。けれど顔に当たる風圧から、かなりのスピードが出ている事は分かる。しかしこれでもまだ本気で走ってはいないのだろう。全力を出せば、たぶん私は息をするのも難しくなるから。

アルはこういう気遣いを自然にしてくれるけれど、その度に私は種族の差みたいなものを感じてしまって、アルがどれだけ強いか、私がどれだけ弱いのかを思い知らされる。

こんなに弱いニンゲンである私を壊さないよう大切に扱ってくれて、感謝してる。

私はアルの肩に頬を寄せ、そっと瞳を閉じた。アルは私にとって一番信頼できる人であり、そして一番危険な人でもある。

大好きで、すごく怖い。

矛盾するけど、それが私の本当の気持ちだ。

END

クラちゃんとカルーさん

真弓りの

イラスト・フジシマ

こんにちは、真弓りのです。

まずは手に取っていただき、ありがとうございます。

この話はとにかくまっすぐな元気のいい女の子が書きたくて思い付いたものでした。注力したのはただただ犬耳としっぽの動き。想像しては文字にして、書くのがひたすら楽しかったです。カルーさんの一喜一憂が全力で伝われば嬉しいのですが。

フジシマ様の美麗イラストのおかげでカルーさんがスゴく可愛いです。ぜひその姿で犬耳の動きをご堪能ください。

ねぇクラちゃんさぁ、マジでアタシの嫁にならない？

「ねぇクラちゃんさぁ、マジでアタシの嫁にならない？」

最初その言葉を聞いた時には、何の冗談かと思ったもんだ。

「……全くもう、呑み過ぎですよ。バカなことほざいてないでそろそろ宿にお帰りなさい」

目の前にはべろんべろんに酔っぱらったグラマラスな美女。しかしこの甘言にうかつに乗っかってはならない。今は単なる酔っぱらいに見えても、彼女は凄腕の冒険者だ。そう、この街でたった一人のSランク、簡単な回復魔法も使えるからかソロを貫く孤高の冒険者だったりするわけだ。

「え〜ダメ？　アタシお得だと思うんだけど。こう見えて結構従順よ？」

どこがだ。アンタ巷で『炎狼』とか危なそうな二つ名もらってるだろうに。しつこく言い寄る男は腕力で沈め、気に入らない仕事はどんだけ金積まれても梃子でも動かねぇって有名だし。俺、ギルドでアンタ紹介される時、「頼むから怒らせないで」って何度も念押しされたぞ？

「あ、酷い。信じてないでしょ」

止めて、上目遣い反則だから。真っ赤なふわふわショートヘアから飛び出した犬耳がへにょっと垂れたりするの、あざとすぎるだろ。獣人特有の感情表現の豊かさには、いつだってちょっとクラッとくるんだよ。

「酷いな～、アタシいっつもクラちゃんが喜びそうな美味しげな食材ゲットしてきてるでしょ？」

「はい、感謝してますよ。普通ではなかなか手に入らない素材ばかりで、腕がなります」

そう、本当にそれは感謝している。ちょっとした依頼で出かける度に、一介の料理人では手に入りにくい食材をいとも簡単にゲットしてきては「ただいまぁ！　はいこれお土産～」と気軽に置いていってくれる彼女には、感謝してもしきれないくらいだ。ウチが繁盛してるのも、彼女の持ち込む素材の美味さと珍しさあったればこそ。

タダ酒とタダ飯くらいじゃ到底対価には値しないほど素晴らしい食材ばかりなのに「お土産なんだから」と、頑として謝礼を受け取ってくれない。俺に出来るのは、彼女が喜びそうな酒と、温かくて美味い飯を用意する事だけ。

「これ、どうぞ」

「あ、もしかしてこの前獲って来たバーニングボア？　あっ！　凄い美味しい！　ジューシ～!!」

耳がピーンと立って、しっぽが嬉しそうにふわふわ揺れる。申し訳ない気持ちも大きいが、料理を出した時の彼女の幸せそうな顔を見たら、まぁいいか、とも思えてしまう。

「あはっ、やっぱりいいなぁ」

急に上機嫌でニマニマと笑い出した彼女は、ゆっくりと肉を食みつつトロンとした目で俺を見つめていた。まぁいつもの光景だ。幸せそうでなにより。

「アタシが食べるの見てる時のクラちゃんさぁ、超嬉しそうだよねぇ。その顔、大好き～」

え!?

ちょっと待て。嬉しそう？　俺が？

これまでの人生、悪いが無表情としか言われた事ないぞ？

「嬉しそう……でしたか？」

なんだろう、若干恥ずかしい。

「そう！　いっつも仏頂面なのにさぁ、こんな時だけ天使の微笑(ほほえ)みとか！　ヤバいって～」

「天使って……俺、男なんですが」

「分かってる分かってる！　でもさ、クラちゃん全然表情変わんないから『氷の美姫(びき)』って呼ばれてるじゃん？」

なんだそれ知らねーよ！　初めて聞いたよ！

そもそも美姫はねぇだろ、こんな下町のしがない飲み屋のオヤジ……いやまぁ、オヤジは言い過ぎか。そう、飲み屋の兄ちゃんをつかまえて。

俺の心のツッコミを知るよしもなく、彼女はグラスをゆるくまわしながら得意げに言葉を連ねる。

「こんな美人で、店持っちゃうくらい料理もうまくてさぁ、何気に気遣い上手でしょ？　クラちゃん狙ってる人、男も女も山ほど居るんだからぁ」

なにそれ怖いわ！

せめて女性の皆さんに限定してくんねーかな。

ていうか、完全に買い被りだと思うけど。言い寄られるどころか目も合わせてくれない人がほとんどだし。こんなにフレンドリーに接してくれるのは、ぶっちゃけ彼女くらいだ。

「カルーさんの思い違いでは？　俺、話しかけられる事すら稀ですよ？」

「あははっ分かってないなぁ！　高嶺の花ってヤツよぉ。皆そのキレーな顔見てるだけで幸せなんだからぁ。証拠に閉店まで入り浸ってクラちゃん眺めながら晩酌してる客ばっかじゃないの」

　そんなバカな。俺が高嶺の花ならカルーさんはじめ大体の美女は夜空の星レベルの高所にいる羽目になるっつうの。

「そうですね、カルーさんが来てくれた日は閉店までのお客さん、特に多いですけどね」

　暗に、男性陣のお目当てはご自身では？　と言ってみる。実際そうじゃないかと思うんだよ、鉄拳制裁が怖くて声がかけられないだけで。

「それに」

　コトリ、と彼女の前に新しい皿を置く。今日持ってきてくれたばかりのサンダーバードの串焼きだ。

「俺としてはこっちを楽しんで欲しいんですがね」

「うわあぁぁ美味しそう～！　……あれ？　なんかいつもとタレ、違う？」

「サンダーバードは他の鳥種より淡白な味ですから。タレもちょっと工夫してあります」

「……うん、美味しい。凄く好きかも」

　味の余韻を楽しむように、彼女は幸せそうに目を閉じる。ゆっくりと揺れるしっぽがその言葉に嘘がないことを表しているようで、こっちまで幸せな気分になるのが不思議だ。

あんまり幸せそうな顔だからついつい見蕩れていたら、ふと目があってしまった。途端、彼女の目尻がへにょんと垂れ下がり、ついでに耳までへにょんと下がる。

「ふふっ、ただいまって帰ってさぁ、こんな美味しいご飯があってさぁ、クラちゃんがそんな嬉しそうな顔で居てくれたら、毎日幸せだろうなぁ」

恥ずかしいセリフに思わず固まった俺の手を大事そうに両手で包み、彼女は潤んだ瞳でじっと俺を見つめる。そんなに見つめられると目がそらせないんですが……ヤバい、なんだこの突然湧いて出た未だかつてない雰囲気。

潤んだ黒目がちの瞳を見つめて数秒。

彼女の唇が、ゆっくりと開く。

「ねぇクラちゃん、結婚しよ？」

……危ねぇ！

うっかり「はい」って言うとこだった！

＊　＊

やってしまった……！

昨夜の酒がすっかり抜けて、正気を取り戻したアタシの脳裏に最初に浮かんだのは、もちろんそんな言葉だった。

目覚めて周りを見回せば、どう見ても宿屋の雰囲気じゃないし。朝の爽やかな光が射し込んで印象違うけど、これって多分クラちゃんの居酒屋だ。肩に大量の毛布がかけられていたところを見るに、自分はきっと酔いつぶれて寝てしまったんだろう。愛しのクラちゃんの店でなんたる醜態、昨日の自分が恨めしい。

なんか他にもやらかしてないだろうな、頼むよ昨日の自分……。

そこからぼんやりとした昨日の記憶を掘り起こし……生まれて初めて自分の血がひく音を聞いた。

ヤバい、アタシったら酔いに任せてクラちゃんに超しつこくプロポーズした気がする……！

「ああ、起きましたか」

ビック――――ンと体が跳ねる。

「く、クラちゃん」

昨日の事は覚えてない体でいけばいいの!?

それともむしろ改めてプロポーズする!?

頭の中でくるくると忙しなく究極の選択肢が踊り狂う。

「良かった、あまりにも起きないから心配しましたよ」

なんとも平常運転のクラちゃんの抑揚のない声。

どうやらクラちゃんは、酒の上の戯れ言と片付けてくれているらしい。ホッとしたような、残念なような……とりあえず、強張っていた全身の力が抜ける。ぺしゃ、としっぽが力なく落ちた音が聞こえた。

　相当本気だけど。

　あわよくば結婚したいけど。

　さすがに、酔っ払ってプロポーズはないもんね……。

　一人でこっそり反省し、振り返って愛しのクラちゃんを見てみれば。

　朝食のトレイを手に佇(たたず)むクラちゃんは、朝日を纏(まと)って尋常じゃなく美しい。いやむしろ神々しい。

　その手に持つほんわかした湯気が揺らめいているスープもきっと神々の食べ物のように美味しいに違いない。

「こら、全くもう、あなたという人は。目をキラキラさせてる場合じゃないでしょう」

　ああっ、神の朝食トレイが見えないところに置かれてしまった！

　悲しい気持ちで目線をあげたら、クラちゃんの美しくも無表情なご尊顔が。

「そんな悲しそうな顔してもダメです、少しは反省してください。何度起こしても起きないし、うわごとみたいに帰らないって駄々こねるし」

　うわぁ、プロポーズだけでなくそんなご迷惑まで……。

　クラちゃんの呆れたような視線がチクチクと体中に突き刺さる。表情は変わってないのに、瞳だけでひしひしとなにか伝わってくる……嫌われてしまったかも知れないと思うと、とても、とても悲しくなってきた。

　クラちゃんに嫌われたら、生きていけない……。

胸がキュッとしまった途端、喉からキューン……と切ない声が出てしまった。クラちゃんが、珍しく困ったように目をそらす。

「もう、こっちが苛(いじ)めてるみたいじゃないですか。俺は心配してるんです」

「心配？　してくれたの？」

「当たり前です。いくらカルーさんが強くても、うら若い未婚女性なんですからね？　少しは自重してください」

絶対零度の怖い顔じゃない！

クラちゃんのこの顔は……若干だけ眉毛が下がったこの顔は……

良かった！

本当に良かった!!

少なくとも嫌われてはいなかった!!!

安心感とともに、抑え難い衝動でしっぽが右へ左へハタハタと揺れ動く。お説教中だというのにこれはマズい。

鎮まれ！　鎮まれアタシのしっぽ！

空気読んで！

＊　＊

ダメだ、面白過ぎる。

なんだこの忙しない気持ちの浮き沈み。

俺は今、『炎狼』とかいう大層な二つ名を持っている筈のSランク冒険者を前に、奥歯を噛んで笑いを堪えている。

やっと起きたと声をかければしっぽも耳もシャキーン！　と立って、怒られるとでも思ったのか警戒心丸出し。

さぞや気まずかろうと普通に話しかければこれまたあからさまに虚脱感丸出し。

かと思いきや食い物見た途端にキラッキラの目で見つめてくるし。話にならねぇとトレイを隠せば耳もしっぽもシューンと垂れる。

どんだけ感情に正直なんだ。

まあ逆に言えば怒り始めたら手がつけられないだろう事も想像に難くないわけで、ギルドの人の懇願も理解出来る。

幸い俺は今のところ気に入ってもらってるみたいだし、なんせ彼女には返しきれない程の恩もある。今のうちに気になる事は言っておくか。酔っ払って居酒屋で爆睡したまま一夜を明かすとか、うら若い女性の割りに危機感がないにも程があるからな。彼女の今後のために軽く苦言を呈してみてもいいかも知れない。

……しかし。

お節介をやこうなんて慣れない事をしようとしたのがマズかったのか。

軽いジャブの段階で、早くもカルーさんの目にはみるみるうちに涙が溜まる。え!? と思った時には、若干小刻みに震えつつキューン……と、子犬が鳴くような声をあげられてしまった。さすがに気まずい。

カルーさん、超強い冒険者だって有名だったよな？

いっつも明るくて、むしろ豪快なタイプだったよな？

こんなメンタル弱いとか初耳だわ！

混乱と言い訳が頭を巡り、想定外の事態に彼女の顔を直視する事さえままならなくなった。こっちだって本当に迷惑したわけでも、ましてや怒っているわけでもない。むしろ親切心だったんだ。とりあえず、怒ってない事だけでも伝えねば。

「心配？　してくれたの？」

あ、涙が引っ込んだ。

「当たり前です。いくらカルーさんが強くても、うら若い未婚女性なんですからね？　少しは自重してください」

心配している事を表しつつも、ちゃんと気をつけて欲しいポイントだけはなんとか言い切ったぞ！　どうだ？　俺にしてはうまくやったんじゃないか？

若干緊張しつつカルーさんの様子を窺う。

すると、俺の顔をじっと凝視していた彼女の顔に、みるみる生気がみなぎってきた。瞳はキラキラ、頬はうっすら紅潮して耳がピーン！　と元気よく立ち上がる。あげくにしっぽが忙しなくはためきはじめた。

なんだろう、彼女の全身から「嬉しい！」「幸せ！」オーラが全力で発されてるんだが。俺、なんか喜ぶような事言ったか？

疑問に思っているうちに、しっぽは見る間にすんごい勢いで暴れだした。さすがに本人も困ったのか、両手で自らのしっぽを抱えて押さえつけようとしているわけだが、跳ねるしっぽがこれまた逃げる逃げる。自分でも跳ねるしっぽが捕まえられないという信じがたい光景が目の前で繰り広げられていた。

ダメだ。

なんだこの光景。

「クラちゃん……」

呆気にとられたような彼女の声に、我にかえった。

「クラちゃんが笑った……！」

申し訳ない、『炎狼』ともあろう者が己のしっぽに翻弄されているあまりにも可愛い光景に、込み上げてくるものが抑えられなかった。

「すみません、あんまり可愛くて」

言った途端、彼女の顔が真っ赤に茹で上がる。

「アタシ……アタシ、やっぱりクラちゃんと結婚したい!!!」

「え!?」

言うが早いか、彼女は猛ダッシュで店を飛び出していってしまった。

今の流れで、なんでその捨て台詞（ぜりふ）……？

聞きたくとも最早その姿は視認出来ないほど遥（はる）か彼方（かなた）だ。さすがにSランクは伊達（だて）じゃないらしい。

俺は彼女が巻き起こした砂ぼこりを、呆然と眺めるしかなかった。

あ、せっかく朝食作ったのに、食べて貰えなかったな……。

＊　　＊

やっぱり、やっぱり、クラちゃんが大好きだ!!!

超結婚したい!!!

そう思ったらもう、我慢出来なかった。

クラちゃんがアタシに惚れちゃうくらいスッゴイ獲物をたっくさん狩って、ちゃんとカッコよくプロポーズに行くんだ！

酔っ払った勢いで、くだ巻く感じでやらかしたダメダメなプロポーズを忘れて貰うには、そんじょそこらの獲物じゃダメだ。クラちゃんが思わずメロメロ～ってなって、しかも他の、クラちゃんを狙う不届き者達がひれ伏して「二度と色目を使いません」って誓いたくなるような、そんなすんごいインパクトのある獲物が欲しい。

走りながら、自分の懐を確認する。

このところクラちゃんに貢ぎたくて、美味しいお肉を持った高位モンスターをたっくさん狩ったし、ヤツらの魔石を売れば飛び石だって買える筈。アタシはとにかくギルドに向かって全力で走った。

「おっちゃん！」

「おっ、来たな」

良かった！　飛び石の話をしてくれたおっちゃんが今日のギルド受付担当みたい！　これなら話が早いかも！

「おっちゃん、前に話してくれた飛び石が欲しいの！　飛び石なら昔自分が行った場所に飛べるって、おっちゃん言ったよね？　ねぇこれで足りる？　飛び石が買えるかな!?」

袋から出すのももどかしくって、魔石が沢山入った袋ごとおっちゃんに押し付ける。

「はあ？　お前さん、あの美人な兄ちゃんにプロポーズしたんだろ？　飛び石買ってる場合じゃねぇだろうに」

「なんで知ってるの!?」

「冒険者がわんさかいる居酒屋で派手にやらかしゃあ、そりゃあ噂にもなる。ギルドは朝からその話題で持ち切りだ」

マジで……？　穴があったら入りたい……。

あ、ホントだ。みんなニヤニヤしてこっち見てるし。

「ああ、俺ぁちゃあんとお前さんがあの兄ちゃんをおとす方に賭けといたから、頑張ってくれよ？」

「へ？　なんで賭け……？」

「あの兄ちゃん、あんなナリして浮いた噂ひとつなかったからなぁ、今まで皆、牽制しあってたんだろ？　お前さんに取られるくらいならってライバル達が我も我もと群がるんじゃねぇか？　って話になって盛り上がってなぁ。お前さんは大穴だからな、当たりゃあデカい。頼んだぞ」

くっ……面白がられている。しかもアタシは大穴なのか……アタシのプロポーズが発端なのに酷(ひど)い。

「まだ冒険者達にしか噂は出回ってないみたいだが、2～3日もすりゃ街中に広がっちまうぞ。そうなりゃ名乗りをあげてくる敵も増えるかも知んねぇなぁ」

他人事(ひとごと)みたいに言うおっちゃん。

「ちなみに一番人気は楽師のライラだ。負けんなよ？」

ライラって、あの泣きボクロが色っぽい、ハープ奏者のヒト？　胸とお尻がバーン！　で腰がキュッとしてて、いっつもいい匂いがするフェロモンダダ漏れっぽいあのヒトも、クラちゃん狙いなの？

強敵どころじゃないじゃんか……！

「ヤバいよぉそれならなおさら急がなくっちゃ！　おっちゃん、早く！　早く飛び石売ってよお！」

おっちゃんから飛び石をぶんどったアタシは、その場で石を叩き割る。

瞬間、光と共に風景が一変した。

目の前にはゴツゴツした岩肌。乾いた風が吹きすさび、血の匂いと土の匂いが鼻につく、荒んだ世界。

間違いなく、アタシが今よりちょっとだけ若い頃、腕を上げるために通いつめた魔物達の巣窟だ。

ここならきっと、クラちゃんもフェロモンダダ漏れライラさんもビックリな、すんごい獲物が獲れる筈。

クラちゃん、アタシ頑張るから!!!

＊　＊

あの衝撃のプロポーズから早5日、俺は若干イラついていた。

なんでって、あれからカルーさんが店に来ないからだ。あれだけ好き好き言って何回もプロポーズした癖に、それから放置ってどういう事だ。

しかもあのびっくりプロポーズはもはや街中の旬な噂になってしまっている。店に来る常連さんはともかく、街中を歩くだけでもからかわれたり絡まれたり、ぶっちゃけかなり面倒くさいし恥ずかしい。

だいたいあれからというもの、やたらとプロポーズされるし。あれか、カルーさんに倣っていきなりプロポーズが巷で流行(はや)ってでもいるのか？　でもそれにしては「あの人が帰ってくる前に、二人で一緒に逃げましょう！」とか、ちょっと物騒なテイストでくるのが不思議なところだが。

いきなりそんな重いテイストで「はい」とか言うヤツ居るんだろうか。そもそもなんでやっと軌道にのった大事な店を捨てて逃げなきゃならんのだ。訳が分からん。近頃のジョークは心臓に悪い上にダークだ。はやくこの変なブーム、去って欲しい切実に。

もし本気の人がいるんなら、出来れば俺も普通にお付き合いから始めたいんだけどな。そんな普通の人、どこかにいてくれないだろうか。

……カルーさんは、少なくとも本気で言ってくれたと思うんだが。なにしろあれ以来姿見せないし。返事しなかったのがいけなかったのか。

でもさ、いきなりプロポーズはないだろう。

「クラウドさん、無視するなんて酷いわ」

腕を軽く引かれて、我に返った。

俺らしくもなく若干うじうじと考えながら歩いていたら、どうやら話しかけられた事に気づけなかったらしい。

「ああ、ライラさんすみません。考え事をしていたもので」

定期的に俺の店でハープを奏でている彼女に街中で会うとは珍しいが、シカトしてしまったとは申し訳ない。なんせ彼女が来る日は男客が鈴なりな上、その男客達の金払いもメチャクチャいい。俺にとってはありがたい、お世話になっている一人だ。気を悪くしてないといいが。

「このところ大変そうだものね」

口元に手をあてクスッと笑う姿も美しい。この人はホント、自分が綺麗に見える角度を知り尽くしている感がある。

「随分たくさんの方から求婚を受けていらっしゃるんでしょう？　誰にも靡かないって噂になっているわ」

「皆さん面白がって声をかけているだけですよ」

「まぁ、そんな風に思っているのね。皆本気で求婚しているのよ？」

そんなバカな。話した事もない人だっていっぱいいたぞ？

「信じてないわね。でも本当よ？　あなた凄くもてるんだから。それに……」

そこで少し息をつき、彼女は意味ありげに微笑んだ。

「あの暴力女に無理やり迫られて、怖くて断れないんじゃないか、って皆心配しているのよ？」

暴力女って……まさか、カルーさんの事か？

「別にカルーさんは怖い人じゃないですよ」

むしろ可愛い人だと思うけど。

「第一、カルーさんが理不尽に暴力を振るったなんて話、聞いた事ないですし。暴力女なんて……」

「当たり前だわ、Sランクの冒険者なんて誰も逆らわないもの、暴力を振るう必要がないでしょう。でも、Sランクなんて普通の人間じゃなれないって、冒険者の皆さん口を揃えて仰るわ。あの方はただの戦闘狂だって」

　なんだよそれ。

「それは……酷いんじゃないですか？」

　思わず冷たい声が出てしまった。そのせいか、若干ライラさんが怯（おび）えた目をした。

　……ん？

　あれ？　目線が、俺じゃないとこ見てる？

　ちょっと上か？

「だなぁ、よく知りもしねぇで人の悪評まくなんざ、そのキレーな顔が泣くぜぇライラさんよぉ」

　後ろから重厚な声が聞こえて振り返れば、でっかいゴッツいおっさんがニヤリと笑っていた。

　……こわっ！

「う、嘘じゃないわ、本当に沢山の冒険者の方が」

　おお、言い返した！

　こんな強面（こわもて）のおっさんに言い返すとか、意外とライラさん強いな。

「あんたにそれを言ったのは男だろう？　しょうがねぇ野郎どもだ」

　苦笑いしながら顎を撫でているが、おっさんから怒りの雰囲気はなぜか感じない。

「まぁ野郎どもの気持ちも分からんじゃないがなぁ、察してやってくれや。そりゃあ、あんたみたいな美人に、女より弱いと思われたくないっちゅう、可愛い男心だ」

「そんな……」

そんな、って言いたいのはむしろカルーさんだろう。

ただ強いだけで悪く言われる事もあるなんて。俺はいつも豪快で、明るく振る舞っているカルーさんが意外と苦労している事を、この時初めて知った。

＊　＊

一刻でも早く、すんごい獲物を持ってクラちゃんのもとに戻りたい。そんな気持ちとは裏腹に『すんごい獲物』はそう簡単には狩れなかった。1日1日を、ジリジリと焦りながらもこれまでの経験を最大限に活用し、理想の獲物を求めて走る。

1日めは、ショボい獲物しか手に入らなかった。

とりあえず狩った獲物を焚き火で焼いて、空腹を紛らわす。ああ、クラちゃんが作ってくれるごはんが既に恋しいよう。クラちゃん、変なヤツにプロポーズされたりしてないかなぁ……と不安な気持ちで眠る気にもなれなくて、朝方までフィールドを彷徨(さまよ)ってしまった。

2日めは、大型の魔獣が少ない昼間に仮眠をとって、薄暗くなってから積極的に動き出す。まあまあビッグネームの獲物を目にはしたけど、あえてアタシは狩らなかった。だって肉が旨(うま)くないんだもん。ライバルへの牽制にはなるかも知れないけど、あんなのクラちゃんに捧げるわけにはいかない。

そうして3日めの夜、肉もとっても美味しくて、とにかくでっかいオッドノーズを見つけた。鈍重で変わった鼻を持つこの獲物は、暴れだすと手がつけられないって言われるけど、アタシから見たら格下だ。充分に狩れる。狩ろうかと思ったけど、結局はヤツが根城に向かってゆったりと進むのを、木の上を渡りながら慎重に尾けて、根城の把握だけにとどめておいた。

本当は、最初はこれくらいの獲物を狩るつもりだったんだけど……姿を見た途端に『これじゃない感』が沸き起こって、曲刀がどうしても動かなかったんだ。

なんだか、なんだか物足りない気がするんだもん。

不死鳥とか。

永年亀とか。

ドラゴンとか。

食材として滅多に見なくて、でも肉質は最高級、さらに食べれば寿命が延びるとか言われてるみたいな、縁起がいいのがいいよね、やっぱり。だってプロポーズ用なんだもん。

確かこのフィールドにも、飛竜ならいた筈だよね。

でも、噂ではもっともっと高地の岩場に巣があった筈だったし、あの頃のアタシじゃ勝てないと踏んで、アタックしたことすらない。

今のアタシなら、勝てるんだろうか。

……いや、自分の力をＭＡＸ振り絞って勝ち取った獲物を捧げてこそ、クラちゃんをゲットする資格があるんじゃないの？

そこからのアタシは頑張った！

噂のあった岩場へと、全身のバネをフルに活かして駆け登っていく。とにかく上へ、上へ。一昼夜ほど駆けただろうか、周囲の雰囲気が急にさらに荒んだものになった。生き物の気配がかすかになり、足元には風化しかけたものから新しそうなものまで、大きさも種類もまちまちな骨が散乱している。

近くに強大なモンスターの住み処がある、そう肌で感じるけど、残念な事に住み処の主の気配はなかった。そんなんが今近くにいれば尋常じゃない威圧感がある筈だし。

きっと、狩りに出ているんだ。

そう感じたアタシは、索敵の魔法を唱えてから、しばしの仮眠をとる事にした。アタシは魔法はあんまり得意じゃないから、索敵の魔法だって超強いモンスターが50ｍ内に近づいたら反応するっていう大雑把な感じだけど、今ならそれでも充分だ。少し寝ないと動きが鈍る。どれくらいの力の差があるか分からないし、少しだけでも勝てる可能性を増やしたい。

クラちゃん、ちゃんと『すんごい獲物』を持って、生きて帰るからね！　楽しみに待っててね！

強大な獲物が手に入る予感に、アタシはワクワクしながら目を閉じた。

やった！　やった！　やった!!!

ついにすんごい獲物をゲットした！

索敵の反応で飛び起きたアタシの目に、でっかくて黒々とした飛竜が映る。なんか……脚で摑んでる？　おお！　飛竜、グッジョブ！　最高級の肉質と名高い、グレブルじゃないか！　正式名称グレートブルホーン、牛の3倍くらいでっかい癖に防御魔法に特化した倒しにくいヤツだ。どっこも捨てるところがない、超優良食材！

飛竜、アンタを倒して、アンタとグレブルをダブルでクラちゃんに捧げるよ！　ありがとう飛竜！

アタシに気づいた飛竜がグレブルを投げ落としたら、戦いの始まり。そして、気がつくと飛竜は地に落ち、息絶えていた。アタシは服も体もボロボロだったけど、肢体も欠けてないし、ちゃんと息だってしてる。アタシの勝ちだ。

戦いの中身なんか、何時だって覚えてないいんだよね。

本能が体を動かして、戦いが終われば自分が返ってくる感じ。冒険者になった初めの頃、パーティーメンバーがアタシの戦い方に真っ青になってたから、多分かなり危ない戦い方なんだろうなぁ。

まぁ、今回も勝てたし、問題無しだ！

右手に飛竜のしっぽ、左手にグレブルのしっぽを摑んで、残るひとつの飛び石を踏み割る。

さぁ、待っててクラちゃん、すぐに戻るから！

＊　　＊

ゴッツいおっさんから諭されて、不満そうな顔でうつむいたライラさん。ツンと顔を上げたかと思ったら「冒険者の方って随分と見栄っ張りなんですね」と呟いた。あくまでも自分のせいではないと言いたいんだろう。

「ま、この街にゃあSランクはカルーだけだが、他の街にゃあもうちょいいるもんさ。行けねぇ頂じゃねぇ」

へぇ、そうなんだ。それでも冒険者としてはエリートなんだろう。かなりの高みにいるんだろう事だけは分かる。やっぱりカルーさん、凄いんだなぁ。

「そんな情けねぇ事言う野郎にゃあんたからもハッパかけてやってくれや。美人に言われりゃちったぁ気張るだろうよ」

そう言って苦笑するおっさんに、ライラさんがちょっぴり頬を膨らませて何か言い返そうとした時だ。

「居た！　ガラドさん、大変だ!!!」

若い男が叫びながら走ってきた。

あ、あの人、確かギルドの受付で見たことあるな。

「どうした」

おっさんが振り返る。あんたがガラドさんなのか。

「カルーがヤベエもん狩ってきやがった！」

あ、カルーさん帰ってきたんだ。

それにしても、なに狩ってきちゃったんだか。この人、若干青いんだけど。

「すぐに解体して『クラ』っちゅう居酒屋？　に運べとか言うんだけどよォ、とにかく量がハンパねぇんだ！　全然終わんねぇよォ」

手伝ってくれと、おっさんをぐいぐい引っ張っている。

でもさ、ちょっと待て。『クラ』って俺の店だろ！　ヤバいのってなに!?　量がハンパないってなに持ちこもうとしてんの!?

「へぇ、そりゃ面白そうだ」

「え、ちょっと待……」

立ち去ろうとしたおっさんを呼び止めようとした瞬間。

「あっ、クラちゃん！」

ヤバい物を大量に俺の店に持ちこもうとしているらしい、件の人が現れた。

「なんでこんなトコ居んの……？」

カルーさんは呆然と俺を見ながら呟いているが、それはこっちが言いたい。ていうか、言いたい事が色々ありすぎて処理出来ないくらいだが。

「おうカルー、お前さん面白そうなモン持ちこんだらしいなぁ」

どれから言おうか迷ってるうちにおっさんに先をこされてしまった。

「うん！　アタシやったよおっちゃん！　これでクラちゃんに正式に……」

言いかけて俺の顔を見る。ポッと恥ずかしそうに顔を赤らめてうつむいたカルーさんだが、その腕には黒々としたなんか爬虫類っぽい巨大なしっぽが抱えられていた。しかも今日は何故だかシックなタイトスカートで、いつになくメイクまでしているもんだから、腕に抱えた巨大しっぽとのギャップが凄い。

「おう、さっさとしねぇとあの姉ちゃんに先こされるぞ」

おっさんがニヤリと笑って顎を向ける先には、ポカンと口を開けたライラさん。ライラさんが唖然とした表情で見ている先には、ギルド方向から大量の肉を積んだ荷車が列になって進んできていた。

あの先頭の荷車。

なんかシャレにならないのが乗ってるんですけど。

「ド……ド……ドラゴン……？」

ヘナヘナと、ライラさんが座り込む。

気持ちは分かる。だって、なんかすげぇでかいドラゴンの頭が、こっち睨んでるんだよ！

「クラちゃん！」

「はい!?」

いつの間にか、カルーさんにがっつり両手を握られていた。

「アタシ、クラちゃんのために飛竜を狩ってきた！」

マジか！　あれか、俺の店に持ちこもうとしてるヤバいヤツ！

「クラちゃんのためならアタシ、どんな獲物でも狩ってみせる！　食材で絶対に苦労はさせないから！　だから……だからアタシに、毎日美味しいごはん作ってください！」

マジか！

あれ以来、姿見せないと思ったら、わざわざあんなすげぇドラゴン狩りに行ってたっていうのか？

「あ、アタシと……結婚、してください！」

真っ赤な顔で、ドラゴンのしっぽをバッと差し出すカルーさん。

耳もしっぽもピルピルと震えて、緊張がこっちまで伝わってくる。

プロポーズに、ドラゴンって。

なんだかおかしくなってきて、堪えきれずにまた俺は笑ってしまった。あり得ないと思うのに、なんとも彼女らしい。

『ねぇクラちゃんさぁ、マジでアタシの嫁にならない？』

酔って絡んで彼女が言ったあの言葉。最初に聞いた時にはなんの冗談だと思ったもんだが、今なら素直に信じられる。カルーさんはきっと、最初っから本気で言ってくれてるんだって。

またも俺の顔をマジマジと見つめている彼女に、俺は初めて意識して笑顔を向けた。

彼女の顔が、さらに真っ赤に染まる。

俺だって、そんなカルーさんを可愛いと思ってる。

「そうですね。俺がお嫁さんになるのは無理ですが」

少し意地悪を言えば、一気に耳としっぽが死んだように垂れ下がり、もはや絶望の表情のカルーさん。その感情表現の豊かさも、とても気に入っている。

そう、俺もカルーさんが好きなんだ。多分、すごく。

本当は普通にお付き合いしてゴールインが望ましいけど、プロポーズにドラゴン引っ提げてくるような破天荒な人が相手じゃしょうがないよな。

「だからカルーさん、カルーさんが俺のお嫁さんになりませんか？」

カルーさんが、信じられない、という顔で俺を見る。耳はシャキーン！　と立って俺の息遣いまで聞き逃すまいとしているようだ。観念して、俺も素直に伝えよう。

「俺もカルーさんが好きです。結婚、しましょう？」

俺はその日初めて、カルーさんから全力の抱擁を受けた。

うん、折れるかと思った。

クラちゃんとカルーさんの幸せな結婚

ドラゴン一匹引っ提げてプロポーズにやってきた、犬耳グラマー美女カルーさんは、ただいま柄にもなく緊張でカッチコッチになっている。

「ほう、このドでかい飛竜をお嬢さんが一人でしとめたのかい？　さすがS級ランクの冒険者だねぇ」

「本当、元気のいいお嬢さんなのねぇ」

いや、マーサばあちゃん、言っとくけど元気いいとかいう表現で済むレベルじゃないから。

「ハ、ハイっ！　アタシ元気だけが取り柄なんで！」

カルーさんも頭回ってない癖に頑張って答えなくていいから。

「そうねぇ、クラウドにはこれくらい元気なかたの方がいいのかも知れないわねぇ」

「そうだね、奥手で遠慮がちな子だからねぇ、嫁さんにグイグイ引っ張って貰うのもいいかも知れないねぇ」

優しい笑顔で頷きあう老夫婦は、俺の育ての親だ。

まだガキの頃、物心ついた頃からストリートチルドレンだった俺は、パン屋で物乞いしていたところをギルじいちゃんに拾われて、以後この優しい老夫婦に成人まで育てて貰ったのだ。

今でこそ店が持てる程になった俺だが、ギルじいちゃんに拾われてなかったら今生きているかどうかさえ怪しい。そして口に入りゃなんでも良かった俺が、食べ物が美味しくてあったかくて、幸せな気持ちにしてくれるものなんだと理解したのはマーサばあちゃんの手料理のおかげだ。

結果それを生業にして、あまつさえカルーさんの胃袋も摑んだわけだから、どこまでも二人にはお世話になっている。全く頭が上がらない。

「それにしても恋人もいないみたいで心配していたのにいきなり結婚とは、クラウドもやるねぇ」

「本当に。こんな美人のお嬢さん、どうやって見つけてきたの？」

プロポーズにドラゴン狩ってきた人を前にして、二人は既にごく普通の会話に入っている。俺の養父母は優しくておっとりしているように見えるが、懐が深い上にちょっとやそっとじゃ動じない、胆が据わった人達なのだ。

実際カルーさんを連れていきなり二人の家に行っても、結婚したいと報告しても「おやおや」「まぁまぁ」程度で動じていなかった。プロポーズで貰ったドラゴンの話をすれば「ほぅ、それは見てみたいねぇ」と喜ばれ、結果俺の居酒屋『クラ』に戻ってきたのがつい先程の話だ。

ドラゴンを見終わったら、今度は二人してカルーさんにやんわりとあれこれ聞き始めたもんだから、カルーさんは緊張全開で必死に受け答えしているわけだけど。

「いやっ、アタシがずっと一方的にクラちゃんの事大好きだったんで！」

「まぁ、嬉しい。クラウドのどこが好きなの？」

「あの、あの……すごくご飯が美味しくて……心がポカポカあったかくなるんです」

手をモジモジさせながら、カルーさんは一生懸命に答えている。犬の獣人である彼女の耳は、さっきからもうピーン！　と立ったりヘニャッと垂れたりでそりゃあもう忙しない。しっぽもピーン！　かヘニャッ……の二択、緊張してるか弛緩してるかのデカい感情の波をサーフィンしているらしい。

ギルじいちゃん、マーサばあちゃん、もうそれくらいにしてやって。顔真っ赤だしカルーさんの血管切れそうで怖いから。

「あら、まぁ。素敵ね」

「ただいまって帰って、あんな美味しくって優しいご飯があって。クラちゃんが嬉しそうな顔で居てくれたら、それだけでもう毎日幸せだろうなぁって思ったんです」

ああそれ確か、酔っぱらって俺にプロポーズした時に言ってたな。やっぱり今聞いてもかなり恥ずかしい。養父母の前でそんな話とかなんの精神的修行だ、これ。

恥ずかしさに若干俯（うつむ）いた俺とは真逆に、養父母達は嬉しそうに互いに顔を見合わせている。

「ああ、分かるねぇそれ」

「ふふ、まるで貴方（あなた）のプロポーズの言葉みたいですねぇ」

ええ!?　そんな話、初めて聞いたけど！

「私もマーサに胃袋を掴まれてねぇ」

「ふふ、この人もS級ランクの冒険者だったのよ？」

ええ!?　それも初めて聞いたけど！

既に俺を拾ってくれた時にはゆったりと老後を楽しむ老夫婦で、冒険者のイメージなんか一切なかったが……ああでもどうりで肝が太いと思った。

「え？　この街でS級？　……確かさっきお名前、ギルって……ええ!?　まさか、ギルグレイオス様!?」

「おやおや、さすがにギルド関係者には今でも分かるものなんだねぇ」

「ご、ご無礼つかまつりましたぁ！」

何語だ。

飛び上がって土下座したカルーさんは一気に青ざめてフルフルと体を震わせている。どうした、豪快なカルーさんらしくもない。

「え、そんな凄いの」

「伝説レベルなんだよぉ！　おんなじS級でも格が違うから！」

半泣きでピルピルと震える犬耳が可愛い……って言ってる場合じゃないか。よく分からないまま取りなそうとした俺は、ついに滝のように暴涙するカルーさんの絶叫に遮られた。

「ギルグレイオス様ぁ！　奥様ぁ！　一生大事にします！　食材で苦労はさせないと誓います！だから……だから、クラちゃんと結婚させてください!!!」

あまりの悲壮感に三人顔を見合わせて唖然とする。どうしちゃったんだカルーさん。

＊　＊

まさか、まさかクラちゃんを育ててくれた素晴らしい人が、あのギルグレイオス様だったなんて！

さすがのアタシも頭が真っ白になった。

ニコニコと微笑む優しそうなお爺ちゃんは、ギルドに入ったばっかりの新人でも崇（あが）めているような大人物だ。

ひとつひとつが伝説と言われるほどの偉業をすっごく沢山成し遂げたっていうのも凄いんだけど、今問題はそこじゃない。だってアタシが聞いた話ではキレ方もそりゃもう凄かったらしいんだ。

いつもはニコニコ穏やかだけど、ひとたび彼の大事なものや人に手を出そうものなら、生きている事を後悔するほどの報復があったと聞いている。……報復の詳細が分からないのに、強面の古株のおっちゃん達が総じて真っ青になって小刻みに震えていたのが脳裏をよぎる。命を奪うような報復はなさそうだった事だけしか安心要素がない。

これはヤバい。

だって、ご両親へのご挨拶に付き物の「一発殴らせてくれ」の威力だって半端ないだろうと思うのに、予想出来ない報復とか怖過ぎる。それでも、笑ってプロポーズを受け入れてくれたクラちゃんを諦める事なんて、死んでも出来なかった。

クラちゃん、アタシ逃げない！

どんなにカッコ悪くたって、クラちゃんと幸せになるんだ！

覚悟を決めて顔を上げる。

この際、涙が滝のようにでるのは勘弁して欲しい。

「ギルグレイオス様ぁ！　奥様ぁ！　一生大事にします！　食材で苦労はさせないと誓います！

だから……だから、クラちゃんと結婚させてください!!!」

アタシは、渾身の力を込めて土下座した。

暫く(しばら)の間があった。

「あの、カルーさん?」

心配そうな、戸惑ったようなクラちゃんの声が聞こえる。でも、ギルグレイオス様のお許しが出ない以上、顔をあげる事なんか出来ない。アタシのしっぽも空気を読んで太ももの間に縮こまってしまっている。

突然、爆音のような笑い声が響き渡った。

次いで、いきなり頭をワシャワシャとかき回された。

な、なに?

なにが起こってるんだろう?

「ギ、ギルじいちゃん!?」

「いやあ、可愛い！　可愛いねぇ、お前えらく可愛い嫁連れてきたじゃないか、よくやったねぇクラウド」

驚き過ぎて思わず顔をあげたら、ギルグレイオス様が満面の笑みでアタシの頭をかき回していた。

「ちょっと！　初対面なのにそんなに撫で回すのやめてくださいよ、失礼でしょう」

「お、ヤキモチかい？　でも獣人の可愛がり方はこれで正しいんだよ。耳の付け根のあたりをワシャワシャすると嬉しいんだよねぇ？」

「は、はい……」

呆然と答えると、ギルグレイオス様はほらね、とにこやかに笑い、なぜだかクラちゃんはちょっぴり不機嫌になってしまった。無言のまま涙でぐちゃぐちゃな筈のアタシの顔を蒸しタオルで拭くクラちゃんは、ちょっと怖いけど相変わらず気配り上手だ。

「うふふ、おおかたギルドでこの人の怖い噂でも聞いたんでしょう？　もう何十年も前の事なのにねぇ」

「まぁでも、それでクラウドの事を諦めようってんじゃないんだろう？　一生懸命で可愛い子じゃないか、良かったねぇクラウド」

ご夫妻のこの穏やかな雰囲気！

これってもしかして。

「あのっ、あのっ、じゃあ許してくれるんですか!?」

「もちろん」

よ、良かった〜〜〜!!!

どっと押し寄せる安心感。

良かったよう、これでクラちゃんと結婚出来る……あれ？

「あ、あの……一発殴らせてくれ、とかは」

人属と結婚する時のある意味儀式だと思ってたんだけど。出来れば手加減して貰えると嬉しい。

いや、クラちゃんを貰おうっていうんだから、ここは全力でいってもらった方がいいんだろうか。

「おや、殴って欲しいのかい？」

「ギルじいちゃん！　からかわなくていいから」

ニコニコしているギルグレイオス様に、クラちゃんをがニラミを利かせている。なんという勇者。

アタシはクラちゃんのあまりの勇敢さに、また惚れなおしてしまった。

「はは、冗談だ。こんな愛らしいお嬢さんを殴ったりしたら、マーサを怒らせてしまうからねぇ」

「そうですねぇ、貴方が嫌いなセロリとトマト尽くしのスペシャルメニューを毎食出してあげましようかねぇ」

「それは酷いな。いいかい、君もクラウドのメシが好きなら気をつけるんだよ。怒らせたら我々の胃袋に勝ち目はないからねぇ」

「ええっ!?」

ギルグレイオス様が勝ち目がないなんて、ずいぶん大げさだと思ったけど、この前酔っぱらってクラちゃんに朝ごはんをおあずけされた時の悲しい気持ちを思い出したら、すっごく納得出来た。

うん、クラちゃんには逆らわないようにしよう。

「全くもう、変なところで意気投合して」

クラちゃんの声にちょっと呆れたような雰囲気が混ざる。さっきも不機嫌だったから怒ってないか少し心配だったけど、クラちゃんは通常運転無表情だ。ただ、アタシの頭……耳の付け根のあたりを優しく撫でてくれたから、怒ってはいないと思う。多分。

クラちゃんから撫でて貰うのなんて初めてで、なんだかとってても幸せ。あまりの気持ち良さに、アタシはうっとりと目を閉じた。

＊　＊

可愛い。

カルーさんは、耳の付け根あたりをゆっくりと撫でてあげるだけで、至福の表情を浮かべ、うっとりと目を閉じている。しっぽが幸せそうにふわりふわりと右に左にゆらめいて、まるで俺の作ったメシを食べてる時並みのとろけるような幸せな空気を醸しだしていた。

あんまり幸せそうな様子に逆にいたたまれなくなって、そっと手を離す。カルーさんのしっぽは、残念そうにパタリと床に落ちた。

「えっと、じゃあ、とりあえず結婚の件は了承して貰えたって事でいいんだよな？」

俺の言葉にカルーさんがビクン！　と体を強張らせる。目が転がり落ちそうなくらい見開かれ、息するのも忘れちゃってそうな感じの緊張具合だけど大丈夫だろうか。若干心配になるんだけど。

カルーさんの緊張っぷりを楽しむようにもったいぶって間をあけた後、ギルじいちゃんはニッコリと微笑んだ。

「ああ、もちろんだ。可愛い嫁さんでなによりだ、なぁマーサ」

「ええ私も嬉しいわ。これからよろしくね、カルーちゃん」

嬉しそうに微笑みあい、それからカルーさんを慈しむように見ている養父母達は、明らかにカルーさんを気に入ってくれているようだ。うん、一安心だな。

「良かったですね、カルーさ……」

「やったぁぁぁぁ~!!! 良かった! 良かったよぉぉぉ!!!」

カルーさん、魂の叫び。

そうとしか言えない喜びっぷりに、俺は言葉を無くした。

ちぎれんばかりに振られているしっぽも暴れん坊だが、本人の方がよっぽど暴れん坊だ。なにせ激しくジャンプして喜びを表現している。あまりの勢いに、さすがに俺もびっくりした。

「まぁまぁこんなに喜んじゃって、可愛いわぁ。クラウドったら愛されてるのねぇ」

「やっぱり獣人属は表現が素直だねぇ」

カなんというか、元冒険者ゆえか獣人の特性をよく知ってるっぽいギルじいちゃんはともかく、カルーさんの奇行を全部『可愛い』で済ませているマーサばあちゃんは、結構大人物なんじゃないだろうか。

「さて、それじゃあこれ以上ここに居たらあてられそうだから、そろそろおいとましようか、マーサ」

「ですねぇ。クラウド、式の日取りとか先方へのご挨拶とか、私達が必要な時は遠慮せずに声をかけるのですよ」

「だねぇ、幸せになるんだよ」

「……ありがとう、ギルじいちゃん、マーサばあちゃん」

どこまでも優しい養父母達の言葉に、こみ上げてくるものがあるが、ギリギリ涙は出なかった。後ろで大ジャンプでこれでもかというくらい喜びを表現している人がいるからだろうか。

「……あれ？　ギルグレイオス様と奥様は？」

狂乱の大ジャンプが終わってカルーさんが冷静さを取り戻したのは、養父母達が帰って軽く5分がたってからだった。


「ええ？　やっぱりそれ、要る？」

「当たり前じゃないですか」

なに言ってるんだか。

俺の養父母への結婚の報告が終わったら、カルーさんのご家族に挨拶に行くのは当たり前の流れだろうに。嫌そうに顔をしかめたカルーさんは、テーブルにはりついてぶちぶちとぶーたれている。

「だってアタシの家族、スッゴい濃いっていうか、クラちゃんヒくんじゃないかと思うんだけど」

「勝手に結婚するわけにいかないでしょう？　しのごの言わないでさっさと連絡してください」

ニッコリ笑えば、ビクッと震えたカルーさんはちょっぴり後ずさる。やがて諦めたように肩を落とし、耳もしっぽもシュンと垂れた哀愁漂う姿でスゴスゴと部屋の隅に移動して、壁を向いてしまった。

……あれ？　俺、またやらかしたのか？

ちょっとだけ不安になる。なにせカルーさんはああ見えて意外とメンタルが弱い部分があるからな。ちょっと叱っただけでこの世の終わりのように蒼白になったりするから気が抜けない。

そろそろと、カルーさんの顔が覗ける所まで移動してみると、カルーさんは小さな石に向かって百面相をしながら話しかけていた。

……ああ、なんだ。多分大丈夫だ。

確かお互い同じ石を持つ事で遠く離れていても会話が出来るって話、聞いた事がある。冒険者の人達が「あればダンジョンでも便利なんだがなぁ、なんせ値がはる」って言ってたような。カルーさんくらい上級の冒険者ならそんな高値の石を持ってたって不思議じゃないもんな。

多分ご両親と話してるんだよな。うまく話してくれればいいが。

カルーさんが百面相になっていた事もあって話の内容が気になるが、ここはカルーさんを信じて待つしかない。話が終わる頃にはきっと気力も体力もかなり消耗しているに違いないカルーさんのために、俺は温かいミルクティーと甘くてサクサクのラスクを手早く用意した。疲れた時は甘いものが一番だからな。

カルーさんの気持ちがちょっとでも高揚するように、ラスクを可愛く盛り付ける。女性は特に飾り付けが華やかだったり愛らしかったりすると、それだけで幸せ度が違うみたいだから、出来る事なら喜んで貰いたいし。

ラスクの皿にホイップとチョコで軽いデコレーションを施していた時だ。

「ええっ!? ダメダメダメダメ！ ダメだってぇぇぇ!!!」

辺りを揺るがすような、カルーさんの絶叫が響いた。

＊ ＊

「おっじゃましま〜す！」

「あら、イケメン」

「アンタがカルー姉ちゃんの彼氏〜？ 物好きだね〜〜」

「ひゅう♪ すげぇ美人！」

「お前かぁ！ ワシの可愛いカルーちゃんをたぶらかした不届き者はぁ！」

あああ、やっぱりだ!!

止める間もなく来てしまった！

突然その場に現れた、見馴れすぎた五つの顔に激しく脱力する。父ちゃんと母ちゃんと、まだまだヤンチャな三つ子の弟達だった。

やっぱりね。父ちゃん達の事だから、飛び石くらい持ってるんじゃないかと思ったんだ。

父ちゃんも母ちゃんも、今はここにいないアタシの双子の兄ちゃんも、拠点は別々の街だけど結構名の知れた冒険者だ。お互いどこにいるのか定かじゃないからこそ、いつもおしゃべり石で連絡を取り合っていたりする。

アタシが結婚したいなんて言ったら、アタシを超可愛いがってる父ちゃんなんか絶対に飛び石使って、速攻で転移してきちゃうんじゃないかって予想はしてたけどさ……。

ああ！

ていうか父ちゃん！　クラちゃんの胸ぐら摑むのやめて！

目を白黒させているクラちゃんから馬鹿オヤジを引き剝がし、クラちゃんを背中に隠してアタシは小さく唸り声を上げる。いくら父ちゃんだって、クラちゃんに乱暴なんかさせないんだから！

「か、カルーちゃんがワシに向かって牙をむいて唸った……」

父ちゃんは、糸が切れたようにヘナヘナとその場に座り込んでしまった。熊みたいにでっかくてゴッツい身体が、なんだか小さく丸まって見える。あ、父ちゃんの剛毛しっぽでも、ちゃんとシュンとするんだなぁ。

「お前さんがカルーの大事な人に無体な事するからだよ、馬鹿だねぇ」

「やーいやーい」

「バーカバーカ」

「くーまくーま」

母ちゃんの容赦ないコメントにかぶせるように、息が合った様子で囃(はや)したてているのは歳(とし)の離れた弟達だ。父ちゃんだけでも充分めんどくさいのに、なんでアル、ルル、メルの三馬鹿まで連れてきちゃったんだよ母ちゃん……！

あ、ほら、早速父ちゃんから三人揃ってきっついゲンコツ貰っちゃってるし。めっちゃ痛かったんだろうなぁ、今度は三人揃って大泣き、騒音レベルの泣き声が響き渡る。ああ、いきなり押し掛けてきてこのコンボは恥ずかしい。

アホっぽいが賑やかで底ぬけに明るいアタシの家族達は、慣れると楽しいと言って貰える自慢の家族ではあるんだけど、初対面では大概ヒかれる。前もって説明しててもヒかれるくらいなんだから、予備知識無しに会ったら絶対にドンビかれるんだ。

恐る恐るクラちゃんを見上げてみたら、案の定、無表情のままで固まっていた。

「クラちゃん、あの」

「……ああ、もしかして、カルーさんのご家族？」

「……うん。父ちゃんと母ちゃんと、弟達」

恐縮のあまり、声にも力が入らない。うるさくって濃いけど、アタシにとっては大切で大好きな家族だ。クラちゃんに嫌な顔をされたら泣いてしまうかも知れない。

不安ですっかり元気を無くしたしっぽの先をいじいじと触っていたら、上からクラちゃんの「なるほど」と納得したような声が聞こえた。

あれ？　何に納得したの？　と不思議に思っていたら、その隙にクラちゃんはアタシの前にズイッと進み出てしまった。

「初めまして、クラウド・コールティアンと申します」

クラちゃんは、弟達の泣き声をものともせず、折り目正しい挨拶をした。続いて泣きじゃくる弟達に音もなく近寄るとあったかい濡れタオルで涙を拭きあげ、驚いてポカンとした顔で見上げるうちのヤンチャ達に、作りたてで甘ぁい幸せな匂いがするラスクをふるまって黙らせてしまった。

なんたる手腕。

あの騒ぐ事しか知らないヤンチャ達が、離れた椅子にちんまりと座り、大人しくラスクをはみはみしている！　あり得ない！

「ふわぁ～、クラちゃん凄いね」

「なにがです？」

ああ、通じてないっ！　この事態の凄さ感が伝わらないのがもどかしい。あのヤンチャ達がいい子で座ってるなんて、超凄い事なのに！

クラちゃんにとってはどうでもいい事だったのか、すでにクラちゃんの体はうちの父ちゃんと母ちゃんに向かっている。ちょっぴり手前で歩みを止めたクラちゃんは、おもむろに膝をついた。

「本来ならこちらから伺うべきでしたが、ご足労いただきましてありがとうございます。改めまして……」

うちのまわりじゃ滅多に聞かない丁寧な物言いに、父ちゃんは「うっ……」と呻いてちょっぴりのけぞっている。不思議、なんかクラちゃんの方が押してる気がする。

頑張れ、クラちゃん！

アタシの心の声援が聞こえてしまったのだろうか。

「カルーさんのお父さん、お母さん。お願いします！　カルーさんと結婚させてください！」

勢いよく土下座したクラちゃんは、ハッキリとそう言ってくれた。しかもクラちゃんから出たとは思えないでっかい声で。

思わず感動してから、ハッと我にかえる。

「クラちゃん！　なにも土下座しなくても！」

拝み倒す勢いでプロポーズしたのはアタシなのに！

焦ってそう言えば「え？　でもカルーさんも俺の養父母に土下座してくれたでしょう」と真顔で返された。

そりゃあそうだけど。

「じゃなくてクラちゃ……」

バキィイッツ！

アタシの声を遮るように、不吉な音がした。

「今なんつった……？　てめえ……ワシの可愛いカルーちゃんに、土下座なんざさせやがったのか……？」

振り返ると、全身から湯気が出るほど怒りまくった父ちゃんが。表情が抜け落ちて眼だけが異様に光っている。ここまで怒った父ちゃんは、アタシでもなかなか見た事がない。

あまりの怒りオーラにアタシでも足が震える。

父ちゃんの目の前のテーブルは、無惨にも叩き折られていた。

＊　＊

これが『怒気』というものだろうか。

いや、『殺気』の方が正しいのか。

カルーさんの親父さんから立ちのぼる負のオーラは、肌にあたれば焼けてしまいそうな程の熱気をはらんでいる。本気で殺されそうだが、嘘をつくわけにもいかない。これは仕方がない、覚悟を決めるか。

「申し訳ありませんが、事実です」

「く、クラちゃん！　そんな馬鹿正直に！」

カルーさんもさすがに青ざめているけど、他に選択肢がなかったんだよ。だって今から縁を結ぼうとしている相手に初っぱなから嘘はつけないでしょう。

あのぶっとい腕でぶっ飛ばされたら、骨の５～６本はいってしまうかも知れないが仕方ない。

仕方……ない……カルーさん、回復魔法使ってくれるよな？　俺はそうっと両足の間隔を大きくし、衝撃への構えをとった。

「よっくもヌケヌケと！　このクソガキゃあ！」

親父さんの熊のような巨体が、浮いた。

体の重さを付加した重そうな一撃が、俺の顔面目掛けて降り下ろされる。

逃げちゃダメだ！

俺は固く目を閉じて、迫り来る衝撃を待った。

……あれ？

思いの外衝撃がこなくて目を開けたら、なんと親父さんのゴッツい腕を、カルーさんが両腕で受け止めていた。

「いったぁぁぁい!!」

「か、カルーちゃん！　大丈夫かぁ!!」

おろおろとカルーさんの腕をさする親父さん。「急に飛び出してくるからぁ」と情けない声を出している。かと思いきや、いきなりギロっと睨まれた。

「女に守られて情けねぇと思わねぇのか！　軟弱者がぁ!!」

それを言われると弱い。間違いなく俺はカルーさんより軽く10倍は軟弱者だし。今だって痛さで涙目のカルーさんに適切な処置を施せるような技能もなく、よしよしと頭や患部を撫でる事くらいしか出来ない。

「やめて父ちゃん、土下座はアタシが勝手にしたんだよ」

「勝手もくそもなかろうが！」

「だって、ギルグレイオス様だったんだもん」

「は？」

いきなり出てきたギルじいちゃんの名前に、親父さんじゃないけど俺も「は？」と思った。

「アタシさぁ、クラちゃんと結婚出来るなら、クラちゃんのお父さんから一発や二発殴られても
……、なんならボッコボコにされてもいいって思ってたんだ」

そういやギルじいちゃんにそんなっぽい事言ってたな。でもその認識間違ってると思うけど。親父さんもなんかポカンとしてるし。

「でも、ギルドでさんざん危ない、ヤバいって言われてたギルグレイオス様がクラちゃんの育ての親だっていうんだもん。本気で殴られたら多分死ぬから」

カルーさんの言い分を目を白黒させながら聞いていた親父さんは、つっかえつっかえこう言った。

「ちょっと待ってカルーちゃん、ちょっとこう、色々おかしい気もするがとりあえず……ギルグレイオスって」

「あ、父ちゃんは知らないのかな？　伝説のSランク冒険者、ギルグレイオス様。大事なものに手を出されたら容赦がないってこの街じゃそりゃもう有名なんだから。見た感じはホント優しそうなおじいちゃんだったけど」

プハっ、と何処(どこ)かから小さく吹き出す音がした。

キョロキョロ辺りを見回せば、どうやら音源はカルーさんのお袋さんのようだ。今もクスクスと笑いを洩らしている。

お袋さんはひとつウインクして、こう言った。

「知ってるさ。知ってるもなにも、この人はそのギルグレイオスの大事なものに手を出して、シャ

レにならない報復を受けたひとりなんだから」

親父さんは、またもや燃え尽きたように呆然と床に座り込んでいる。耳もしっぽも脱力感が半端ない。ぺしょりと垂れて床に力なく横たわっているしっぽは可哀相なくらい生気を無くしていた。

この感情の激しい浮き沈み、カルーさんとそっくり。

見た目こそゴッツい熊みたいな親父さんだが、行動はカルーさんと驚くほど似ている。カルーさんて親父さん似だったんだなぁとなんだか微笑ましくなってしまった。

「……ギルグレイオスか」

「うん、だからクラちゃん貰うにはもう、土下座するしかないと思って」

「ギルグレイオスなら、土下座だな」

「だよね」

なんだろう、分かり合えたらしい。二人して背中を丸めてションボリと首肯（うなず）きあっているのが、妙に面白い。

「悪かったねぇ、うちの単細胞が。あれでもデッカいナリで可愛いとこもあるんだよ、許してやっておくれ」

お袋さんが苦笑混じりにそう言ってくれた。お袋さんが二人を見つめる目には慈愛の温かな光が満ち満ちている。その優しい瞳のまま、お袋さんは俺を見てあったかく笑ってくれた。

「クラウドさん、これからよろしくね。あんな娘だけど一途でまっすぐなんだ、幸せにしてやっとくれ」

「はい、絶対に」

お袋さんから結婚の了承をいただき、ホッとする。

その途端。

「にーちゃん！」

ドフっ！　と音をたてて、カルーさんのヤンチャな弟君達が俺の足に飛び付いてきた。あ、しっぽが凄い勢いで振られてる。目のキラキラ感といい、美味しい物を食べた時の幸せそう感は本当に半端ないな。さすが兄弟。

「なぁなぁ、この甘いのメッチャ美味かったー！」

「もう無い〜他になんかねぇの？」

「今度はショッパいのがいい」

口々にいい募る様はまるで巣で口を開けて待っている雛鳥(ひなどり)のようだ。賑やかだがこれはこれで可愛い。今度はお袋さんからゲンコツ貰ってるし。

その時だ。

「悪(わ)りぃ！　遅くなった！」

またも空間から、一人の男が現れた。

＊　　＊

「兄ちゃん！」

「おっカルー、ドラゴンもしとめられるようになったのか、やるなぁ」

現れるなりアタシの頭を盛大にかき混ぜるのは、アタシの双子の兄ちゃん、フルーだ。ついさきまで戦闘中だったのか、泥まみれで血まみれ。ここに来たって事はアタシが結婚したいって言ってるのを知っての事だろうに、真っ先にドラゴンに目がいっちゃうあたり未だに戦闘が三度のメシより好きなのは変わってないらしい。

ちなみにアタシは戦闘より、これからはクラちゃんが作ってくれる筈の三度のメシの方が断然好きだ。

「うげぇ！　血なまぐせーよ、フルー兄ちゃん！」

「きったねぇ！」

「おみやげはー？」

いつの間にかラスクを食べ終わっていたらしい弟たちから非難囂々（ごうごう）受けてるけど、もちろん兄ちゃんは飄々（ひょうひょう）としている。

「ああ、悪りー悪りー！　カルーを貰ってくれるとかいう勇者を一目見たら帰るから」

そう言って超わざとらしく辺りを見回す。

どう見たってここにはアタシ達家族とクラちゃんしかいないじゃんか……！　そりゃクラちゃんはアタシには勿体（もったい）ない美人さんですよ。

「そんなにわざとらしくキョロキョロしなくても……」

ちょっぴり悲しくなってしまったけど、アタシのシュンと下がった耳を見て、クラちゃんが名乗りを上げてくれた。

「うそ!? やっぱりアンタ!? え!? なんで!? 天変地異!?」

兄ちゃん、わざとらしく驚きすぎ。

きっとアタシに先こされた上にクラちゃんが美人さんだから悔しいんだ。これぞ負け犬の遠吠え。

ふーんだ、さんざん悔しがるがいい!

「マジで!? 騙されてない!?」

くぅ……まだ言うか!

「ええ!? カルーのドコに惚れたの!?」

え!? そんなぁ兄ちゃん、それ聞いちゃう? そんなのアタシだって知りたい。ていうか「え、言わなきゃダメですか?」って照れてるクラちゃん可愛い! 無表情にうっすら頬っぺたが赤いだけだけど、アタシには分かる。クラちゃんは今、猛烈に照れている、多分!

「ええと……プロポーズにドラゴン持ってきちゃうような、豪快なとこ?」

「なるほど」

そんなぁ兄ちゃん! なるほど、じゃないよぉ……がっかりだよなんか。しかもハテナ付きだったし。いや、でもクラちゃんがメロメロ~ってなるようなスッゴい獲物って思ってドラゴンを狩ったんだから、これでいいのかな?

いや、でもアタシはカッコいいと思って欲しかったんであって、豪快ってのとはなんかこうちょっと違うっていうか……イジイジとしっぽを触っていたら、クラちゃんがわずかに目を細めてアタシを見た。

……？

よく見ると、口角がちょっぴりだけ上がってる？

「あと、感情表現が豊かな犬耳としっぽ」

「そんなんうちの家族全員そうだわ」

「ですねぇ、癒(いや)されます」

クラちゃん、癒されてたんだ。

そっか、アタシのしっぽが大暴れした時、初めて笑ってくれたんだっけ。アタシのしっぽも役に立ってるんだなぁ。クラちゃんが癒されると知って今もふわふわと左右に揺れているしっぽ。

うむ、今日は思う存分揺れるがよい。

「他には？」

「カルーさん、凄く美人で可愛いし」

「そんなんうちの家族全員そうだわ。あ、熊っぽい親父は除く」

「おいコラ」

父ちゃんは不機嫌そうだけど、こればっかりはしょうがない。うちはみんな美人の母ちゃん似だ。

顔は悪くないと思う。母ちゃん、強い遺伝子ありがとう。

「それに、しょっちゅう極上の食材、差し入れてくれますし」

「物につられたわけだな」

「それもあります。でも」

「でも？」

「一番は、俺の作ったメシを食べてる時の、幸せそうな顔ですかねぇ」

クラちゃんが思い出したように、フフッと笑った。

その破壊力たるや。

「クラちゃん、大好きだぁ！」

我慢出来なくてクラちゃんに飛び付いた。結婚するって言ってくれたくらいだから多少のお触りくらいは許してくれるだろう。さっきも抱き付いた時怒られなかったし。

ギュウッと抱き付いて喜びをアピールする。アタシのしっぽももはや遠慮なんて忘れたくらいの勢いで左右にビュンビュン動いている。クラちゃんがポン、ポン、と軽く背中を叩いてくれた。

嬉しくって腕にちょっぴり力が入るとともに、しっぽの勢いも増す。うむ、くるしゅうない。存分に揺れるが良い。

「か、カルーさん、ギブ……！　折れるから……！」

クラちゃんから聞こえてきたのは、ギリギリっぽいうめき声だった。

……あれ？

＊　　＊

あれから一週間、早いもので今日はカルーさんとの結婚式だ。

本当に忙しくって濃い一週間だった。

なにせあの後、結局ギルじいちゃんとマーサばあちゃんにもう一回来て貰って両家の顔合わせを行ったもんだから、俺がカルーさんからドラゴン付きびっくりプロポーズを受けたその日には、そこまで話が進んでしまったわけで。

じゃあ式をいつにするかって話になれば、この居酒屋があるわけで。教会で誓いの儀式を済ませたら、即この居酒屋に戻ってきて、誰でも立ち入り自由の立食パーティーを催す事になったのだ。

なぜならば、カルーさんが狩ってきたドラゴンの肉が熟成されて最も旨みを増すのがその頃で、しかも膨大な肉を大量に保管するのも難しいから街の人達にも振る舞おう、という話になって今に至っている。これを機に今まで店に来た事がなかった人にも俺の料理を食べて貰えれば、それはそれで料理人としては嬉しいことだ。

ドラゴンを狩ってきた勇者を称え、街の人達にもその快挙をひろめる意味で、街の人達への案内はギルドが請け負ってくれたのは素直にありがたかった。

ちなみにドラゴンの頭は記念すべき戦利品としてカルーさんのお袋さんによって氷づけにされて店の目立つところに飾られている。

睨まれてるみたいでちょっと怖い。

「カルーさん、まだかかりそうですか？」

「もうちょっと待ってやってくれよ。アンタの横に並ぼうってんだ、しっかり飾ってやらねぇとな」

カルーさんはそのままでも充分綺麗なんだけどなぁ。でも一生に一度の晴れ舞台だし、カルーさん若しくは家族の皆さんが納得いくまで飾るのが一番いいんだろう。

「それよりアンタ、ちょっと寝たら？」

フルーさんが心配そうに俺の顔を覗き込んだ。もしかして俺、疲れが顔に出てるんだろうか。

「ここ一週間、アンタ今日のパーティーのために仕込みとか色々頑張ってたんだろ？　あんま寝てないみたいだって、カルーのヤツ心配してたぞ」

「心配させてしまったんですね」

反省だ。パーティー用の華やかな料理なんて滅多に作れるものじゃない。しかも素材はグレブルだって極上なのに、ドラゴンなんていう一生のうちでも一度触れるか否かの貴重な品を前にして、つい色々やってみたくなってしまったのだ。

居酒屋料理ばっかりの俺からしたら勝手が分からなくて、無駄に時間がかかったってとこもある。半分以上自業自得だというのに、カルーさんを心配させてしまったとは。

「自分じゃあんま役に立てねぇって珍しく落ち込んでたな」

「そんな、充分手伝って貰いましたよ。とても助かりました」

「うそ、役に立った!?　まな板ごと叩き切るようなアイツが!?」

「はい」

生クリーム泡立てたり、マッシュポテト作って貰ったり、裏ごししたり、ほぼ力仕事だがこれがまた時間がかかる上に体力も要るから、本当に助かった。ただ、出来映えはフルーさんにはふせておこう。

「マジか、アイツがねぇ……いや、まぁいい、そんな場合じゃねぇや。とりあえずアンタ、寝な。うちの可愛い妹が仕上がってきたら、ちゃんと起こしてやるからさ」

言葉は若干荒いけど、フルーさんが基本優しい人なのはここのところのやり取りで充分に理解している。俺は、フルーさんのお言葉に甘え、暫しの眠りについた。

起きたら、女神がいた。

純白のドレスは上品なマーメイドラインでしっとりと光る素材が使われているようで、かの人が身じろぎするだけで柔らかできめ細かな光沢を放っている。真っ赤な髪を彩るティアラは繊細な細工でひとめで腕利きの職人が丹精込めて作り上げた品だろうと分かるってのも凄い。

そのティアラから垂れる、全身を包み込むヴェールがこれまた美しかった。レースなんだろうが、物凄く細い糸を使っているのか一枚一枚は薄くて意匠が凝らされている。それを何層にもドレープを利かせながら重ね合わせてあって、なんとも神秘的な輝きだ。

「クラちゃん……どうかな」

なにより、それを着ているカルーさんが文句なしに綺麗だった。いつもよりおしとやかにはにかんでいる姿は垂涎ものだ。

やっぱりカルーさん、美人だなぁ。

「おかしい？」

俺が見蕩れて返事をしなかったせいで不安にさせてしまったらしい。自信なさげに眉を寄せた。反応も抑え気味だ。本当にカルーさんか？　というくらい大人しい。

「まさか！　物凄く綺麗ですよ。思わず見蕩れてしまいました」

ありのままを伝えてみれば、カルーさんは今までのおしとやかさが嘘みたいに、思いっきり破顔した。

「良かったぁ！　このドレスとヴェールね、あの顔合わせの後、ギルグレイオス様と父ちゃんが、わざわざ一緒にアラクネ討伐に行って仕立ててくれた貴重な逸品なんだよ。似合わなかったらどうしようかと思ったぁ」

ドレスからちゃっかり出ているしっぽが嬉しげに全力で揺れた。さっきの神秘的な雰囲気なんかもはや欠片もない。

うん、間違いなくカルーさんだ。

そして呆れるほど平常運転だった。

ギルじいさんと親父さんのサプライズプレゼントよりもそっちにびっくりしてしまった自分にもびっくりだった。

＊　　＊

教会の真ん中に、クラちゃんが立っている。

まっ白な燕尾服に身を包んだクラちゃんはやっぱりとっても綺麗だ。でも、今日だけはきっとアタシだって負けちゃいない。

父ちゃんが、この世の中でいちばん怖いらしいギルグレイオス様と二人でとってきてくれたアラクネの糸はとっても細くて不思議な光を放っている。ふだんは男まさりでガサツなアタシだけど、このアラクネの糸で特別に作られたドレスを着たらなんだか上品に見えたのが嬉しい。

父ちゃんとギルグレイオス様の祝福の気持ちがつまったドレスを着て、クラちゃんにも見蕩れるくらい似合ってるって言ってもらえた。

アタシ、堂々とクラちゃんの横に立てるよ。

手をさしのべてくれるクラちゃん。

早くその手を取りたいよ。

ただ。

思いの外クラちゃんとの距離が縮まらない。

クラちゃんとこまでエスコートしてくれる父ちゃんが、爆泣きで前が見えないらしく、全然前に進めないからだ。

「父ちゃん、頑張ってよぉ」

小声で一生懸命促すんだけど、父ちゃんめっちゃ泣いてるからその声すら伝わってないかも知れない。どっちかっていうともはやアタシがエスコートして、ズルズルと父ちゃんを引っ張ってる有様だ。

でも、熊レベルにデカくて重い父ちゃんを、慣れない上品なドレスにヒールという装備で引っ張るのは分が悪過ぎる。

くぅ……せっかくの結婚式なのに！

既にアタシの額には汗が浮かびはじめた。ここからは化粧崩れとの仁義なき戦いだ。

えーん、感動的なシーンの筈なのに！

必死過ぎて感動出来ない、助けてクラちゃん！

しかし、なんということだろうか。助けてくれたのは、まさかの母ちゃんだった。

「なにやってんだい？　お前さん」

父ちゃんの首からかかっていたおしゃべり石から、母ちゃんの怒りに満ちた静かな声が聞こえた途端、父ちゃんの背中がピシャーン！　と伸びた。そりゃもう、しっぽの先から耳の先まで、電気が走ったのかと思うくらいの伸びっぷりに、隣り合わせにいたアタシも一緒にびっくりしたくらいだ。

「カルーに恥をかかすつもりじゃないだろうね？　お前さん」

母ちゃんがにっこり笑って黒いオーラ全開にしてる時の声だ！　いつもだったら「謝って父ちゃん！」って叫ぶとこだけど、今日はそんなわけにはいかない。

行動で示すしかない。

アタシと父ちゃんは素早くアイコンタクトを交わし、うって変わって優雅に教会の中を進んでいった。

こうなると後は驚くほど早い。そもそも教会の中なんてそんなに距離があるわけでなし、麗しのクラちゃんの神々しい御尊顔がどんどん近付いてくる。

穏やかな顔でアタシ達を見守っているクラちゃんを見ていたら、なんだかやっと、ああクラちゃんと夫婦になるんだなぁっていう、実感がわいてきた。

「大切にします」

「ふん、当たり前だ」

そんな短いやり取りで、父ちゃんはアタシのエスコートをクラちゃんに譲った。思っていたよりもずっとずっとすんなりと、呆気なくて……アタシは初めて鼻の奥がツーンとした。

「行きましょう」

ちょっぴり涙が出てきたけど、しっかりとクラちゃんがリードしてくれるから、それに促されるように自然と足が前に出る。

神父様の導きで深く頭を垂れて神様に誓い、式を見守る家族に誓い、そしてクラちゃんと互いに誓いあう。

誓う時に、クラちゃんが微笑んでくれたのが、とっても麗しかった。

酔っぱらった勢いでプロポーズしたのを思い出したあの朝は、こんな風にクラちゃんが笑って婚姻の誓いをしてくれるなんて思えなかったのに。

クラちゃん、アタシ今、すっごくすっごく幸せだぁ……！

たくさん泣いて、たくさん祝福の花吹雪(はなふぶき)を浴びたら、一目散に戻ってきてパーティーの準備だ。

大まかな会場の設営とか、人員整理とかはギルドの面子(メンツ)がやってくれてるけど、料理や盛り付けだけはクラちゃんがいないと話にならない。

冷たくてもいいものは既に準備万端、後はあったかい状態でお客さまに出すものを、クラちゃんが集中して作っていく。

かしこまった披露宴じゃなくって、来てくれた人がざっくばらんに楽しめる立食スタイルだから、次々に色んな人がふらっと来ては根掘り葉掘り話を聞いて、食べて、飲んで、次の人に席を譲る。

アタシとクラちゃんの結婚。

アタシのドラゴン討伐。

クラちゃんの趣向を凝らした料理。

酒の肴(さかな)になる話はたっぷりあって、誰しもがみんな笑顔。

ああ、本当になんだか幸せだなぁ。

ギルドやこの店で見た事がある顔も、見た事ない顔も、入り雑じって飲めや歌えの大騒ぎ。滅多に見る事も食べる事も出来ないドラゴン料理尽くしに、誰しもが興奮を隠せていないから、居酒屋『クラ』は、もう熱気でムンムンだ。

冒険者のおっちゃん達は我先にドラゴンテイルのステーキにかじりついて、どっちがデカいだのなんだので競ってるし。

物珍しさか子供を一緒に連れてきた人も多くて、こっちはくし焼きや甘辛く炒めた物を頬張っている。ドラゴンの首を見て「怖い」と震える女の子も、お肌がツヤツヤになると噂のドラゴンスープを飲めば笑顔になるのが面白い。

お酒は来る人がお祝いにとくれる物も数えきれないほどあって、もうそれこそ浴びるほど飲んでもなくならない。酒を酌み交わす人達の間を酒瓶や料理のトレーを持ったギルドの人達が忙しく立ち働いてくれている。本当にありがたい。

そんな中、父ちゃんはギルグレイオス様にガッツリ肩を組まれて、ちょっぴり小さくなって飲んでいた。大丈夫かな……頑張れ、父ちゃん。

そして、なによりびっくりしたのはうちのヤンチャ達だ。

あろうことか『お手伝い』なんかしちゃっている！

クラちゃんから料理のお皿を受け取っては、お客さんにトテトテと危なっかしい足取りで運んでいくではないか！

どんな魔法を使ったんだよ、クラちゃん！

＊　＊

「幸せにな！」

「次は店はいつから開けるんだい？」

「張りきり過ぎるんじゃねーぞ！」

「カルーの手綱、しっかり握っといてくれよ？」

様々な言葉を残しながら、本日最後の客が帰っていく。最後の客はもちろんギルドの人達だ。一般の人達を帰してから、今日のパーティーでずっと働きづめだったギルドの人達に、心ばかりの酒と食事を振る舞って、感謝の意を伝える。

ギルドにしてみればいい宣伝の機会だと言ってくれたけれど、今日のこの人の多さは俺の予想を遥かに超えていて、ギルドの人達がいなければ本気で対処出来なかったと思う。

本当に感謝だ。

「夢みたいだねぇ」

ちょっと呆けたようにカルーさんが呟く。

確かに夢みたいだ。一気に人がいなくなって、俺の居酒屋は今やとても静かな空間になっていた。あの目まぐるしくも賑やかな喧騒などなかったかのようだ。

店を閉め、新居……といっても、居酒屋の二階にカルーさんも越してきただけなんだが、その新居にやっと二人で落ち着いた。ソファーに座るなり、カルーさんの瞼が重くなっている。

無理もない。

朝から仕込みを手伝って、結婚式を挙げて、締めはこの怒濤のドラゴンパーティーだ。慣れない事ばっかりの一日、疲れない方がおかしい。

「カルーさん、お風呂だけは入った方がいいですよ。お化粧、落とした方がいいでしょう？」

「う……ん……」

カルーさん自身もなんとか目を開けていようと頑張ってはいるものの、襲いくる睡魔はなかなかの強敵のようだ。うとうとしかけてビクッとして起きる。またうとうとしかけてぷるぷるっと首を振る。その様子は尋常じゃなく可愛いかった。

頑張って眠気を堪えているのか、犬耳がずっとふるふると震えている。眠気が勝ってくるとちょっとずつちょっとずつ耳が垂れていって……ハッ！　とした瞬間に耳まで一緒にピシッと起きる。

なんだろうこれ、癒される……。

目が離せなくてじっくり見ているうちに、ゆっくりと下がっていく犬耳を触りたい衝動が抑え切れなくなってきた。疲れているんだろうと思うと可哀相で伸ばした人差し指を何度も下ろしはしたんだが。

カルーさんがあまりにも睡魔と死闘を繰り広げるもんだから、ついに我慢の限界を迎えてしまった。

ごめん、カルーさん！

心の中で侘びながらも、カルーさんの垂れてきた犬耳を、つん、とつつく。

犬耳は、水でも払うかのようにピルピルっと小刻みに震えた。

「可愛い……」

思わず漏れた声に、カルーさんがビクッと反応する。目を開けたら俺が至近距離にいて驚いたんだろう、カルーさんはあり得ない動きでソファーからずり落ちてしまった。ああ、罪悪感が。

「カルーさん！　大丈夫ですか？」

「だっ！　大丈夫!!　ていうか目ぇ覚めた！　お、お風呂入ってくる！」

なんだか真っ赤になって、大慌てで今日持ってきたばっかりのトランクに走りよるカルーさん。

そんなに恥ずかしがらなくても……とも思うが、まぁ仕方ないのかな。

グラスを傾けつつ、カルーさんの背中をボンヤリ見ていてたら。

「っうひゃあ!?」

カルーさんが、不思議な声を上げた。

「どうしました？」

覗きこんで見れば、カルーさんはさっきよりも真っ赤になって、口をはくはくと開けている。その赤くなったカルーさんの震える手には、着る意味あるのか？　と疑問に思うほどスッケスケな夜着が握りしめられていた。

「……もの凄いスケスケ感ですね」

「か、か、か、母ちゃんが。母ちゃんが。勝手に、多分っ……」

だろうね、その慌てっぷりは。微笑ましくなって目を細めたら、カルーさんはますます赤くなっていく。赤さの上限ってないんだろうか。バカな事を考えていたら、カルーさんからまさかの申し出があった。

「あ、あのっ、クラちゃん、その、大事な話が」

「はい、なんでしょう？」

「あ、あの、子供、なんだけど」

「はい」

「しばらく作らないでおこうと思うんだ」

しっぽをもじもじと触りながら、言いにくそうに。別に俺的にはどっちでもいい。なんせ一週間前まで結婚のけの字も考えてなかったわけだし。ただ、なんでカルーさんがわざわざそんな事を言い出したのかには、若干興味があるかな。

「え、理由？　だってアタシ、ギルグレイオス様に『クラちゃんに食材で苦労させない』って誓ったもん。お腹おっきくなったら狩りに行けないし……約束、破りたくない」

なんじゃそりゃ、とツッコんでやりたい。

カルーさんの中でどんだけ幅きかせてんだよ、ギルじいちゃん。

「大丈夫、ギルじいちゃんはそういう事では怒りませんよ。だいたいドラゴンの肉もグレブルの肉もまだまだ氷室に預けないといけないくらいあるんだから心配いりません」

「そ、そっか」

「ちなみにギルじいちゃんもマーサばあちゃんも子供大好きだから、俺、早く孫の顔が見たいって言われたけど」

「ほんと!?」

漸く不安が払拭されたのか、カルーさんの耳がピーン！　と立った。うん、カルーさんはこうでなくちゃ。

「はい。そうですねぇ、俺もカルーさんや俺にそっくりの……出来れば、カルーさんにそっくりの娘が欲しいです。すごく可愛いと思うんですけど。カルーさん、欲しくないですか？」

ヤンチャでもいい、感情表現豊かな明るい子に育って欲しい。未来の娘に思いを馳せていたら、どうやらカルーさんも同じだったようだ。うつむき加減のカルーさんの瞳はもはや焦点が合っていない。なんだか遠くを見ているみたいだ。

「クラちゃんにそっくりな……ちっちゃい……ちっちゃいクラちゃん」

うわごとっぽくなにかぶつぶつと呟いているうちに、夢を見るようなキラキラ感が瞳に加わり、ついには頬がうっすら色づいてきた。しっぽが極上の一品を味わっている時のように、ファサ、ファサ、とゆったりした速度で持ち上がっては落ちていく。

カルーさんの頭の中では、さぞや愛らしい我が子が妄想されている事だろう。

「欲しい！　天使みたいな、ちっちゃいクラちゃん……超!!!　欲しい!!」

……若干俺の希望とはズレがあるが、それは仕方ないかも知れない。獣人属は多産らしいから、どっちの望みもかなうと信じよう。

「じゃあカルーさん、俺にそっくりな男の子とカルーさんにそっくりな女の子、両方産んでくださいね」

「うん、頑張る！」

「とりあえず、お義母さんに貰ったあのスケスケ、着てみます？」

ボンッと爆発したみたいに真っ赤になったカルーさんは、一拍後にからかわれた事を察知したらしく、ポカポカと俺の肩を連打してきた。

良かった、シャレにならない一発じゃなくて。カルーさんの力加減に感謝だ。

これからもカルーさんとこうして、楽しく一緒に過ごしていければいい。楽しくなってきて、犬耳の付け根をよしよしと撫でれば、カルーさんは素直に目を細め至福の表情を浮かべてくれる。

あの豪快なプロポーズからは想定出来ない愛らしさだ。

ちなみに、その夜のカルーさんは、とっても可愛いかった、とだけ言っておこう。

クラちゃんとカルーさんの騒がしくも幸せな日々

「あなた達はいったい、なにを考えてるんですか！」

目の前にお行儀良く並んだ五対の犬耳達が、いっせいにピクン！　と揺れて、ピルピルと震えた後に力なく萎(しお)れた。

可愛いがそれに負けるわけにはいかない。

今日だけは絶対にちゃんと叱らなければ！

「カルーさん、お腹の子になにかあったらどうするんです！　安静に、って意味分かってるんですか!?」

「わ、分かってるよぅ。だってアタシ、戦ってないもん」

「そ、そうだぞ！　戦ったのは俺と親父だ」

フルーさんの言葉に、思わずニッコリと微笑んだ。

お義母さん直伝の黒い笑顔に、五対の耳が縮みあがる。ついでにしっぽも足の間にシオシオと収まったところを見るに、俺の黒笑顔はどうやら期待通りの効果をあげてくれたらしい。

「……カルーさんは、大人しくベッドに戻ってください」

「はい……」

突然いなくなって、こっちは死ぬほど心配して捜しまわっていたというのに、あまりにも呑気に「ただいま～！　大猟だよ～！」と巨鳥ガルッサを差し出されたもんだからうっかり正座させてしまったが、本来そんな場合でもなかった。

なんせいつ産気づいてもおかしくないタイミングなんだから。

「カルーさんより、お二人の方が重罪です。一緒に正座してくださってるわけですから、心当たりありますよね、お義父さん」

「はい……」

そう、俺の目の前にはこの熊みたいなお義父さんを筆頭に、フルーさんと愛しのわが子達が犬耳を全力で下げた状態で正座している。

ちなみに五年前に授かったカルーさんと俺との愛の結晶は、まさに希望通りカルーさんにそっくりな赤毛の女の子と、俺そっくりな男の子。ただし二人とも犬耳しっぽ付きだけどな。

女の子はユイ、男の子はレオン。ぶっちゃけ性格は二人ともカルーさん似。元気で天然で、可愛いが突拍子もない事を引き起こすところまでそっくりだ。

しかし今はそんな事はどうでもいい。

「どこの世界に産み月に入った妊婦連れてクエストに出るバカがいるんですか！　お義父さんも！　フルーさんも！　どっちか止めてくださいよ！」

「す、すまん……」

「じいじは悪くないの！」

「ママがタイクツで死にそうだったから、じいじとフルーにいにが助けてあげようって言ったんだ」

「ジンメイキュウジョなの！」

「ユイ……レオン……じいじを庇ってくれるのか……！」

可愛い孫達に庇われて、お義父さんは目頭を押さえている。

しかしそれくらいでほだされている場合じゃない。なんせカルーさんとお腹の中の新しい家族の命がかかってるんだ。

この無鉄砲な人達を止めるのは俺しかいないんだから！

「あのねぇユイ、レオン。ママとお腹の中の子達はね、あんまり動き過ぎると苦しくなって死んじゃうんだよ」

「ええ!?」

「ママ、死ぬの!?　死んじゃうの!?」

しまった、二人がこの世の終わりみたいな顔になってしまった。えーと、えーと、どう言えばいいのか。子供への説明って難しい。

＊　＊

うう……久しぶりにクラちゃんにマジ顔で怒られてしまった……。

ガックリと肩を落としたまま、すごすごとベッドへ戻る。

アタシが狩りに行きたいってワガママ言ったばっかりに、父ちゃんも兄ちゃんも、レオン達までも怒られてしまった。皆、本当にごめん……！

最初は近場で済ませるつもりだったんだ。

だってなんてったって臨月だし。

出産予定日、明後日(あさって)だし。

ただね、いざとなれば飛び石もあるからなんとかなるかと思ったんだよ。このところ狩りに行ってなかったから、せっかく父ちゃんと兄ちゃんがいるなら安心だし、クラちゃんに久しぶりに美味しいお肉をあげたかったんだもん。

ただ、初めて見るクラちゃんの鬼のような形相に、本当にヤバい事をしたのだけは分かった。

クラちゃんに心配をかけた事も、自分のワガママで皆に迷惑をかけた事も、申し訳なさ過ぎる。

すっかり悲しくなって布団に埋もれて丸くなっていたら、子供達の泣きそうな声が聞こえてきた。

「ママ、死ぬの!?　死んじゃうの!?」

えっ!?　嘘、なんで!?　アタシ死ぬの!?

びっくりし過ぎて布団からピョコンと耳を出す。

怖いけど聞きたい。聞きたいけど怖い。

「ああやってベッドでいい子に寝てれば大丈夫だよ」

あ、なんだ、そういう意味ね。

クラちゃんが、優しい顔になってユイとレオンの頭を撫でていた。……心底ホッとしたような子供達の顔に、さらに罪悪感が襲いくる。

ごめん、本当にごめん！

「この前来てくれたお医者さんのマーニィ先生、覚えてる？」

「覚えてる！」

「あたまピカピカのシワシワのおじいちゃん！」
ユ、ユイってば、そんな本当の事を……。
クラちゃん、笑っちゃってるし。

「そう、そのマーニィ先生に聞いたんだけど、赤ちゃんを産むって凄く大変な事なんだって。元気だと思ってたら、ちょっとしたことで命が危ない事もあるから気をつけてって。ママにも赤ちゃん達にも元気でいて欲しいだろう？」

「うん！」

「じゃあ、パパと約束した事覚えてる？」

「うん！　ママに重い物は持たせちゃダメなの！」

「ママが転ぶと危ないから、おもちゃは散らかさない」

「ママに飛びついたり、乗っかったりしちゃダメ～！」

「ママにムリさせない」

ええ!?　マジで!?

クラちゃん、そんな約束させてたの!?

父ちゃんや兄ちゃんも「なんと」「スゲェな、マジか」って、目をまんまるにして驚いている。

アタシに目配せしてきたけど、アタシだって初耳だよ！　どうりでこの頃、急に二人とも聞き分けいいと思った！

「うん、偉い！　よく覚えてたね」

クラちゃんに褒められて、二人のしっぽはもうギュンギュンと左右に揺れた。嬉しさが爆発しちゃったらしい二人がクラちゃんに飛びついて、支えきれなかったクラちゃんもろとも三人揃って転がっちゃったのはご愛嬌だ。

二人とも、パパはママみたいに馬鹿力じゃないから、手加減してやって。

「いてて……ほんと二人ともママそっくりだな……えーと、それでね、パパの言い方が難しかったんだけど、今日みたいに岩山にクエストに行ったりするのは『無理させちゃう』し『危ない』から、絶対にダメ。……わかった？」

「はーい！」

「ママは動くの大好きだから、タイクツーってなったら、お庭を一緒にお散歩してあげて」

「分かったぁ！」

「いい子！　じゃ、遊んでおいで。今日のおやつはマフィンだよ」

見事な手腕で子供達に言いきかせたクラちゃんに、わが父と兄は口をパクパクさせていた。

……ていうか、躾(しつけ)ばっちりのクラちゃんに比べてアタシ、むしろ心配かけてるとか、かっこ悪過ぎる……。

＊　＊

はぁ、なんとか子供達はカタがついた。

あんな小さな子に臨月だとか流産するとか言ったって分からないだろうし、子供への説明は本当にいつも難しい。ただ、幸いうちの子達はカルーさん大好きだから、カルーさんのためだと言えば大抵の事は聞きわけがいい。

母は偉大だ。

俺の中で子供の説得という骨が折れる物件を無事に完遂出来た事にホッと息をつき、……そこでまだ正座のままの大人達がいた事を思い出した。なぜか目をまんまるにしてこっちを見てはいるが、二人とも大人しくデカい体をちんまりと折り曲げて、姿勢正しく正座してるし。

うーん……怒りのあまり、思わずお義父さんとフルーさん……お義兄(にい)さんを正座させてしまったわけだけど、少しやり過ぎだったかも知れない。

子供達に言い聞かせるために冷静さを取り戻してみれば、若干の罪悪感が芽ばえてくる。

気不味(きまず)い気持ちで視線を向けたら、二人の背中がピシッと伸びた。警戒するようにピンと立ち上がった耳は、完全に俺の動きを捉えようと集中している。

いや……困ったな。

しかもその向こうで、カルーさんときたら分かりやすく暗雲を背負っちゃってるし。あの耳のしょんぼり具合だと、相当落ち込んでるよな。俺、怒り過ぎたか？

「あの……」

俺が小さな声を出した途端、三人が三人とも、バッと音を立てて顔を上げる。一斉に上がった顔は、なにやら悲愴感に満ちていた。

「すまん！」

ガバッと頭を下げたのはお義父さんだ。

「えっ！　うわ、ちょっと、頭を上げてください！　っていうか、俺こそすいません！　その、もう正座はいいですから」

「いや、クラウドの言う通りだ。すまんかった」

「俺もごめん。カルーのヤツ、ピンピンしてるし……平気だと思っちまったんだ」

うわ、ますます居心地が悪い。そりゃカルーさんとお腹の子供の事は心配だし、もうこんな風に危ない事はして欲しくはないけれど、冷静になってみたら二人の危機感が薄い理由にも思いあたってしまったもんだから……真面目(まじめ)に困る。

「あの、すいません、俺も……カッとなってしまって。その……獣人族はお産が軽いって聞いた事はあるんですけど、やっぱり心配で」

そう、獣人族はお産が軽い場合が多いらしいんだ。

なんといっても、野生の血が濃い種族。自然の中であればお腹に子供を抱えようと、狩りをしなければ生きてはいけないわけで。

カルーさんもひどいつわりの症状はなくて、ちょっと気持ちが悪くなる事はあっても、酷く吐いたり頭痛で動けなくなったりなんて事はなかったし、ごはんが食べられなくなるなんて事は微塵もなかった。

だもんで本人も動く動く。俺も近場の草原への狩りならば、今までだって黙認してきたんだ。本能からくる欲求を圧し殺す事は容易じゃないだろう事くらい、俺だって分かってる。ただ。

「なんせ今回はお腹大きいんで」

絶対に前回より倍は入ってる。

獣人は多産で有名だ。さすがのカルーさんも重いと嘆き、動きもえっちらおっちらと緩慢になった。しかも今は臨月で、相変わらず元気良く動くのはふさふさしっぽくらいのもんだ。

「さすがに動きが鈍いし……」

ただでさえ転びそうでヒヤヒヤなのに岩山でなんてゾッとする。それにもしもモンスターに狙われたらと思うと。

「みなまで言うな！　どう考えたって俺らが悪いんだ。もう絶対にしねぇから」

二人が真剣な顔で誓ってくれたところで、なんだか気の抜ける声がした。

「ねぇ、クラにーちゃん、おやつまだぁ？」

「死ぬかも」

「手伝ったのに……」

声の方を振り返れば、テーブルにつっぷして顔だけこっち見てる三対の目。耳もしっぽもタレ～ン……と力無く垂れている。ついでに腹の虫までキュルルル……と力無く主張した。

ああ、そうだったよな、ごめん。

この混乱で弟くん達の事忘れてた。

＊　＊

「ねぇ、クラにーちゃん、おやつまだぁ？」

珍しく空気を読んだらしい弟達がクラちゃんに小さく呼びかけた。うちのヤンチャ達はナゼかクラちゃんにだけは忠犬みたいに従順なんだよね。家ではやった事すらないお手伝いまで率先してこなしてるんだから不思議でならない。

「死ぬかも」

「手伝ったのに……」

テーブルにつっぷして口々に小さく不満の声を上げる弟達に、クラちゃんは優しげな天使の微笑みを浮かべた。そう、アタシと結婚してから、クラちゃんはよく笑うようになったんだよね。前は無表情でいつもお人形みたいにキレイだったけど、喜怒哀楽が表情に割と出るようになったクラちゃんは、本当に素敵だ。

ああ、いいなぁ、クラちゃんに笑ってもらえて。

アタシなんか鬼の形相で叱られたのに。

いやまぁ、アタシが叱られるような事したんだけどさ。

「ごめんごめん。後は焼くだけだからちょっと待ってて。手伝ってくれたからね、ご要望通り今日のおやつはマフィンだよ」

イエーイ♪　とハイタッチを交わす弟達。

さっきのぐったり感は演技だったのかと聞きたいくらいの喜びっぷりだよ。

「アルがバナナマフィンで、ルルがプレーン、メルがチョコとアーモンドのトッピングだったよな？　バニラアイスもつけるから勘弁な」

またもイエーイ♪　とハイタッチする三人。

「クラにーちゃん大好き〜!!」

しっぽを全力で振りながらの大好きの大合唱に、クラちゃんは笑いながら厨房に入っていった。

そして、じゃれつくようにしっぽをフリフリしながらクラちゃんの後を追い、弟達も厨房に消えていった。きっと「お手伝い」してさらなるおやつのグレードアップでも狙ってるんだろう。

うう、いいなぁ。

アタシも動いたからお腹減った……。

でも、さすがに言えないいよぅ。

悲しくなってイジイジとお腹をさすっていたら、小さくアタシのお腹が鳴った。今のアタシの心境を汲んでか、とっても密やかな鳴りっぷり。と思ったら。

グオオオオォォォォ……。

獣の唸り声みたいな音がどっかから……これってもしや。

そう思って音のした方を見てみたら、父ちゃんと兄ちゃんが二人してお腹を押さえていた。うん、気持ち分かるよ。

次いで、厨房から大爆笑が聞こえてきたかと思ったら、弟達がマフィンだけでなく沢山の料理が盛られた皿を持って、次々に厨房から現れる。母ちゃんがメインディッシュを、最後にクラちゃんが、大量のピラフがのった皿を持って出てくると、もうたまらない。

あったかそうな湯気がたつスープも、みずみずしい野菜サラダも、すべてが美味しそう……おっと、よだれが。

「みんな腹を減らしてるんだろう？　本当にしょうがない人達だねぇ」

「俺達が話してる間に、皆さんが獲ってきた巨鳥ガルッサをお義母さんが捌いてくれてたんで、今日は鳥づくしです。ちょっと早いですけど昼食にしましょう」

母ちゃんとクラちゃんのお許しが出れば、もちろん否やなんてある筈もない。アタシは心の中でガッツポーズした。

「なんかオイシイにおいがする～!!」

「ごはん？」

においにつられて帰ってきたユイとレオンに精一杯謝って、ハグハグしあって落ち着いたら、楽しいごはんの始まりだ。母ちゃんもクラちゃんも怒ると怖いけど、後引かないのがありがたい。

美味しいごはんをたくさん食べて、レオンが見つけたキラキラ光る石の話だとか、ユイが魚を捕っただとか、たわいもない話をワイワイとしていた時だ。

「!?」

突然、痛みに襲われた。

「カルーさん!?」

真っ先に異変に気づいてくれたのは、やっぱりクラちゃんだった。

「き……きた、かも」

「えっ!? まさか陣痛ですか!?」

コクコクと首肯くと、一斉に全員が集まってきた。

「ママ! 痛いの!?」

「赤ちゃん、出てくる?」

「うん、もうすぐお兄ちゃん、お姉ちゃんになるね」

心配そうな子供達に精一杯笑ってみせる。

ママ、頑張って元気な赤ちゃん、産んでくるね。

「カルー、飛ぶよ」

母ちゃんに優しく抱かれて、目を閉じる。

クラちゃんの心配そうな顔がチラッと見えたけど、大丈夫、心配しないで。アタシ、頑張るから！

飛び石を踏み割る音がして、アタシは多分、産院へと飛びたった。

＊　＊

「ああもう、うざってぇ!!　いい加減大人しく座ってろっつーの！」

しびれを切らせたような叫び声に、我に返った。

情けない、心配のあまりつい熊みたいにうろうろと歩き回ってしまったみたいだ。

「あ……すいません……」

「オマエはまだしょーがねぇ。ただ、そこのじいじ二人！　アンタらまでうろうろすんな！」

フルーさんの苛立った声に辺りを見回してみれば、なるほど、お義父さんとギルじいちゃんまで心ここにあらずの様子で、うろうろと所在なく歩き回っている。産院には男は入れないし、どんなに心配だろうと俺達はここでヤキモキしながら待つ事しか出来ない。

「あらあら、しょうがないじいじ達ですねぇ」

見ればマーサばあちゃんがクスクスと笑いながら、テキパキと赤ちゃん用のベッドの準備をしてくれている。うちの女性陣達はかなり仲がいい。いよいよとなったら、お義母さんが産院に付き添ってマーサばあちゃんが家で受け入れの準備をするように前々から決めていたらしい。

マーサばあちゃん達がここに来たのだって、お義母さんからおしゃべり石で連絡を受けたからだっていうから畏れ入る。

俺も含めた男性陣の腑甲斐無い無駄な動きに対して、マーサばあちゃん達女性陣の落ち着き払った的確な動きときたら。

情けなくなって、はぁ、と大きく息をついて取りあえず手近な椅子に座ったら、目の前にトン、と音を立ててキンキンに冷えていそうな水が置かれた。

「メル」

「レモン水。ルルがさ、落ち着くからって。飲みなよ」

「ありがとう」

そっか、本当にずいぶん気が利くようになったもんだなぁ。一番初めに会った時は見分けもつかなかった三つ児だが、この六年で随分店も手伝ってもらって得意分野も出来てきた。

ルルは料理が好きみたいで、よく厨房回りを手伝ってくれる。俺が疲れた様子の客にレモン水をサービスしていた事を覚えていたんだろうな、きっと。なんとなく嬉しく思いながらレモン水を口に含む。

……うん、落ち着く。

「大丈夫だよ、カルー姉ちゃんなんだから。メッチャ元気な子供抱えて本人だってスキップしながら帰ってくるって」

メルのあんまりな言い様に思わず笑ってしまった。それも、あり得ない事じゃないからまた面白い。メルは話上手でドングリ目の可愛らしい容姿も相まって、女性のお客さんに人気だ。本人もそれが楽しいらしく、よくウエイターをかってでてくれる。

女ったらしにならないか、若干心配しているのは内緒だ。

「そーそー！　なんならバック転しながら帰ってくるって！」

調子にのって言葉をかぶせてきたのがアル。三人の中では一番ヤンチャで元気がいい。店ではだいたい冒険者のおっちゃん達の武勇伝を喜々として聞いていて、稽古をつけてもらったりからかわれたりと忙しい。アルは間違いなく冒険者になるだろうなぁ。

「さすがにバック転はないだろうけど、まぁ確かに元気で帰ってくるだろうね、カルーさんなら」

可愛い弟達のおかげでだいぶ落ち着く事が出来た俺は、しっぽフリフリしながらスキップで帰ってくるカルーさんを想像して、ちょっとにやける。俺の様子が落ち着いたせいか、子供達が膝に飛び乗ってきた。

「ママ、すぐ帰ってくる～？」

「ママがいないと、寂しい……」

痛い。そして二人もいっぺんに乗られると地味に重い。

それでも、不安そうに耳をペショリと垂らしたまま、つぶらな瞳で見上げてくる二人を邪険にする事なんて出来ない。

纏めてギュウッと抱きしめて「大丈夫、ママは強いんだから。すぐに帰ってくるよ」と請け合った。

その時だ。

店のドアがバァン!! と破裂するみたいに開いた。

「クラちゃあん！　やったよアタシ!!　超!!　安!!　産!!」

俺が心配していた筈の人が、満面の笑みで立っていた。

両腕に、すやすや眠る新生児。

え、あれ？　ドア蹴り開けた？

もしかして、産んで、まさか歩いて帰ってきたのか？

「ほら！　四つ児ちゃんでーす！　ほら、パパだよ～、かっこいいでしょ～」

え、いや、二人しか抱いてないよな？

……と思ったら、その謎は即座に解けた。道の向こうから、お義母さんがこれまた二人の新生児を抱いて、歩いてきたからだ。きっとダッシュで帰ってきたカルーさんを止められなかったんだろう、可哀相なくらい苦り切った顔だ。

「あっという間に産まれてね、母子共にお医者さんもびっくりなくらい超元気！」

どうだと言わんばかりに胸を張るカルーさん。

それを見たら堪らなくおかしくなって、俺はまたひとしきり笑った。

元気で帰ってくるとは思ったが。

元気過ぎるだろうコレ。

心配したのが馬鹿馬鹿しくなるレベルの元気っぷりだ。

ニューフェイスの四つ児ちゃんは全員犬耳だし。

カルーさんの血、自己主張強過ぎだろう。

いや、可愛いけど。

カルーさんの周りには、小さな赤ちゃんを見ようと、全員が興味津々の顔で集まっている。鼻が自分に似ているの、二重まぶたがどうだの、なんともまぁ賑やかだ。もはや誰もカルーさんの暴挙なんか気にする素振りすらない。

でもなんかもう、それでいい気がしてきた。

だってカルーさんだしな。

きっとこれからもこうして、賑やかで幸せな日々が続いていくんだろう、俺はその日、そう確信したのだった。

END

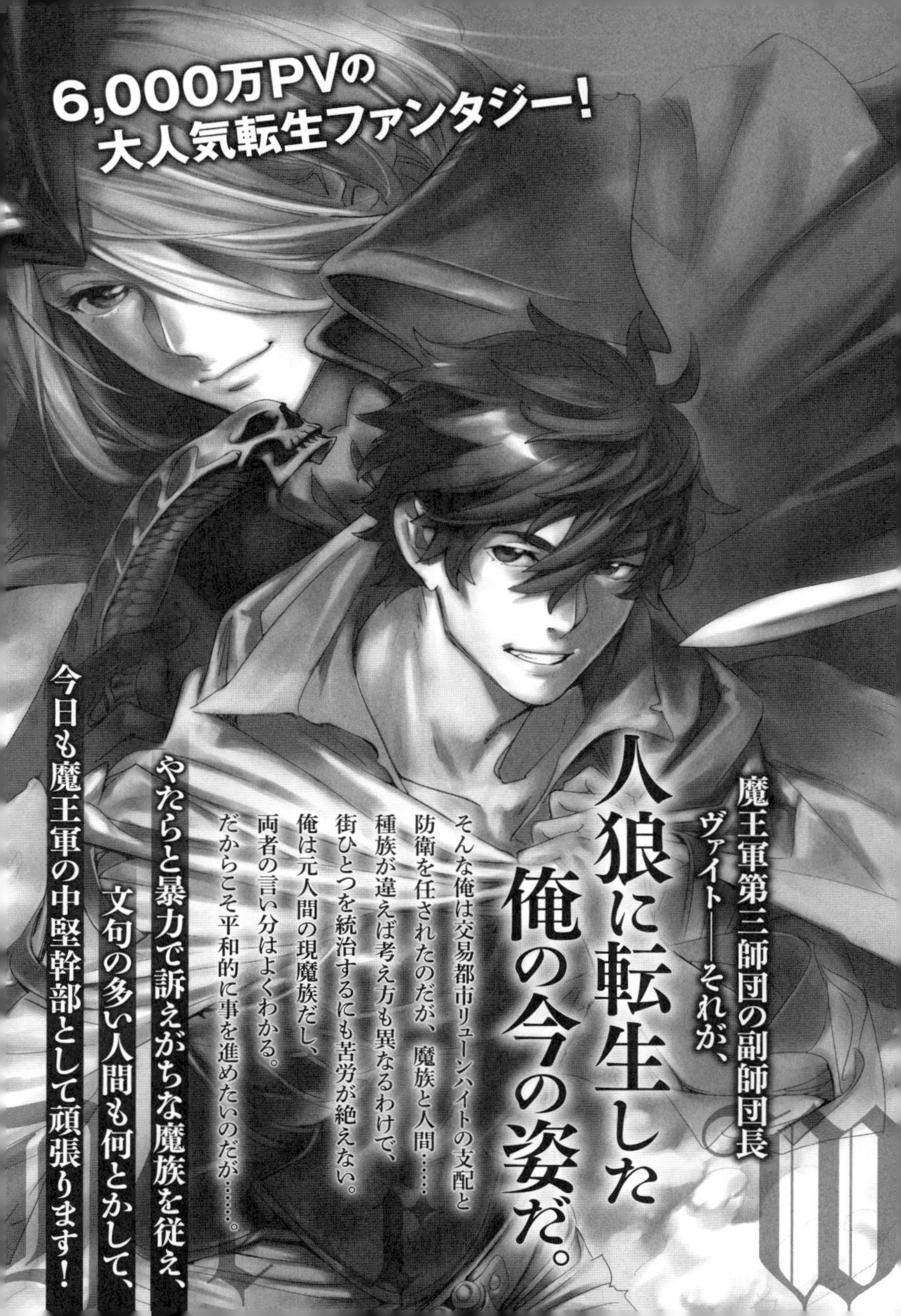

6,000万PVの
大人気転生ファンタジー！

魔王軍第三師団の副師団長
ヴァイト——それが、

人狼に転生した
俺の今の姿だ。

そんな俺は交易都市リューンハイトの支配と
防衛を任されたのだが、魔族と人間……
種族が違えば考え方も異なるわけで、
街ひとつを統治するにも苦労が絶えない。
俺は元人間の現魔族だし、
両者の言い分はよくわかる。
だからこそ平和的に事を進めたいのだが……。

やたらと暴力で訴えがちな魔族を従え、
文句の多い人間も何とかして、
今日も魔王軍の中堅幹部として頑張ります！

人外恋愛譚

発行 ―――――― 2016年6月15日　初版第1刷発行

著者 ―――――― 山田まる 道草家守 結木さんと 三国司 真弓りの

イラストレーター ―――――― 椋本夏夜 植田亮 三弥カズトモ 白味噌 フジシマ

装丁デザイン ―――――― 舘山一大

発行者 ―――――― 幕内和博

編集 ―――――― 古里 学

発行所 ―――――― 株式会社 アース・スター エンターテイメント
〒107-0052　東京都港区赤坂 2-14-5
Daiwa 赤坂ビル 5F
TEL：03-5561-7630
FAX：03-5561-7632
http://www.es-novel.jp/

発売所 ―――――― 株式会社 泰文堂
〒108-0075　東京都港区港南 2-16-8
ストーリア品川 17F
TEL：03-6712-0333

印刷・製本 ―――――― 図書印刷株式会社

ISBN 978-4-8030-0935-4